ÉMILE ZOLA

CONTES A NINON

NOUVELLE ÉDITION

PARIS

G. CHARPENTIER, ÉDITEUR

13, RUE DE GRENELLE-SAINT-GERMAIN, 13

1877

CONTES A NINON

OUVRAGES DU MÊME AUTEUR

PUBLIÉS DANS LA BIBLIOTHÈQUE-CHARPENTIER

à 3 fr. 50 le volume

LES ROUGON-MACQUART

HISTOIRE NATURELLE ET SOCIALE D'UNE FAMILLE SOUS LE SECOND EMPIRE

PARIS. — IMPRIMERIE DE E. MARTINET, RUE MIGNON, 2

ÉMILE ZOLA

CONTES A NINON

A NINON
SIMPLICE — LE CARNET DE DANSE
CELLE QUI M'AIME — LA FÉE AMOUREUSE
LE SANG — LES VOLEURS ET L'ANE
SOEUR-DES-PAUVRES
AVENTURES DU GRAND SIDOINE
ET DU PETIT MÉDÉRIC

NOUVELLE ÉDITION

PARIS

G. CHARPENTIER, ÉDITEUR

13, RUE DE GRENELLE-SAINT-GERMAIN, 13

1877

A NINON

———

Les voici donc, mon amie, ces libres récits de
notre jeune âge, que je t'ai contés dans les campagnes de ma chère Provence, et que tu écoutais
d'une oreille attentive, en suivant vaguement du
regard les grandes lignes bleues des collines loin-
taines.

Les soirs de mai, à l'heure où la terre et le ciel
s'anéantissaient avec lenteur dans une paix suprême, je quittais la ville et gagnais les champs :
les coteaux arides, couverts de ronces et de genévriers ; ou bien les bords de la petite rivière, ce
torrent de décembre, si discret aux beaux jours ;
ou encore un coin perdu de la plaine, tiède des

1

embrasements de midi, vastes terrains jaunes et rouges, plantés d'amandiers aux branches maigres, de vieux oliviers grisonnants et de vignes laissant traîner sur le sol leurs ceps entrelacés.

Pauvre terre desséchée, elle flamboie au soleil, grise et nue, entre les prairies grasses de la Durance et les bois d'orangers du littoral. Je l'aime pour sa beauté âpre, ses roches désolées, ses thyms et ses lavandes. Il y a dans cette vallée stérile je ne sais quel air brûlant de désolation : un étrange ouragan de passion semble avoir soufflé sur la contrée ; puis, un grand accablement s'est fait, et les campagnes, ardentes encore, se sont comme endormies dans un dernier désir. Aujourd'hui, au milieu de mes forêts du Nord, lorsque je revois en pensée ces poussières et ces cailloux, je me sens un amour profond pour cette patrie sévère qui n'est pas la mienne. Sans doute, l'enfant rieur et les vieilles roches chagrines s'étaient autrefois pris de tendresse ; et, maintenant, l'enfant devenu homme dédaigne les prés humides, les verdures noyées, amoureux des grandes routes blanches et des montagnes brûlées, où son âme, fraîche de ses quinze ans, a rêvé ses premiers songes.

Je gagnais les champs. Là, au milieu des terres

labourées ou sur les dalles des coteaux, lorsque je
m'étais couché à demi, perdu dans cette paix qui
tombait des profondeurs du ciel, je te trouvais,
en tournant la tête, mollement couchée à ma
droite, pensive, le menton dans la main, me regardant de tes grands yeux. Tu étais l'ange de mes
solitudes, mon bon ange gardien que j'apercevais
près de moi, quelle que fût ma retraite ; tu lisais
dans mon cœur mes secrets désirs, tu t'asseyais
partout à mon côté, ne pouvant être où je n'étais
pas. Aujourd'hui, j'explique ainsi ta présence de
chaque soir. Autrefois, sans jamais te voir
venir, je n'avais point d'étonnement à rencontrer
sans cesse tes clairs regards : je te savais fidèle,
toujours en moi.

Ma chère âme, tu me rendais plus douces les
tristesses des soirées mélancoliques. Tu avais la
beauté désolée de ces collines, leur pâleur de marbre, rougissante aux derniers baisers du soleil. Je ne
sais quelle pensée éternelle élevait ton front et
grandissait tes yeux. Puis, lorsqu'un sourire passait
sur tes lèvres paresseuses, on eût dit, dans la
jeunesse et la splendeur soudaine de ton visage,
ce rayon de mai qui fait monter toutes fleurs e
toutes verdures de cette terre frémissante, fleurs
et verdures d'un jour que brûlent les soleils de

juin. Il existait, entre toi et les horizons, de secrètes harmonies qui me faisaient aimer les pierres
des sentiers. La petite rivière avait ta voix; les
étoiles, à leur lever, regardaient de ton regard;
toutes choses, autour de moi, souriaient de ton
sourire. Et toi, donnant ta grâce à cette nature,
tu en prenais les sévérités passionnées. Je vous
confondais l'une avec l'autre. A te voir, j'avais
conscience de son ciel libre, et, lorsque mes
yeux interrogeaient la vallée, je retrouvais tes
lignes souples et fortes dans les ondulations des
terrains. C'est à vous comparer ainsi que je me
mis à vous aimer follement toutes deux, ne sachant
laquelle j'adorais davantage, de ma chère Provence
ou de ma chère Ninon.

Chaque matin, mon amie, je me sens des besoins
nouveaux de te remercier des jours d'autrefois.
Tu fus charitable et douce, de m'aimer un peu et
de vivre en moi; dans cet âge où le cœur souffre
d'être seul, tu m'apportas ton cœur pour épargner au mien toute souffrance. Si tu savais
combien de pauvres âmes meurent aujourd'hui
de solitude! Les temps sont durs à ces âmes
faites d'amour. Moi, je n'ai pas connu ces misères. Tu m'as présenté à toute heure un visage
de femme à adorer; tu as peuplé mon désert,

te mêlant à mon sang, vivante dans ma pensée. Et moi, perdu en ces amours profondes, j'oubliais, te sentant en mon être. La joie suprême de notre hymen me faisait traverser en paix cette rude contrée des seize ans, où tant de mes compagnons ont laissé des lambeaux de leurs cœurs.

Créature étrange, aujourd'hui que tu es loin de moi et que je puis voir clair en mon âme, je trouve un âpre plaisir à étudier pièce à pièce nos amours. Tu étais femme, belle et ardente, et je t'aimais en époux. Puis, je ne sais comment, parfois tu devenais une sœur, sans cesser d'être une amante; alors, je t'aimais en amant et en frère à la fois, avec toute la chasteté de l'affection, tout l'emportement du désir. D'autres fois, je trouvais en toi un compagnon, une robuste intelligence d'homme, et toujours aussi une enchanteresse, une bien-aimée, dont je couvrais le visage de baisers, tout en lui en serrant la main en vieux camarade. Dans la folie de ma tendresse, je donnais ton beau corps que j'aimais tant, à chacune de mes affections. Songe divin, qui me faisait adorer en toi chaque créature, corps et âme, de toute ma puissance, en dehors du sexe et du sang. Tu contentais à la fois les ardeurs de mon imagination, les besoins de mon

1.

intelligence. Ainsi tu réalisais le rêve de l'an-
cienne Grèce, l'amante faite homme, aux exquises
élégances de forme, à l'esprit viril, digne de science
et de sagesse. Je t'adorais de tous mes amours,
toi qui suffisais à mon être, toi dont la beauté
innommée m'emplissait de mon rêve. Lorsque
je sentais en moi ton corps souple, ton doux
visage d'enfant, ta pensée faite de ma pensée, je
goûtais dans son plein cette volupté inouïe,
vainement cherchée aux anciens âges, de posséder
der une créature par tous les nerfs de ma chair,
toutes les affections de mon cœur, toutes les facultés de mon intelligence.

Je gagnais les champs. Couché sur la terre, appuyant ta tête sur ma poitrine, je te parlais pendant
de longues heures, le regard perdu dans l'immensité bleue de tes yeux. Je te parlais, insoucieux
de mes paroles, selon mon caprice du moment.
Parfois, me penchant vers toi, comme pour te
bercer, je m'adressais à une petite fille naïve, qui
ne veut point dormir et que l'on endort avec de
belles histoires, leçons de charité et de sagesse;
d'autres fois, mes lèvres sur tes lèvres, je contais
à une bien-aimée les amours des fées ou les tendresses charmantes de deux jeunes amants; plus
souvent encore, les jours où je souffrais de la sotte

méchanceté de mes compagnons, et ces jours-là
réunis ont fait les années de ma jeunesse, je te
prenais la main, l'ironie aux lèvres, le doute
et la négation au cœur, me plaignant à un frère
des misères de ce monde, dans quelque conte dé-
solant, satire pleine de larmes. Et toi, te pliant à
mes caprices, tout en restant femme et épouse,
tu étais tour à tour petite fille naïve, bien-aimée,
frère consolateur. Tu entendais chacun de mes
langages. Sans jamais répondre, tu m'écoutais,
me laissant lire dans tes yeux les émotions, les
gaietés et les tristesses de mes récits. Je t'ouvrais
mon âme toute large, désireux de ne rien cacher. Je ne te traitais point comme ces amantes
communes auxquelles les amants mesurent leurs
pensées : je me donnais entier, sans jamais veiller à mes discours. Aussi, quels longs bavardages,
quelles histoires étranges, filles du rêve ! quels
récits décousus, où l'invention s'en allait au hasard,
et dont les seuls épisodes supportables étaient les
baisers que nous échangions ! Si quelque passant
nous eût épiés le soir, au pied de nos rochers, je
ne sais quelle singulière figure il eût faite à entendre mes paroles libres, et à te voir les comprendre, ma petite fille naïve, ma bien-aimée,
mon frère consolateur.

Hélas ! ces beaux soirs ne sont plus. Un jour est venu où j'ai dû vous quitter, toi et les champs de Provence. Te souviens-tu, mon beau rêve, nous nous sommes dit adieu, par une soirée d'automne, au bord de la petite rivière. Les arbres dépouillés rendaient les horizons plus vastes et plus mornes ; la campagne, à cette heure avancée, couverte de feuilles sèches, humide des premières pluies, s'étendait noire, avec de grandes taches jaunes, comme un immense tapis de bure. Au ciel, les derniers rayons s'effaçaient, et, du levant, montait la nuit, menaçante de brouillards, nuit sombre que devait suivre une aube inconnue. Il en était de ma vie comme de ce ciel d'automne ; l'astre de ma jeunesse venait de disparaître, la nuit de l'âge montait, me gardant je ne savais quel avenir. Je me sentais des besoins cuisants de réalité ; je me trouvais las du songe, las du printemps, las de toi, ma chère âme, qui échappais à mes étreintes et ne pouvais, devant mes larmes, que me sourire avec tristesse. Nos amours divines étaient bien finies ; elles avaient, comme toutes choses, vécu leur saison. C'est alors, voyant que tu te mourais en moi, que j'allai au bord de la petite rivière, dans la campagne moribonde, te donner mes baisers du départ. Oh ! l'amoureuse et triste soirée ! Je te

baisai, ma blanche mourante, j'essayai une dernière fois de te rendre la vie puissante de tes beaux
jours; je ne pus, car j'étais moi-même ton bour-
reau. Tu montas en moi plus haut que le corps,
plus haut que le cœur, et tu ne fus plus qu'un
souvenir.

Voici bientôt sept ans que je t'ai quittée. Depuis
le jour des adieux, dans mes joies et dans mes
chagrins, j'ai souvent écouté ta voix, la voix caressante d'un souvenir, qui me demandait les
contes de nos soirées de Provence.

Je ne sais quel écho de nos roches sonores ré-
pond dans mon cœur. Toi que j'ai laissée loin de
moi, tu m'adresses de ton exil des prières si tou-
chantes, qu'il me semble les entendre tout au fond
de mon être. Ce doux frémissement que laissent
en nous les voluptés passées, m'invite à céder à tes
désirs. Pauvre ombre disparue, si je dois te consoler par mes vieilles histoires, dans les solitudes
où vivent les chers fantômes de nos songes évanouis, je sens combien moi-même je trouverai
d'apaisement à m'écouter te parler, comme aux
jours de notre jeune âge.

J'accueille tes prières, je vais reprendre, un
à un, les contes de nos amours, non pas tous, car
il en est qui ne sauraient être dits une seconde

fois, le soleil ayant fané, dès leur naissance, ces
fleurs délicates, trop divinement simples pour le
grand jour ; mais ceux de vie plus robuste, et dont
la mémoire humaine, cette grossière machine,
peut garder le souvenir.

Hélas ! je crains de me préparer ici de grands
chagrins. C'est violer le secret de nos tendresses
que de confier nos causeries au vent qui passe, et
les amants indiscrets sont punis en ce monde par
l'indifférente froideur de leurs confidents. Une
espérance me reste : c'est qu'il ne se trouvera
pas une seule personne en ce pays qui ait la
tentation de lire nos·histoires. Notre siècle est
vraiment bien trop occupé, pour s'arrêter aux causeries de deux amants inconnus. Mes feuilles vo-
lantes passeront sans bruit dans la foule et te
parviendront vierges encore. Ainsi, je puis être
fou tout à mon aise ; je puis, comme autrefois,
aller à l'aventure, insoucieux des sentiers. Toi
seule me liras, je sais avec quelle indulgence.

Et maintenant, Ninon, j'ai satisfait tes vœux.
Voici mes contes. N'élève plus ta voix en moi,
cette voix du souvenir qui fait monter des larmes
à mes yeux. Laisse en paix mon cœur qui a besoin
de repos, ne viens plus, dans mes jours de
lutte, m'attrister en me rappelant nos paresseuses

nuits. S'il te faut une promesse, je m'engage à
t'aimer encore, plus tard, lorsque j'aurai vainement cherché d'autres maîtresses en ce monde, et
que j'en reviendrai à mes premières amours.
Alors, je regagnerai la Provence, je te retrouverai au bord de la petite rivière. L'hiver sera venu,
un hiver triste et doux, avec un ciel clair et une
terre pleine des espérances de la moisson future. Va, nous nous adorerons toute une saison
nouvelle ; nous reprendrons nos soirées paisibles,
dans les campagnes aimées ; nous achèverons notre
rêve.

Attends - moi, ma chère âme, vision fidèle,
amante de l'enfant et du vieillard.

Émile ZOLA.

1er octobre 1864.

CONTES A NINON

SIMPLICE

I

Il y avait autrefois, — écoute bien, Ninon, je
tiens ce récit d'un vieux pâtre, — il y avait autrefois, dans une île que la mer a depuis longtemps
engloutie, un roi et une reine qui avaient un fils.
Le roi était un grand roi : son verre était le plus
profond de son empire ; son épée, la plus lourde ;
il tuait et buvait royalement. La reine était une
belle reine : elle usait tant de fard qu'elle n'avait
guère plus de quarante ans. Le fils était un niais.

Mais un niais de la plus grosse espèce, disaient
les gens d'esprit du royaume. A seize ans, il fut

emmené en guerre par le roi : il s'agissait d'exterminer certaine nation voisine qui avait le grand tort de posséder un territoire. Simplice se comporta comme un sot : il sauva du carnage deux douzaines de femmes et trois douzaines et demie d'enfants ; il faillit pleurer à chaque coup d'épée qu'il donna ; enfin la vue du champ de bataille, souillé de sang et encombré de cadavres, lui mit une telle pitié au cœur, qu'il n'en mangea pas de trois jours. C'était un grand sot, Ninon, comme tu vois.

A dix-sept ans, il dut assister à un festin donné par son père à tous les grands gosiers du royaume. Là encore il commit sottise sur sottise. Il se contenta de quelques bouchées, parlant peu, ne jurant point. Son verre risquant de rester toujours plein devant lui, le roi, pour sauvegarder la dignité de la famille, se vit forcé de le vider de temps à autre en cachette.

A dix-huit ans, comme le poil lui poussait au menton, il fut remarqué par une dame d'honneur de la reine. Les dames d'honneur sont terribles, Ninon. La nôtre ne voulait rien moins que se faire embrasser par le jeune prince. Le pauvre enfant n'y songeait guère ; il tremblait fort, lorsqu'elle lui adressait la parole, et se sauvait, dès qu'il aper-

cevait le bord de ses jupes dans les jardins. Son
père, qui était un bon père, voyait tout et riait
dans sa barbe. Mais, comme la dame courait plus
fort et que le baiser n'arrivait pas, il rougit
d'avoir un tel fils, et donna lui-même le baiser
demandé, toujours pour sauvegarder la dignité de
sa race.

— Ah! le petit imbécile! disait ce grand roi
qui avait de l'esprit.

II

Ce fut à vingt ans que Simplice devint complétement idiot. Il rencontra une forêt et tomba
amoureux.

Dans ces temps anciens, on n'embellissait point
encore les arbres à coups de ciseaux, et la mode
n'était pas de semer le gazon ni de sabler les allées. Les branches poussaient comme elles l'enten-
daient; Dieu seul se chargeait de modérer les
ronces et de ménager les sentiers. La forêt que
Simplice rencontra était un immense nid de verdure, des feuilles et encore des feuilles, des char-
milles impénétrables coupées par de majestueuses

avenues. La mousse, ivre de rosée, s'y livrait
à une débauche de croissance ; les églantiers,
allongeant leurs bras flexibles, se cherchaient
dans les clairières pour exécuter des danses folles
autour des grands arbres; les grands arbres eux-
mêmes, tout en restant calmes et sereins, tor-
daient leur pied dans l'ombre et montaient en
tumulte baiser les rayons d'été. L'herbe verte
croissait au hasard, sur les branches comme sur le
sol ; la feuille embrassait le bois, tandis que, dans
leur hâte de s'épanouir, pâquerettes et myosotis,
se trompant parfois, fleurissaient sur les vieux
troncs abattus. Et toutes ces branches, toutes ces
herbes, toutes ces fleurs chantaient ; toutes se
mêlaient, se pressaient, pour babiller plus à l'aise,
pour se dire tout bas les mystérieuses amours des
corolles. Un souffle de vie courait au fond des
taillis ténébreux, donnant une voix à chaque
brin de mousse dans les ineffables concerts de
l'aurore et du crépuscule. C'était la fête immense
du feuillage.

Les bêtes à bon Dieu, les scarabées, les libel-
lules, les papillons, tous les beaux amoureux des
haies fleuries, se donnaient rendez-vous aux quatre
coins du bois. Ils y avaient établi leur petite république ; les sentiers étaient leurs sentiers ; les

ruisseaux, leurs ruisseaux; la forêt, leur forêt. Ils
se logeaient commodément au pied des arbres, sur
les branches basses, dans les feuilles sèches, vivaient là comme chez eux, tranquillement et par
droit de conquête. Ils avaient, d'ailleurs, en bonnes
gens, abandonné les hautes branches aux fauvettes
et aux rossignols.

La forêt, qui chantait déjà par ses branches, par
ses feuilles, par ses fleurs, chantait encore par ses
insectes et par ses oiseaux.

III

Simplice devint en peu de jours un vieil ami de
la forêt. Ils bavardèrent si follement ensemble,
qu'elle lui enleva le peu de raison qui lui restait.
Lorsqu'il la quittait pour venir s'enfermer entre
quatre murs, s'asseoir devant une table, se coucher dans un lit, il demeurait tout songeur. Enfin,
un beau matin, il abandonna soudain ses apparte-
ments et alla s'installer sous les feuillages aimés.

Là, il se choisit un immense palais.

Son salon fut une vaste clairière ronde, d'environ mille toises de surface. De longues draperies

2.

vert sombre en ornaient le pourtour ; cinq cents colonnes flexibles soutenaient, sous le plafond, un voile de dentelle couleur d'émeraude ; le plafond lui-même était un large dôme de satin bleu changeant, semé de clous d'or.

Pour chambre à coucher, il eut un délicieux boudoir, plein de mystère et de fraîcheur. Le plancher ainsi que les murs en étaient cachés sous de moelleux tapis d'un travail inimitable. L'alcôve, creusée dans le roc par quelque géant, avec des parois de marbre rose et un sol de poussière de rubis.

Il eut aussi sa chambre de bains, une source d'eau vive, une baignoire de cristal perdue dans un bouquet de fleurs. Je ne te parlerai pas, Ninon, des mille galeries qui se croisaient dans le palais, ni des salles de danse et de spectacle, ni des jardins. C'était une de ces royales demeures comme Dieu sait en bâtir.

Le prince put désormais être un sot tout à son aise. Son père le crut changé en loup et chercha un héritier plus digne du trône.

IV

Simplice fut très-occupé les jours qui suivirent son installation. Il lia connaissance avec ses voisins, le scarabée de l'herbe et le papillon de l'air. Tous étaient de bonnes bêtes, ayant presque autant d'esprit que les hommes.

Dans les commencements, il eut quelque peine à comprendre leur langage ; mais il s'aperçut bientôt qu'il devait s'en prendre à son éducation première. Il se conforma vite à la concision de la langue des insectes. Un son finit par lui suffire, comme à eux, pour désigner cent objets différents, suivant l'inflexion de la voix et la tenue de la note. De sorte qu'il alla se déshabituant de parler la langue des hommes, si pauvre dans sa richesse.

Les façons d'être de ses nouveaux amis le charmèrent. Il s'émerveilla surtout de leur manière de juger les rois, qui est celle de ne point en avoir. Enfin il se sentit ignorant auprès d'eux, et prit la résolution d'aller étudier à leurs écoles.

Il fut plus discret dans ses rapports avec les mousses et les aubépines. Comme il ne pouvait en-

core saisir les paroles du brin d'herbe et de la
fleur, cette impuissance jetait beaucoup de froid
dans leurs relations.

Somme toute, la forêt ne le vit pas d'un mauvais
œil. Elle comprit que c'était là un simple d'esprit
et qu'il vivrait en bonne intelligence avec les bêtes.
On ne se cacha plus de lui. Souvent il lui arrivait de surprendre au fond d'une allée un papillon chiffonnant la collerette d'une marguerite.

Bientôt l'aubépine vainquit sa timidité jusqu'à
donner des leçons au jeune prince. Elle lui apprit
amoureusement le langage des parfums et des
couleurs. Dès lors, chaque matin, les corolles em-
pourprées saluaient Simplice à son lever ; la feuille
verte lui contait les cancans de la nuit, le grillon
lui confiait tout bas qu'il était amoureux fou de la
violette.

Simplice s'était choisi pour bonne amie une libellule dorée, au fin corsage, aux ailes frémissantes. La chère belle se montrait d'une désespérante
coquetterie : elle se jouait, semblait l'appeler, puis
fuyait lestement sous sa main. Les grands arbres,
qui voyaient ce manége, la tançaient vertement, et,
graves, disaient entre eux qu'elle ferait une mauvaise fin.

V

Simplice devint subitement inquiet.

La bête à bon Dieu, qui s'aperçut la première de la tristesse de leur ami, essaya de le confesser. Il répondit en pleurant qu'il était gai comme aux premier jours.

Maintenant, il se levait avec l'aurore pour courir les taillis jusqu'au soir. Il écartait doucement les branches, visitant chaque buisson. Il levait la feuille et regardait dans son ombre.

— Que cherche donc notre élève? demandait l'aubépine à la mousse.

La libellule, étonnée de l'abandon de son amant, le crut devenu fou d'amour. Elle vint lutiner autour de lui. Mais il ne la regarda plus. Les grands arbres l'avaient bien jugée : elle se consola vite avec le premier papillon du carrefour.

Les feuillages étaient tristes. Ils regardaient le jeune prince interroger chaque touffe d'herbe, sonder du regard les longues avenues; ils l'écoutaient se plaindre de la profondeur des broussailles, et ils disaient :

— Simplice a vu Fleur-des-eaux, l'ondine de la source.

VI

Fleur-des-eaux était fille d'un rayon et d'une goutte de rosée. Elle était si limpidement belle, que le baiser d'un amant devait la faire mourir , elle exhalait un parfum si doux, que le baiser de ses lèvres devait faire mourir un amant.

La forêt le savait, et la forêt jalouse cachait son enfant adorée. Elle lui avait donné pour asile une fontaine ombragée de ses rameaux les plus touffus. Là, dans le silence et dans l'ombre, Fleur-des-eaux rayonnait au milieu de ses sœurs. Paresseuse, elle s'abandonnait au courant, ses petits pieds demi-voilés par les flots, sa tête blonde couronnée de perles limpides. Son sourire faisait les délices des nénuphars et des glaïeuls. Elle était l'âme de la forêt.

Elle vivait insoucieuse, ne connaissant de la terre que sa mère, la rosée, et du ciel que le rayon, son père. Elle se sentait aimée du flot qui la ber-çait, de la branche qui lui donnait son ombre. Elle avait mille amoureux et pas un amant.

Fleur-des-eaux n'ignorait pas qu'elle devait

mourir d'amour ; elle se plaisait dans cette pensée,
et vivait en espérant la mort. Souriante, elle attendait le bien-aimé.

Une nuit, à la clarté des étoiles, Simplice l'avait
vue au détour d'une allée. Il la chercha pendant
un long mois, pensant la rencontrer derrière chaque tronc d'arbre. Il croyait toujours la voir glisser dans les taillis ; mais il ne trouvait, en accou-
rant, que les grandes ombres des peupliers agités
par les souffles du ciel.

VII

La forêt se taisait maintenant ; elle se défiait de
Simplice. Elle épaississait son feuillage, elle jetait
toute sa nuit sur les pas du jeune prince. Le péril
qui menaçait Fleur-des-eaux la rendait chagrine ;
elle n'avait plus de caresses, plus d'amoureux
babil.

L'ondine revint dans les clairières, et Simplice la
vit de nouveau. Fou de désir, il s'élança à sa pour-
suite. L'enfant, montée sur un rayon de lune, n'entendit point le bruit de ses pas. Elle volait ainsi,
légère comme la plume qu'emporte le vent.

Simplice courait, courait à sa suite sans pouvoir
l'atteindre. Des larmes coulaient de ses yeux, le
désespoir était dans son âme.

Il courait, et la forêt suivait avec anxiété cette
course insensée. Les arbustes lui barraient le chemin. Les ronces l'entouraient de leurs bras épineux, l'arrêtant brusquement au passage. Le bois
entier défendait son enfant.

Il courait, et sentait la mousse devenir glissante
sous ses pas. Les branches des taillis s'enlaçaient
plus étroitement, se présentaient à lui, rigides
comme des tiges d'airain. Les feuilles sèches s'a-
massaient dans les vallons ; les troncs d'arbres
abattus se mettaient en travers des sentiers ; les
rochers roulaient d'eux-mêmes au-devant du
prince. L'insecte le piquait au talon ; le papillon
l'aveuglait en battant des ailes à ses paupières.

Fleur-des-eaux, sans le voir, sans l'entendre,
fuyait toujours sur le rayon de lune. Simplice sentait avec angoisse venir l'instant où elle allait disparaître.

Et, désespéré, haletant, il courait, il courait.

VIII

Il entendit les vieux chênes qui lui criaient avec colère :

— Que ne disais-tu que tu étais un homme? Nous nous serions cachés de toi, nous t'aurions refusé nos leçons, pour que ton œil de ténèbres ne pût voir Fleur-des-eaux, l'ondine de la source. Tu t'es présenté à nous avec l'innocence des bêtes, et voici qu'aujourd'hui tu montres l'esprit des hommes. Regarde, tu écrases les scarabées, tu arraches nos feuilles, tu brises nos branches. Le vent d'égoïsme t'emporte, tu veux nous voler notre âme.

Et l'aubépine ajouta :

— Simplice, arrête, par pitié! Lorsque l'enfant capricieux désire respirer le parfum de mes bouquets étoilés, que ne les laisse-t-il s'épanouir librement sur la branche! Il les cueille et n'en jouit qu'une heure.

Et la mousse dit à son tour :

— Arrête, Simplice, viens rêver sur le velours de mon frais tapis. Au loin, entre les arbres, tu

3

verras se jouer Fleur-des-eaux. Tu la verras se
baigner dans la source, se jetant au cou des colliers de perles humides. Nous te mettrons de
moitié dans la joie de son regard : comme à
nous, il te sera permis de vivre pour la voir.

Et toute la forêt reprit :

— Arrête, Simplice, un baiser doit la tuer, ne
donne pas ce baiser. Ne le sais-tu pas? la brise du
soir, notre messagère, ne te l'a-t-elle pas dit? Fleur-
des-eaux est la fleur céleste dont le parfum donne
la mort. Hélas! la pauvrette, sa destinée est
étrange. Pitié pour elle, Simplice, ne bois pas son
âme sur ses lèvres.

IX

Fleur-des-eaux se tourna et vit Simplice. Elle
sourit, elle lui fit signe d'approcher, en disant à la
forêt :

— Voici venir le bien-aimé.

Il y avait trois jours, trois heures, trois minutes,
que le prince poursuivait l'ondine. Les paroles des
chênes grondaient encore derrière lui; il fut tenté
de s'enfuir.

Fleur-des-eaux lui pressait déjà les mains. Elle
se dressait sur ses petits pieds, mirant son sourire dans les yeux du jeune homme.

— Tu as bien tardé, dit-elle. Mon cœur te savait
dans la forêt. J'ai monté sur un rayon de lune et je
t'ai cherché trois jours, trois heures, trois minutes.

Simplice se taisait, retenant son souffle. Elle le
fit asseoir au bord de la fontaine ; elle le caressait
du regard ; et lui, il la contemplait longuement.

— Ne me reconnais-tu pas ? reprit-elle. Je t'ai
vu souvent en rêve. J'allais à toi, tu me prenais la
main, puis nous marchions, muets et frémissants.
Ne m'as-tu pas vu ? ne te rappelles-tu pas tes rêves ?

Et comme il ouvrait enfin la bouche :

— Ne dis rien, reprit-elle encore. Je suis Fleur-
des-eaux, et tu es le bien-aimé. Nous allons mourir.

X

Les grands arbres se penchaient pour mieux voir
le jeune couple. Ils tressaillaient de douleur, ils se
disaient de taillis en taillis que leur âme allait
prendre son vol.

Toutes les voix firent silence. Le brin d'herbe et

le chêne se sentaient pris d'une immense pitié.
Il n'y avait plus dans les feuillages un seul cri de
colère. Simplice, le bien-aimé de Fleur-des-eaux,
était le fils de la vieille forêt.

Elle avait appuyé la tête à son épaule. Se penchant au-dessus du ruisseau, tous deux se souriaient. Parfois, levant le front, ils suivaient du
regard la poussière d'or qui tremblait dans les derniers rayons du soleil. Ils s'enlaçaient lentement,
lentement. Ils attendaient la première étoile pour
se confondre et s'envoler à jamais.

Aucune parole ne troublait leur extase. Leurs
âmes, qui montaient à leurs lèvres, s'échangeaient
dans leurs haleines.

Le jour pâlissait, les lèvres des deux amants
se rapprochaient de plus en plus. Une angoisse
terrible tenait la forêt immobile et muette. De
grands rochers d'où jaillissait la source jetaient
de larges ombres sur le couple, qui rayonnait dans
la nuit naissante.

Et l'étoile parut, et les lèvres s'unirent dans le
suprême baiser, et les chênes eurent un long sanglot. Les lèvres s'unirent, les âmes s'envolèrent.

XI

Un homme d'esprit s'égara dans la forêt. Il était en compagnie d'un homme savant.

L'homme d'esprit faisait de profondes remarques sur l'humidité malsaine des bois, et parlait des beaux champs de luzerne qu'on obtiendrait en coupant tous ces grands vilains arbres.

L'homme savant rêvait de se faire un nom dans les sciences en découvrant quelque plante encore inconnue. Il furetait dans tous les coins, et découvrait des orties et du chiendent.

Arrivés au bord de la source, ils trouvèrent le cadavre de Simplice. Le prince souriait dans le sommeil de la mort. Ses pieds s'abandonnaient au flot, sa tête reposait sur le gazon de la rive. Il pressait sur ses lèvres, à jamais fermées, une petite fleur blanche et rose, d'une exquise délicatesse et d'un parfum pénétrant.

— Le pauvre fou! dit l'homme d'esprit, il aura voulu cueillir un bouquet, et se sera noyé.

L'homme savant se souciait peu du cadavre. Il s'était emparé de la fleur, et sous prétexte de l'étu-

3.

dier. il en déchirait la corolle. Puis, lorsqu'il l'eut mise en pièces :

— Précieuse trouvaille! s'écria-t-il. Je veux, en souvenir de ce niais, nommer cette fleur *Anthapheleia limnaia*.

Ah! Ninette, Ninette, mon idéale Fleur-des-eaux, le barbare la nommait *Anthapheleia limnaia!*

LE CARNET DE DANSE

I

Te souviens-tu, Ninon, de notre longue course dans les bois? L'automne semait déjà les arbres de feuilles d'un jaune pourpre que doraient encore les rayons du soleil couchant. L'herbe était plus claire sous nos pas qu'aux premiers jours de mai, et les mousses roussies donnaient à peine asile à quelques rares insectes. Perdus dans la forêt pleine de bruits mélancoliques, nous pensions entendre les plaintes sourdes de la femme qui croit voir à son front la première ride. Les feuillages, que ne pouvait tromper cette pâle et douce soirée, sentaient venir l'hiver dans la brise plus fraîche, et se laissaient tristement bercer, pleurant leur verdure rougie.

Longtemps nous errâmes dans les taillis, peu soucieux de la direction des sentiers, mais choisissant les plus ombreux et les plus discrets. Nos francs éclats de rire effrayaient les grives et les merles qui sifflaient dans les haies; et parfois, nous entendions glisser bruyamment sous les ronces un lézard vert troublé dans son extase par le bruit de nos pas. Notre course était sans but; nous avions vu, après une journée de nuages, le ciel sourire vers le soir; nous étions lestement sortis pour profiter de ce rayon de soleil. Nous allions ainsi, soulevant sous nos pieds un odeur de sauge et de thym, tantôt nous poursuivant, tantôt marchant lentement, les mains enlacées. Puis je cueillais pour toi les dernières fleurs, ou je cherchais à atteindre les baies rouges des aubépines que tu désirais comme un enfant. Et toi, Ninon, pendant ce temps, couronnée de fleurs, tu courais à la source voisine, sous prétexte de boire, mais plutôt pour admirer ta coiffure, ô coquette et paresseuse fille!

Il se mêla soudain aux murmures vagues de la forêt de lointains éclats de rire; un fifre et un

tambourin se firent entendre, et la brise nous ap-
porta des bruits affaiblis de danse. Nous nous
étions arrêtés, l'oreille tendue, tout disposés à voir
dans cette musique le bal mystérieux des sylphes.
Nous nous glissâmes d'arbre en arbre, dirigés par
le son des instruments; puis, lorsque nous eûmes
écarté avec précaution les branches du dernier
massif, voici le spectacle qui s'offrit à nos yeux

Au centre d'une clairière, sur une bande de
gazon entourée de genévriers et de pistachiers sauvages, allaient et venaient en cadence une dizaine
de paysans et de paysannes. Les femmes nu-tête,
la gorge cachée sous un fichu, sautaient franchement, en laissant échapper ces éclats de rire
que nous avions entendus; les hommes, pour danser plus à l'aise, avaient jeté leurs vêtements
parmi leurs outils de travail qui brillaient dans
l'herbe.

Ces braves gens faisaient peu de cas de la mesure. Adossé contre un chêne, un homme, sec et
anguleux, jouait du fifre, en frappant de la main
gauche sur un tambourin au son grêle, selon la
mode de Provence. Il semblait suivre avec amour
la mesure pressée et criarde. Parfois son regard
s'égarait sur les danseurs; il haussait alors les
épaules de pitié. Musicien juré de quelque gros

village, il avait été arrêté comme il passait par là,
et ne pouvait voir sans colère ces habitants de
l'intérieur des campagnes violer ainsi les lois de
la belle danse. Blessé durant le quadrille par les
sauts, par les trépignements des paysans, il rougit
d'indignation, lorsque, l'air achevé, ils continuèrent leurs enjambées, cinq grandes minutes, sans
paraître se douter seulement de l'absence du fifre
et du tambourin.

Il eût été charmant sans doute de surprendre
les lutins de la forêt dans leurs ébats mystérieux.
Mais, au moindre souffle, ils se fussent évanouis ; et
courant à la salle de bal, à peine eussions-nous
trouvé, pour trace de leur passage, quelques brins
d'herbe légèrement courbés. C'eût été moquerie :
nous faire entendre leurs rires, nous inviter à
partager leur joie, puis s'enfuir à notre approche, sans nous permettre le moindre quadrille.

On ne pouvait danser avec des sylphes, Ninette;
avec des paysans, rien n'était d'une réalité plus
engageante.

Nous sortîmes brusquement du massif. Nos
bruyants danseurs n'eurent garde de s'envoler. Ils
ne s'aperçurent même que longtemps après de
notre présence. Ils s'étaient remis à gambader.
Le joueur de fifre, qui avait fait mine de s'éloi-

gner, ayant vu briller quelques pièces de monnaie, venait de reprendre ses instruments, battant et soufflant de nouveau, tout en soupirant
de prostituer ainsi la mélodie. Je crus reconnaître
la mesure lente et insaisissable d'une valse. J'en-
laçais déjà ta taille, j'épiais l'instant de t'emporter dans mes bras, lorsque tu te dégageas vivement pour te mettre à rire et à sauter, tout
comme une brune et hardie paysanne. L'homme
au tambourin, que mes préparatifs de beau danseur consolaient, n'eut plus qu'à se voiler la face
et à gémir sur la décadence de l'art.

Je ne sais pourquoi, Ninon, je me souvins hier
soir de ces folies, de notre longue course, de nos
danses libres et rieuses. Puis, ce vague souvenir fut
suivi de cent autres vagues rêveries. Me pardonne-
ras-tu de te les conter ? Cheminant au hasard,
m'arrêtant et courant sans raison, je m'inquiète
peu de la foule ; mes récits ne sont que de bien pâles ébauches : mais tu m'as dit les aimer.

La danse, cette nymphe pudiquement lascive,
me charme plutôt qu'elle ne m'attire. J'aime, simple
spectateur, à la voir secouer ses grelots sur le
monde ; voluptueuse sous les cieux d'Espagne
et d'Italie, se tordre en étreintes, en baisers
de feu ; long voilée dans la blonde Allemagne,

glisser amoureusement comme un rêve; et même discrète et spirituelle, marcher dans les salons de France. J'aime à la retrouver partout : sur la mousse des bois comme sur de riches tapis; à la noce de village ainsi que dans les soirées étincelantes.

Mollement renversée, l'œil humide, les lèvres entr'ouvertes, elle a traversé les temps, en nouant et dénouant ses bras sur sa tête blonde. Toutes les portes se sont ouvertes, au bruit cadencé de ses pas, celles des temples, celles des joyeuses retraites; là parfumée d'encens, ici la robe rougie de vin, elle a frappé harmonieusement le sol; et après tant de siècles, elle nous arrive, souriante, sans que ses membres souples pressent ou retardent la mélodieuse cadence.

Vienne donc la déesse. Les groupes se forment, les danseuses se cambrent sous l'étreinte des danseurs. Voici l'immortelle. Ses bras levés tiennent un tambour de basque; elle sourit, puis donne le signal; les couples s'ébranlent, suivent ses pas, imitent ses attitudes. Et moi, j'aime à suivre des yeux le tourbillon léger; je cherche à surprendre tous les regards, toutes les paroles d'amour; j'ai l'ivresse du rhythme, dans le coin perdu où je rêve, remerciant l'immortelle, si elle m'a laissé ignorant et gauche, de m'avoir donné tout au moins le sentiment de son art harmonieux.

A vrai dire, Ninette, je la préférerais, la blonde déesse, dans son amoureuse nudité, écartant et agitant sans lois sa blanche ceinture. Je la préférerais loin des salons, se croyant cachée à tout regard profane, traçant sur le gazon ses pas les plus capricieux. Là, à peine voilée, foulant mollement l'herbe de ses pieds roses, elle agirait dans son innocente liberté, elle trouverait le secret de la mélodie du mouvement. Là, j'irais, caché dans le feuillage, admirer son beau corps, mince et flexible, et suivre du regard les jeux de l'ombre sur ses épaules, selon que son caprice l'emporterait ou la ramènerait.

Mais, parfois, je me suis pris à la détester, lorsqu'elle s'est présentée à moi sous l'aspect d'une jeune coquette, bien empesée, niaisement décente; lorsque je l'ai vue obéir aveuglément à un orchestre, faire la moue, paraître s'ennuyer, étouffer un bâillement en s'acquittant de ses pas comme d'un devoir. Je dirai le tout : jamais je n'ai admiré sans chagrin l'immortelle dans un salon. Ses fines jambes s'embarrassent dans les grandes jupes de nos élégantes ; elle se trouve par trop gênée, elle qui ne veut être que liberté et que caprice ; et, trou-

4

blée, elle se conforme lourdement à nos sottes révérences, perdant toujours sa grâce pour rencontrer souvent le ridicule.

Je voudrais pouvoir lui fermer nos portes. Si je
la souffre quelquefois sous les lustres, sans trop
de tristesse, c'est grâce à ses tablettes d'amour, à
son carnet de danse.

Ninon, le vois-tu dans sa main, ce petit livre ?
Regarde : le fermoir et le porte-crayon sont en or ;
jamais on ne vit papier plus doux ni plus parfumé ;
jamais reliure n'eut plus d'élégance. Voilà notre
offrande à la déesse. D'autres lui ont donné la couronne et l'écharpe ; nous, par bonté d'âme, lui
avons fait cadeau du carnet de danse.

Elle avait tant d'adorateurs, la pauvre enfant,
on la pressait de tant d'invitations, qu'elle ne savait plus où donner de la tête. Chacun venait l'admirer en implorant un quadrille, et la coquette
accordait toujours ; elle dansait, dansait, perdait
la mémoire, était accablée de réclamations, se
trompait encore ; de là une confusion terrible,
d'immenses jalousies. Elle se retirait, les pieds
brisés, la mémoire perclue. On eut pitié d'elle,
on lui donna le petit livre doré. Depuis ce temps,
plus d'oubli, plus de confusion, plus de passe-
droit. Lorsque les amants l'assiégent, elle leur

présente le carnet ; chacun y inscrit son nom, c'est aux plus amoureux à arriver les premiers. Fussent-ils cent, les pages blanches sont en grand nombre. Si, lorsque les lustres pâlissent, tous n'ont pas pressé sa fine taille, qu'ils s'en prennent à leur paresse, et non à l'indifférence de l'enfant.

Sans doute, Ninon, le moyen était simple. Tu dois t'étonner de mes exclamations à propos de quelques feuilles de papier. Mais quelques charmantes feuilles, exhalant un parfum de coquetterie, pleines de doux secrets ! Quelle longue liste de beaux amoureux, dont chaque nom est un hommage, chaque page une soirée entière de triomphe et d'adoration ! Quel livre magique, contenant une vie de tendresse, où le profane ne peut épeler que de vains noms, où la jeune fille lit couramment sa beauté et l'admiration qu'elle excite !

Chacun vient à son tour faire acte de soumission, chacun vient signer sa lettre d'amour. Ne sont-ce pas là, en effet, les mille signatures d'une déclaration sous-entendue ? Ne devrait-on pas, si l'on était de bonne foi, les écrire sur le premier feuillet, ces éternelles phrases, toujours jeunes ? Mais le petit livre est discret, il ne veut pas forcer sa maî-

tresse à rougir. Elle et lui savent seuls ce qu'il faut
rêver.

Franchement, je le soupçonne d'être fort rusé.
Vois comme il se dissimule, comme il se fait naïf
et nécessaire. Qu'est-il? sinon un aide pour la mémoire, un moyen tout primitif de rendre la justice
en accordant à chacun son tour. Lui, parler d'a-
mour, troubler les jeunes filles ! on se trompe
grandement. Tourne les pages, tu ne trouveras pas
le plus petit « Je t'aime. » Il le dit en vérité,
rien n'est plus innocent, plus naïf, plus primitif
que lui. Aussi les grands-parents le voient-ils sans
effroi dans les mains de leurs filles. Tandis que le
billet signé d'un seul nom se cache sous le corsage,
lui, la lettre aux mille signatures, se montre hardiment. On le rencontre partout au grand jour; dans
les salons et dans la chambre de l'enfant. N'est-il
pas le petit livre le moins dange eux qu'on con-
naisse?

Il trompe jusqu'à sa maîtresse elle-même. Quel
péril peut offrir un objet d'un usage si commun,
approuvé d'ailleurs par les grands-parents? Elle le
feuillette sans crainte. C'est ici qu'on peut accuser
le carnet de danse de manifeste hypocrisie. Dans le
silence, que penses-tu qu'il murmure à l'oreille de
l'enfant? De simples noms? Oh! que non pas! mais

bel et bien de longues conversations amoureuses. Il n'a plus son air de nécessité ni de désintéressement. Il babille, il caresse ; il brûle et balbutie de tendres paroles. La jeune fille se sent oppressée ; tremblante, elle continue. Et soudain la fête renaît pour elle, les lustres brillent, l'orchestre chante amoureusement ; soudain chaque nom se personnifie, et le bal, dont elle était la reine, recommence avec ses ovations, ses paroles caressantes et flatteuses.

Ah ! livre malin, quel défilé de jeunes cavaliers ! Celui-là, tout en pressant mollement sa taille, vantait ses yeux bleus ; celui-ci, ému et tremblant, ne pouvait que lui sourire ; cet autre parlait, parlait sans cesse, débitant ces mille galanteries qui, malgré leur vide de sens, en disent plus que de longs discours.

Et, lorsque la vierge s'est oubliée une fois avec lui, le rusé sait bien qu'elle reviendra. Jeune femme, elle parcourt les feuillets, les consulte avec anxiété pour connaître de combien s'est augmenté le nombre de ses admirateurs. Elle s'arrête avec un triste sourire à certains noms qu'elle ne retrouve plus sur les dernières pages, noms volages qui sans doute sont allés enrichir d'autres carnets. La plupart de ses sujets lui restent fidè-

4.

les ; elle passe avec indifférence. Le petit livre rit
de tout cela. Il connaît sa puissance ; il doit recevoir les caresses d'une vie entière.

La vieillesse vient, le carnet n'est pas oublié.
Les dorures en sont fanées, les feuillets tiennent à
peine. Sa maîtresse, qui a vieilli avec lui, paraît
l'en aimer davantage. Elle en tourne encore souvent les pages et s'enivre de son lointain parfum
de jeunesse.

N'est-ce pas un rôle charmant, Ninon, que celui
du carnet de danse ? N'est-il pas, comme toute poésie, incompris de la foule, lu couramment des
seuls initiés ? Confident des secrets de la femme,
il l'accompagne dans la vie, ainsi qu'un ange d'a-
mour versant à pleine main les espérances et les
souvenirs.

II

Georgette sortait à peine du couvent. Elle avait
encore cet âge heureux où le songe et la réalité se
confondent ; douce et passagère époque, l'esprit
voit ce qu'il rêve et rêve ce qu'il voit. Comme tous
les enfants, elle s'était laissé éblouir par les
lustres flambants de ses premiers bals ; elle se

croyait de bonne foi dans une sphère supérieure,
parmi des êtres demi-dieux, graciés des mauvais
côtés de la vie.

Légèrement brunes, ses joues avaient les reflets
dorés des seins d'une fille de Sicile ; ses grands cils
noirs voilaient à demi le feu de son regard. Oubliant qu'elle n'était plus sous la férule d'une
sous-maîtresse, elle contenait la vie ardente qui
brûlait en elle. Dans un salon, elle n'était jamais
qu'une petite fille, timide, presque sotte, rougissant pour un mot et baissant les yeux.

Viens, nous nous cacherons derrière les grands
rideaux, nous verrons l'indolente étendre les bras
et s'éveiller en découvrant ses pieds roses. Ne sois
pas jalouse, Ninon : tous mes baisers sont pour toi.

Te souviens-tu ? onze heures sonnaient. La chambre était encore sombre. Le soleil se perdait dans
les épaisses draperies des fenêtres, tandis qu'une
veilleuse, aux lueurs mourantes, luttait vainement
avec l'ombre. Sur le lit, lorsque la flamme de la
veilleuse se ravivait, apparaissaient une forme
blanche, un front pur, une gorge perdue sous des
flots de dentelles ; plus loin, l'extrémité délicate
d'un petit pied ; hors du lit, un bras de neige pendant, la main ouverte.

A deux reprises, la paresseuse se retourna sur

la couche pour s'endormir de nouveau, mais d'un sommeil si léger, que le subit craquement d'un meuble la fit enfin dresser à demi. Elle écarta ses cheveux tombant en désordre sur son front, elle essuya ses yeux gros de sommeil, ramenant sur ses épaules tous les coins des couvertures, croissant les bras pour se mieux voiler.

Quand elle fut bien éveillée, elle avança la main vers un cordon de sonnette qui pendait auprès d'elle; mais elle la retira vivement; elle sauta à terre, courut écarter elle-même les draperies des fenêtres. Un gai rayon de soleil emplit la chambre de lumière. L'enfant, surprise de ce grand jour et venant à se voir dans une glace demi-nue et en désordre, fut fort effrayée. Elle revint se blottir au fond de son lit, rouge et tremblante de ce bel exploit. Sa chambrière était une fille sotte et curieuse; Georgette préférait sa rêverie aux bavardages de cette femme. Mais, bon Dieu! quel grand jour il faisait, et combien les glaces sont indiscrètes!

Maintenant, sur les siéges épars, on voyait négligemment jetée une toilette de bal. La jeune fille, presque endormie, avait laissé ici sa jupe de gaze, là son écharpe, plus loin ses souliers de satin. Auprès d'elle, dans une coupe d'agate, brillaient des bijoux ; un bouquet fané se mourait à côté d'un carnet de danse.

Le front sur l'un de ses bras nus, elle prit un collier et se mit à jouer avec les perles. Puis elle le posa, ouvrit le carnet, le feuilleta. Le petit livre avait un air ennuyé et indifférent. Georgette le parcourait sans grande attention, paraissant songer à tout autre chose.

Comme elle en tournait les pages, le nom de Charles, inscrit en tête de chacune d'elles, finit par l'impatienter.

— Toujours Charles, se dit-elle. Mon cousin a une belle écriture ; voilà des lettres longues et penchées qui ont un aspect grave. La main lui tremble rarement, même lorsqu'elle presse la mienne. Mon cousin est un jeune homme très-sérieux. Il doit être un jour mon mari. A chaque bal, sans m'en faire la demande, il prend mon carnet et s'inscrit pour la première danse. C'est là sans doute un droit de mari. Ce droit me déplaît.

Le carnet devenait de plus en plus froid. Georgette, le regard perdu dans le vide, semblait résoudre quelque grave problème.

— Un mari, reprit-elle, voilà qui me fait peur. Charles me traite toujours en petite fille ; parce qu'il a remporté huit à dix prix au collége, il se

croit forcé d'être pédant. Après tout, je ne sais
trop pourquoi il sera mon mari ; ce n'est pas moi
qui l'ai prié de m'épouser; lui-même ne m'en a
jamais demandé la permission. Nous avons joué
ensemble, autrefois; je me souviens qu'il était très-
méchant. Maintenant il est très-poli ; je l'aimerais
mieux méchant. Ainsi je vais être sa femme ; je
n'avais jamais bien songé à cela; sa femme, je
n'en vois vraiment pas la raison. Charles, toujours
Charles ! on 'dirait que je lui appartiens déjà. Je
vais le prier de ne pas écrire si gros sur mon carnet : son nom tient trop de place.

Le petit livre, qui, lui aussi, semblait las du
cousin Charles, faillit se fermer d'ennui. Les
carnets de danse, je le soupçonne, détestent franchement les maris. Le nôtre tourna ses feuillets et présenta sournoisement d'autres noms à
Georgette.

— Louis, murmura l'enfant. Ce nom me rappelle un singulier danseur. Il est venu, sans presque me regarder, me prier de lui accorder un
quadrille. Puis, aux premiers accords des instruments, il m'a entraînée à l'autre bout du salon,
j'ignore pourquoi, en face d'une grande dame
blonde qui le suivait des yeux. Il lui souriait par
moments, et m'oubliait si bien que je me suis vue

forcée, à deux reprises, de ramasser moi-même mon bouquet. Quand la danse le ramenait auprès d'elle, il lui parlait bas ; moi, j'écoutais, mais je ne comprenais point. C'était peut-être sa sœur. Sa sœur, oh ! non : il lui prenait la main en tremblant ; puis, lorsqu'il tenait cette main dans la sienne, l'orchestre le rappelait vainement auprès de moi. Je demeurais là, comme une sotte, le bras tendu, ce qui faisait fort mauvais effet ; les figures en restaient toutes brouillées. C'était peut-être sa femme. Que je suis niaise ! sa femme, vraiment, oui ! Charles ne me parle jamais en dansant. C'était peut-être...

Georgette resta les lèvres demi-closes, absorbée, pareille à un enfant mis en face d'un jouet inconnu, n'osant approcher et agrandissant les yeux pour mieux voir. Elle comptait machinalement sous ses doigts les glands de la couverture, la main droite allongée et grande ouverte sur le carnet. Celui-ci commençait à donner signe de vie ; il s'agitait, il paraissait savoir parfaitement ce qu'était la dame blonde. J'ignore si le libertin en confia le secret à la jeune fille. Elle ramena sur ses épaules la dentelle qui glissait, acheva de compter scrupuleusement les glands de la couverture, et dit enfin à demi-voix :

— C'est singulier, cette belle dame n'était sûrement ni la femme, ni la sœur de M. Louis.

Elle se remit à feuilleter les pages. Un nom l'arrêta bientôt.

— Ce Robert est un vilain homme, reprit-elle. Je n'aurais jamais cru qu'avec un gilet d'une telle élégance, on pût avoir l'âme aussi noire. Durant un grand quart d'heure, il m'a comparée à mille belles choses, aux étoiles, aux fleurs, que sais-je, moi ? J'étais flattée, j'éprouvais tant de plaisir, que je ne savais quoi répondre. Il parlait bien et long-temps sans s'arrêter. Puis, il m'a reconduite à ma place, et là, il a manqué de pleurer en me quittant. Ensuite je me suis mise à une fenêtre ; les rideaux m'ont cachée, en retombant derrière moi. Je songeais un peu, je crois, à mon bavard de danseur, lorsque je l'ai entendu rire et causer. Il parlait à un ami d'une petite sotte, rougissant au moindre mot, d'une échappée de couvent, baissant les yeux, s'enlaidissant par un maintien trop modeste. Sans doute il parlait de Thérèse, ma bonne amie. Thérèse a de petits yeux et une grande bouche. C'est une excellente fille. Peut-être parlaient-ils de moi. Les jeunes gens mentent donc ! Alors, je serais laide. Laide ! Thérèse l'est cependant davantage. Sûrement ils parlaient de Thérèse.

Georgette sourit et eut comme une tentation d'aller consulter son miroir.

— Puis, ajouta-t-elle, ils se sont moqués des dames qui étaient au bal. J'écoutais toujours, je finissais par ne plus comprendre. J'ai pensé qu'ils disaient de gros mots. Comme je ne pouvais m'éloigner, je me suis bravement bouché les oreilles.

Le carnet de danse était en pleine hilarité. Il se mit à débiter une foule de noms pour prouver à Georgette que Thérèse était bien la petite sotte enlaidie par un maintien trop modeste.

— Paul a des yeux bleus, dit-il. Certes, Paul n'est pas menteur, et je l'ai entendu te dire des paroles bien douces.

— Oui, oui, répéta Georgette, M. Paul a des yeux bleus, et M. Paul n'est pas menteur. Il a des moustaches blondes que je préfère beaucoup à celles de Charles.

— Ne me parle pas de Charles, reprit le carnet; ses moustaches ne méritent pas le moindre sourire. Que penses-tu d'Édouard? il est timide et n'ose parler que du regard. Je ne sais si tu comprends ce langage. Et Jules? il n'y a que toi, assure-t-il, qui saches valser. Et Lucien, et Georges, et Albert? tous te trouvent charmante

5

et quêtent pendant de longues heures l'aumône de ton sourire.

Georgette se remit à compter les glands de la couverture. Le bavardage du carnet commençait à l'effrayer. Elle le sentait qui brûlait ses mains ; elle eût voulu le fermer et n'en avait pas le courage.

— Car tu étais reine, continua le démon. Tes dentelles se refusaient à cacher tes bras nus, ton front de seize ans faisait pâlir ta couronne. Ah! ma Georgette, tu ne pouvais tout voir, sans cela tu aurais eu pitié. Les pauvres garçons sont bien malades à l'heure qu'il est!

Et il eut un silence plein de commisération. L'enfant qui l'écoutait, souriante, effarouchée, le voyant rester muet :

— Un nœud de ma robe était tombé, dit-elle. Sûrement cela me rendait laide. Les jeunes gens devaient se moquer en passant. Ces couturières ont si peu de soin !

— N'a-t-il pas dansé avec toi? interrompit le carnet.

— Qui donc? demanda Georgette, en rougissant si fort que ses épaules devinrent toutes roses.

Et, prononçant enfin un nom qu'elle avait depuis

un quart d'heure sous les yeux, et que son cœur
épelait, tandis que ses lèvres parlaient de robe
déchirée :

— M. Edmond, dit-elle, m'a paru triste,
hier soir. Je le voyais de loin me regarder.
Comme il n'osait approcher, je me suis levée, je
suis allée à lui. Il a bien été forcé de m'inviter.

— J'aime beaucoup M. Edmond, soupira le petit
livre.

Georgette fit mine de ne pas entendre. Elle continua :

— En dansant, j'ai senti sa main trembler sur
ma taille. Il a bégayé quelques mots, se plaignant
de la chaleur. Moi, voyant que les roses de mon
bouquet lui faisaient envie, je lui en ai donné une.
Il n'y a pas de mal à cela.

— Oh! non! Puis, en prenant la fleur, ses lèvres,
par un singulier hasard, se sont trouvées près de
tes doigts. Il les a baisés un petit peu.

— Il n'y a pas de mal à cela, répéta Georgette
qui depuis un instant se tourmentait fort sur le
lit.

— Oh! non! J'ai à te gronder vraiment de lui
avoir tant fait attendre ce pauvre baiser. Edmond
ferait un charmant petit mari.

L'enfant, de plus en plus troublée, ne s'aperçut

pas que son fichu était tombé et que l'un de ses pieds avait rejeté la couverture.

— Un charmant petit mari, répéta-t-elle de nouveau.

— Moi, je l'aime bien, reprit le tentateur. Si j'étais à ta place, vois-tu, je lui rendrais volontiers son baiser.

Georgette fut scandalisée. Le bon apôtre continua :

— Rien qu'un baiser, là, doucement sur son nom. Je ne le lui dirai pas.

La jeune fille jura ses grands dieux qu'elle n'en ferait rien. Et, je ne sais comment, la page se trouva sous ses lèvres. Elle n'en sut rien elle-même. Tout en protestant, elle baisa le nom à deux reprises.

Alors, elle aperçut son pied, qui riait dans un rayon de soleil. Confuse, elle ramenait la couverture, quand elle acheva de perdre la tête en entendant crier la clef dans la serrure.

Le carnet de danse se glissa parmi les dentelles et disparut en toute hâte sous l'oreiller.

C'était la chambrière.

CELLE QUI M'AIME

I

Celle qui m'aime est-elle grande dame, toute de soie, de dentelles et de bijoux, rêvant à nos amours, sur le sofa d'un boudoir? marquise ou duchesse, mignonne et légère comme un rêve, traînant languissamment sur les tapis les flots de ses jupes blanches et faisant une petite moue plus douce qu'un sourire?

Celle qui m'aime est-elle grisette pimpante, trottant menu, se troussant pour sauter les ruisseaux, quêtant d'un regard l'éloge de sa jambe fine? Est-elle la bonne fille qui boit dans tous les

verres, vêtue de satin aujourd'hui, d'indienne
grossière demain, trouvant dans les trésors de son
cœur un brin d'amour pour chacun?

Celle qui m'aime est-elle l'enfant blonde s'age-
nouillant pour prier au côté de sa mère? la vierge
folle m'appelant le soir dans l'ombre des ruelles?
Est-elle la brune paysanne qui me regarde au passage et qui emporte mon souvenir au milieu des
blés et des vignes mûres? la pauvresse qui me remercie de mon aumône? la femme d'un autre,
amant ou mari, que j'ai suivie un jour et que je
n'ai plus revue?

Celle qui m'aime est-elle fille d'Europe, blanche
comme l'aube? fille d'Asie, au teint jaune et doré
comme un coucher de soleil? ou fille du désert,
noire comme une nuit d'orage?

Celle qui m'aime est-elle séparée de moi par
une mince cloison? est-elle au delà des mers? est-
elle au delà des étoiles?

Celle qui m'aime est-elle encore à naître? est-elle
morte il y a cent ans?

II

Hier, je l'ai cherchée sur un champ de foire. Il y avait fête au faubourg, et le peuple endimanché montait bruyamment par les rues.

On venait d'allumer les lampions. L'avenue, de distance en distance, était ornée de poteaux jaunes et bleus, garnis de petits pots de couleur, où brûlaient des mèches fumeuses que le vent effarait. Dans les arbres, vacillaient des lanternes véni-tiennes. Des baraques en toile bordaient les trottoirs, laissant traîner dans le ruisseau les franges de leurs rideaux rouges. Les faïences dorées, les bonbons fraîchement peints, le clinquant des étalages, miroitaient à la lumière crue des quinquets.

Il y avait dans l'air une odeur de poussière, de pain d'épices et de gaufres à la graisse. Les orgues chantaient ; les paillasses enfarinés riaient et pleuraient sous une grêle de soufflets et de coups de pied. Une nuée chaude pesait sur cette joie.

Au-dessus de cette nuée, au-dessus de ces bruits,

s'élargissait un ciel d'été, aux profondeurs pures et
mélancoliques. Un ange venait d'illuminer l'azur
pour quelque fête divine, fête souverainement
calme de l'infini.

Perdu dans la foule, je sentais la solitude de
mon cœur. J'allais, suivant du regard les jeunes
filles qui me souriaient au passage, me disant
que je ne reverrais plus ces sourires. Cette pensée
de tant de lèvres amoureuses, entrevues un instant
et perdues à jamais, était une angoisse pour mon
âme.

J'arrivai ainsi à un carrefour, au milieu de
l'avenue. A gauche, appuyée contre un orme, se
dressait une baraque isolée. Sur le devant, quelques planches mal jointes formaient estrade, et
deux lanternes éclairaient la porte, qui n'était
autre chose qu'un pan de toile relevé en façon de
rideau. Comme je m'arrêtais, un homme portant
un costume de magicien, grande robe noire et
chapeau en pointe semé d'étoiles, haranguait la
foule du haut des planches.

— Entrez, criait-il, entrez, mes beaux messieurs, entrez, mes belles demoiselles! J'arrive en
toute hâte du fond de l'Inde pour réjouir les jeunes cœurs. C'est là que j'ai conquis, au péril de
ma vie, le Miroir d'amour, que gardait un hor-

rible Dragon. Mes beaux messieurs, mes belles demoiselles, je vous apporte la réalisation de vos rêves. Entrez, entrez voir Celle qui vous aime! Pour deux sous Celle qui vous aime!

Une vieille femme, vêtue en bayadère, souleva le pan de toile. Elle promena sur la foule un regard hébété; puis, d'une voix épaisse :

—Pour deux sous, cria-t-elle, pour deux sous Celle qui vous aime! Entrez voir Celle qui vous aime!

III

Le magicien battit une fantaisie entraînante sur la grosse caisse. La bayadère se pendit à une cloche et accompagna.

Le peuple hésitait. Un âne savant jouant aux cartes offre un vif intérêt; un hercule soulevant des poids de cent livres est un spectacle dont on ne saurait se lasser; on ne peut nier non plus qu'une géante demi-nue ne soit faite pour distraire agréablement tous les âges. Mais voir Celle qui vous aime, voilà bien la chose dont on se soucie le moins, et qui ne promet pas la plus légère émotion.

Moi, j'avais écouté avec ferveur l'appel de

l'homme à la grande robe. Ses promesses répon-
daient au désir de mon cœur; je voyais une
Providence dans le hasard qui venait de diriger
mes pas. Ce misérable grandit singulièrement à
mes yeux, de tout l'étonnement que j'éprouvais à
l'entendre lire mes secrètes pensées. Il me sembla
le voir fixer sur moi des regards flamboyants, battant la grosse caisse avec une furie diabolique,
me criant d'entrer d'une voix plus haute que celle
de la cloche.

Je posais le pied sur la première planche, lorsque je me sentis arrêté. M'étant tourné, je vis au
pied de l'estrade un homme me retenant par mon
vêtement. Cet homme était grand et maigre; il
avait de larges mains couvertes de gants de fil
plus larges encore, et portait un chapeau devenu
rouge, un habit noir blanchi aux coudes, et de dé-
plorables culottes de casimir, jaunes de graisse et
de boue. Il se plia en deux, dans une longue et
exquise révérence, puis, d'une voix flûtée, me tint
ce discours :

— Je suis fâché, monsieur, qu'un jeune homme
bien élevé donne un mauvais exemple à la foule.
C'est une grande légèreté que d'encourager dans
son impudence ce coquin spéculant sur nos mauvais instincts; car je trouve profondément immorales

ces paroles criées en plein vent, qui appellent filles
et garçons à une débauche du regard et de l'esprit.
Ah! monsieur, le peuple est faible. Nous avons,
nous les hommes rendus forts par l'instruction,
nous avons, songez-y, de graves et impérieux
·devoirs. Ne cédons pas à de coupables curiosités,
soyons dignes en toutes choses. La moralité de la
société dépend de nous, monsieur.

Je l'écoutai parler. Il n'avait pas lâché mon vêtement et ne pouvait se décider à achever sa révérence. Son chapeau à la main, il discourait avec
un calme si complaisant, que je ne songeai pas à
me fâcher. Je me contentai, quand il se tut, de le
regarder en face, sans lui répondre. Il vit une
question dans ce silence.

— Monsieur, reprit-il avec un nouveau salut,
monsieur, je suis l'Ami du peuple, et j'ai pour
mission le bonheur de l'humanité.

Il prononça ces mots avec un modeste orgueil,
en se grandissant brusquement de toute sa haute
taille. Je lui tournai le dos et montai sur l'estrade.
Avant d'entrer, comme je soulevais le pan de toile,
je le regardai une dernière fois. Il avait délicatement pris de sa main droite les doigts de sa main
gauche, cherchant à effacer les plis de ses gants
qui menaçaient de le quitter.

Puis, croisant les bras, l'Ami du peuple contempla la bayadère avec tendresse.

IV

Je laissai retomber le rideau et me trouvai dans le temple. C'était une sorte de chambre longue et étroite, sans aucun siége, aux murs de toile, éclairée par un seul quinquet. Quelques personnes, des filles curieuses, des garçons faisant tapage, s'y trouvaient déjà réunies. Tout se passait d'ailleurs avec la plus grande décence : une corde, tendue au milieu de la pièce, séparait les hommes des femmes.

Le Miroir d'amour, à vrai dire, n'était autre chose que deux glaces sans tain, une dans chaque compartiment, petites vitres rondes donnant sur l'intérieur de la baraque. Le miracle promis s'accomplissait avec une admirable simplicité : il suffisait d'appliquer l'œil droit contre la vitre, et au delà, sans qu'il soit question de tonnerre ni de soufre, apparaissait la bien-aimée. Comment ne pas croire à une vision aussi naturelle !

Je ne me sentis pas la force de tenter l'épreuve

dès l'entrée. La bayadère m'avait regardé au passage, d'un regard qui me donnait froid au cœur. Savais-je, moi, ce qui m'attendait derrière cette vitre : peut-être un horrible visage, aux yeux éteints, aux lèvres violettes ; une centenaire avide de jeune sang, une de ces créatures difformes que je vois, la nuit, passer dans mes mauvais rêves. Je ne croyais plus aux blondes créations dont je peuple charitablement mon désert. Je me rappelais toutes les laides qui me témoignent quelque affection, et je me demandais avec terreur si ce n'était pas une de ces laides que j'allais voir apparaître.

Je me retirai dans un coin. Pour reprendre courage, je regardai ceux qui, plus hardis que moi, consultaient le destin, sans tant de façons. Je ne tardai pas à goûter un singulier plaisir au spectacle de ces diverses figures, l'œil droit grand ouvert, le gauche fermé avec deux doigts, ayant chacune leur sourire, selon que la vision plaisait plus ou moins. La vitre se trouvant un peu basse, il fallait se courber légèrement. Rien ne me parut plus grotesque que ces hommes venant à la file voir l'âme sœur de leur âme par un trou de quelques centimètres de tour.

Deux soldats s'avancèrent d'abord : un sergent bruni au soleil d'Afrique, et un jeune conscrit,

garçon sentant encore le labour, les bras gênés
dans une capote trois fois trop grande. Le sergent
eut un rire sceptique. Le conscrit demeura longtemps courbé, singulièrement flatté d'avoir une
bonne amie.

Puis vint un gros homme en veste blanche, à la
face rouge et bouffie, qui regarda tranquillement,
sans grimace de joie ni de déplaisir, comme s'il
eût été tout naturel qu'il pût être aimé de quelqu'un.

Il fut suivi par trois écoliers, bonshommes de
quinze ou seize ans, à la mine effrontée, se poussant pour faire accroire qu'ils avaient l'honneur
d'être ivres. Tous trois jurèrent qu'ils reconnaissaient leurs tantes.

Ainsi les curieux se succédaient devant la vitre,
et je ne saurais me rappeler aujourd'hui les différentes expressions de physionomie qui me frappè-
rent alors. O vision de la bien-aimée ! quelles
rudes vérités tu faisais dire à ces yeux grands ouverts ! Ils étaient les vrais Miroirs d'amour, Miroirs où la grâce de la femme se reflétait en une
lueur louche où la luxure s'étalait dans de la
bêtise.

V

Les filles, à l'autre carreau, s'égayaient d'une plus honnête façon. Je ne lisais que beaucoup de curiosité sur leurs visages ; pas le moindre vilain désir, pas la plus petite méchante pensée. Elles venaient tour à tour jeter un regard étonné par l'étroite ouverture, et se retiraient, les unes un peu songeuses, les autres riant comme des folles.

A vrai dire, je ne sais trop ce qu'elles faisaient là. Je serais femme, si peu que je fusse jolie, que je n'aurais jamais la sotte idée de me déranger pour aller voir l'homme qui m'aime. Les jours où mon cœur pleurerait d'être seul, ces jours-là sont jours de printemps et de beau soleil, je m'en irais dans un sentier en fleurs me faire adorer de chaque passant. Le soir, je reviendrais riche d'amour.

Certes, mes curieuses n'étaient pas toutes également jolies. Les belles se moquaient bien de la science du magicien, depuis longtemps elles n'avaient plus besoin de lui. Les laides, au contraire, ne s'étaient jamais trouvées à pareille fête. Il en vint une, aux cheveux rares, à la

bouche grande, qui ne pouvait s'éloigner du miroir
magique; elle gardait aux lèvres le sourire joyeux
et navrant du pauvre apaisant sa faim après un long
jeûne.

Je me demandai quelles belles idées s'éveillaient
dans ces têtes folles. Ce n'était pas un mince problème. Toutes avaient, à coup sûr, vu en songe un
prince se mettre à leurs genoux; toutes désiraient
mieux connaître l'amant dont elles se souvenaient
confusément au réveil. Il y eut sans doute beaucoup
de déceptions; les princes deviennent rares, et les
yeux de notre âme, qui s'ouvrent la nuit sur un
monde meilleur, sont des yeux bien autrement
complaisants que ceux dont nous nous servons le
jour. Il y eut aussi de grandes joies; le songe se
réalisait, l'amant avait la fine moustache et la
noire chevelure rêvées.

Ainsi chacune, dans quelques secondes, vivait
une vie d'amour. Romans naïfs, rapides comme
l'espérance, qui se devinaient dans la rougeur
des joues et dans les frissons plus amoureux du
corsage.

Après tout, ces filles étaient peut-être des sottes,
et je suis un sot moi-même d'avoir vu tant de choses, lorsqu'il n'y avait sans doute rien à voir. Toutefois, je me rassurai complétement à les étudier.

Je remarquai qu'hommes et femmes paraissaient
en général fort satisfaits de l'apparition. Le magicien n'aurait certes jamais eu le mauvais cœur de
causer le moindre déplaisir à de braves gens qui
lui donnaient deux sous.

Je m'approchai, j'appliquai, sans trop d'émotion, mon œil droit contre la vitre. J'aperçus,
entre deux grands rideaux rouges, une femme ac-
coudée au dossier d'un fauteuil. Elle était vivement éclairée par des quinquets que je ne pouvais
voir, et se détachait sur une toile peinte, tendue
au fond; cette toile, coupée par endroits, avait
dû représenter jadis un galant bocage d'arbres
bleus.

Celle qui m'aime portait, en vision bien née,
une longue robe blanche, à peine serrée à la taille,
traînant sur le plancher en façon de nuage. Elle
avait au front un large voile également blanc, re-
tenu par une couronne de fleurs d'aubépine. Le
cher ange était, ainsi vêtu, toute blancheur, toute
innocence.

Elle s'appuyait coquettement, tournant les yeux
vers moi, de grands yeux bleus caressants. Elle
me parut ravissante sous le voile : tresses blondes
perdues dans la mousseline, front candide de
vierge, lèvres délicates, fossettes qui sont nids à

6.

baisers. Au premier regard, je la pris pour une
sainte; au second, je lui trouvai un air bonne
fille, point bégueule du tout et fort accommo-
dant.

Elle porta trois doigts à ses lèvres, et m'envoya
un baiser, avec une révérence qui ne se sentait au-
cunement du royaume des ombres. Voyant qu'elle
ne se décidait pas à s'envoler, je fixai ses traits
dans ma mémoire, et je me retirai.

Comme je sortais, je vis entrer l'Ami du peuple.
Ce grave moraliste, qui parut m'éviter, courut donner le mauvais exemple d'une coupable curiosité.
Sa longue échine, courbée en demi-cercle, frémit
de désir; puis, ne pouvant aller plus loin, il baisa
le verre magique.

VI

Je descendis les trois planches, je me trouvai
de nouveau dans la foule, décidé à chercher Celle
qui m'aime, maintenant que je connaissais son
sourire.

Les lampions fumaient, le tumulte croissait, le
peuple se pressait à renverser les baraques. La

fête en était à cette heure de joie idéale, où l'on
risque d'avoir le bonheur d'être étouffé.

J'avais, en me dressant, un horizon de bonnets de
linge et de chapeaux de soie. J'avançais, poussant
les hommes, tournant avec précaution les grandes
jupes des dames. Peut-être était-ce cette capote
rose ; peut-être cette coiffe de tulle ornée de rubans mauves ; peut-être cette délicieuse toque de
paille à plume d'autruche. Hélas ! la capote avait
soixante ans ; la coiffe, abominablement laide,
s'appuyait amoureusement à l'épaule d'un sa-
peur ; la toque riait aux éclats, agrandissant les
plus beaux yeux du monde, et je ne reconnaissais
point ces beaux yeux.

Il y a, au-dessus des foules, je ne sais quelle
angoisse, quelle immense tristesse, comme s'il se
dégageait de la multitude un souffle de terreur et
de pitié. Jamais je ne me suis trouvé dans un grand
rassemblement de peuple sans éprouver un vague
malaise. Il me semble qu'un épouvantable malheur menace ces hommes réunis, qu'un seul éclair
va suffire, dans l'exaltation de leurs gestes et de
leurs voix, pour les frapper d'immobilité, d'éternel silence.

Peu à peu, je ralentis le pas, regardant cette joie
qui me navrait. Au pied d'un arbre, en plein dans

la lumière jaune des lampions, se tenait debout
un vieux mendiant, le corps roidi, horriblement
tordu par une paralysie. Il levait vers les passants
sa face blême, clignant les yeux d'une façon lamentable, pour mieux exciter la pitié. Il donnait à ses
membres de brusques frissons de fièvre, qui le
secouaient comme une branche sèche. Les jeunes
filles, fraîches et rougissantes, passaient en riant
devant ce hideux spectacle.

Plus loin, à la porte d'un cabaret, deux ouvriers se battaient. Dans la lutte, les verres
avaient été renversés, et à voir couler le vin
sur le trottoir, on eût dit le sang de larges blessures.

Les rires me parurent se changer en sanglots,
les lumières devinrent un vaste incendie, la foule
tourna, frappée d'épouvante. J'allais, me sentant
triste à mourir, interrogeant les jeunes visages,
et ne pouvant trouver Celle qui m'aime.

VII

Je vis un homme debout devant un des poteaux
qui portaient les lampions, et le considérant d'un
air profondément absorbé. A ses regards inquiets,
je crus comprendre qu'il cherchait la solution de
quelque grave problème. Cet homme était l'Ami du
peuple.

Ayant tourné la tête, il m'aperçut.

— Monsieur, me dit-il, l'huile employée dans
les fêtes coûte vingt sous le litre. Dans un litre,
il y a vingt godets comme ceux que vous voyez là :
soit un sou d'huile par godet. Or, ce poteau a seize
rangs de huit godets chacun : cent vingt-huit godets en tout. De plus, — suivez bien mes calculs,
—j'ai compté soixante poteaux semblables dans
l'avenue, ce qui fait sept mille six cent quatre-
vingts godets, ce qui fait par conséquent sept mille
six cent quatre-vingts sous, ou mieux trois cent
quatre-vingt-quatre francs.

En parlant ainsi, l'Ami du peuple gesticulait,
appuyant de la voix sur les chiffres, courbant sa

longue taille, comme pour se mettre à la portée
de mon faible entendement. Quand il se tut, il
se renversa triomphalement en arrière ; puis, il
croisa les bras, me regardant en face d'un air
pénétré.

— Trois cent quatre-vingt-quatre francs d'huile !
s'écria-t-il, en scandant chaque syllabe, et le pauvre
peuple manque de pain, monsieur ! Je vous le demande, et je vous le demande les larmes aux yeux,
ne serait-il pas plus honorable pour l'humanité, de
distribuer ces trois cent quatre-vingt-quatre francs
aux trois mille indigents que l'on compte dans ce
faubourg ? Une mesure aussi charitable donnerait
à chacun d'eux environ deux sous et demi de pain.
Cette pensée est faite pour faire réfléchir les âmes
tendres, monsieur.

Voyant que je le regardais curieusement, il continua d'une voix mourante, en assurant ses gants
entre ses doigts :

— Le pauvre ne doit pas rire, monsieur. Il est
tout à fait déshonnête qu'il oublie sa pauvreté
pendant une heure. Qui donc pleurerait sur les
malheurs du peuple, si le gouvernement lui donnait souvent de pareilles saturnales ?

Il essuya une larme et me quitta. Je le vis entrer chez un marchand de vin, où il noya son

émotion dans cinq ou six petits verres pris coup
sur coup sur le comptoir.

VIII

Le dernier lampion venait de s'éteindre. La
foule s'en était allée. Aux clartés vacillantes des
réverbères, je ne voyais plus errer sous les arbres que quelques formes noires, couples d'amoureux attardés, ivrognes et sergents de ville promenant leur mélancolie. Les baraques s'allongeaient
grises et muettes, aux deux bords de l'avenue,
comme les tentes d'un camp désert.

Le vent du matin, un vent humide de rosée,
donnait un frisson aux feuilles des ormes. Les
émanations âcres de la soirée avaient fait place
à une fraîcheur délicieuse. Le silence attendri,
l'ombre transparente de l'infini tombaient lentement des profondeurs du ciel, et la fête des étoiles
succédait à la fête des lampions. Les honnêtes gens
allaient enfin pouvoir se divertir un peu.

Je me sentais tout ragaillardi, l'heure de mes
joies étant venue. Je marchais d'un bon pas, mon-
tant et descendant les allées, lorsque je vis une

ombre grise glisser le long des maisons. Cette
ombre venait à moi, rapidement, sans paraître
me voir; à la légèreté de la démarche, au
rhythme cadencé des vêtements, je reconnus une
femme.

Elle allait me heurter, quand elle leva instinc-
tivement les yeux. Son visage m'apparut à la lueur
d'une lanterne voisine, et voilà que je reconnus Celle qui m'aime : non pas l'immortelle au
blanc nuage de mousseline; mais une pauvre fille
de la terre, vêtue d'indienne déteinte. Dans sa misère, elle me parut charmante encore, bien que
pâle et fatiguée. Je ne pouvais douter : c'étaient
là les grands yeux, les lèvres caressantes de la vision; et c'était de plus, à la voir ainsi de près,
la suavité de traits que donne la souffrance.

Comme elle s'arrêtait une seconde, je saisis sa
main, que je baisai. Elle leva la tête et me sourit
vaguement, sans chercher à retirer ses doigts. Me
voyant rester muet, l'émotion me serrant à la
gorge, elle haussa les épaules, en reprenant sa
marche rapide.

Je courus à elle, je l'accompagnai, mon bras
serré à sa taille. Elle eut un rire silencieux; puis
frissonna et dit à voix basse :

— J'ai froid : marchons vite.

Pauvre ange, elle avait froid ! Sous le mince châle noir, ses épaules tremblaient au vent frais de la nuit. Je l'embrassai sur le front, je lui demandai doucement :

— Me connais-tu ?

Une troisième fois, elle leva les yeux, et sans hésiter :

— Non, me répondit-elle.

Je ne sais quel rapide raisonnement se fit dans mon esprit. A mon tour je frissonnai.

— Où allons-nous ? lui demandai-je de nouveau.

Elle haussa les épaules, avec une petite moue d'insouciance ; elle me dit de sa voix d'enfant :

— Mais où tu voudras, chez moi, chez toi, peu importe.

IX

Nous marchions toujours, descendant l'avenue.

J'aperçus sur un banc deux soldats, dont l'un discourait gravement, tandis que l'autre écoutait avec respect. C'étaient le sergent et le conscrit. Le sergent, qui me parut très-ému, m'adressa un salut moqueur, en murmurant :

— Les riches prêtent parfois, monsieur.

Le conscrit, âme tendre et naïve, me dit d'un ton dolent :

— Je n'avais qu'elle, monsieur : vous me volez Celle qui m'aime.

Je traversai la route et pris l'autre allée.

Trois gamins venaient à nous, se tenant par les bras et chantant à tue-tête. Je reconnus les écoliers. Les petits malheureux n'avaient plus besoin de feindre l'ivresse. Ils s'arrêtèrent, pouffant de rire, puis me suivirent quelques pas, me criant chacun d'une voix mal assurée :

— Hé! monsieur, madame vous trompe, madame est Celle qui m'aime!

Je sentais une sueur froide mouiller mes tempes. Je précipitais mes pas, ayant hâte de fuir, ne pensant plus à cette femme que j'emportais dans mes bras. Au bout de l'avenue, comme j'allais enfin quitter ce lieu maudit, je heurtai, en descendant du trottoir, un homme commodément assis dans le ruisseau. Il appuyait la tête sur la dalle, la face tournée vers le ciel, se livrant sur ses doigts à un calcul fort compliqué.

Il tourna les yeux, et, sans quitter l'oreiller :

— Ah ! c'est vous, monsieur, me dit-il en balbutiant. Vous devriez bien m'aider à compter les

étoiles. J'en ai déjà trouvé plusieurs millions,
mais je crains d'en oublier quelqu'une. C'est de
la statistique seule, monsieur, que dépend le bonheur de l'humanité.

Un hoquet l'interrompit. Il reprit en larmoyant :

— Savez-vous combien coûte une étoile ? Sûrement le bon Dieu a fait là-haut une grosse dépense, et le peuple manque de pain, monsieur ! A
quoi bon ces lampions ? est-ce que cela se mange ?
quelle en est l'application pratique, je vous prie ?
Nous avions bien besoin de cette fête éternelle.
Allez, Dieu n'a jamais eu la moindre teinte d'éco-
nomie sociale.

Il avait réussi à se mettre sur son séant ; il
promenait autour de lui des regards troubles, hochant la tête d'un air indigné. C'est alors qu'il
vint à apercevoir ma compagne. Il tressaillit, et,
le visage pourpre, tendit avidement les bras.

— Eh ! eh ! reprit-il, c'est Celle qui m'aime.

X

. . . .
. . . .

— « Voici, me dit-elle, je suis pauvre, je fais
ce que je peux pour manger. L'hiver dernier, je
passais quinze heures courbé sur un métier, et je
n'avais pas du pain tous les jours. Au printemps,
j'ai jeté mon aiguille par la fenêtre. Je venais de
trouver une occupation moins fatigante et plus
lucrative.

« Je m'habille chaque soir de mousseline blanche. Seule dans une sorte de réduit, appuyée au
dossier d'un fauteuil, j'ai pour tout travail à sourire depuis six heures jusqu'à minuit. De temps
à autre, je fais une révérence, j'envoie un baiser
dans le vide. On me paye cela trois francs par
séance.

« En face de moi, derrière une petite vitre en-
châssée dans la cloison, je vois sans cesse un œil
qui me regarde. Il est tantôt noir, tantôt bleu.
Sans cet œil, je serais parfaitement heureuse; il
gâte le métier. Par moments, à le rencontrer tou-

jours seul et fixe, il me prend de folles terreurs ;
je suis tentée de crier et de fuir.

« Mais il faut bien travailler pour vivre. Je souris, je salue, j'envoie un baiser. A minuit, j'efface
mon rouge et je remets ma robe d'indienne. Bah !
que de femmes, sans y être forcées, font ainsi les
gracieuses devant un mur. »

LA FÉE AMOUREUSE

Entends-tu, Ninon, la pluie de décembre battre nos vitres ? Le vent se plaint dans le long cor-
ridor. C'est une vilaine soirée, une de ces soirées
où le pauvre grelotte à la porte du riche que le bal
entraîne dans ses danses, sous les lustres dorés.
Laisse là tes souliers de satin, viens t'asseoir sur
mes genoux, près de l'âtre brûlant. Laisse là ta
riche parure : je veux ce soir te dire un conte, un
beau conte de fée.

Tu sauras, Ninon, qu'il y avait autrefois, sur le
haut d'une montagne, un vieux château sombre et
lugubre. Ce n'étaient que tourelles, que remparts,
que ponts-levis chargés de chaînes ; des hommes
couverts de fer veillaient nuit et jour sur les cré-

neaux, et seuls les soldats trouvaient bon accueil
auprès du comte Enguerrand, le seigneur du manoir.

Si tu l'avais aperçu, le vieux guerrier, se promenant dans les longues galeries, si tu avais entendu les éclats de sa voix brève et menaçante, tu
aurais tremblé d'effroi, tout comme tremblait sa
nièce Odette, la pieuse et jolie damoiselle. N'as-tu
jamais remarqué, le matin, une pâquerette s'épanouir aux premiers baisers du soleil parmi des orties et des ronces! Telle s'épanouissait la jeune
fille parmi de rudes chevaliers. Enfant, lorsque au
milieu de ses jeux elle apercevait son oncle, elle
s'arrêtait, et ses yeux se gonflaient de larmes.
Maintenant, elle était grande et belle; son sein
s'emplissait de vagues soupirs ; et un effroi plus
âpre encore la saisissait, chaque fois que venait à
paraître le seigneur Enguerrand.

Elle demeurait dans une tourelle éloignée, s'occupant à broder de belles bannières, se reposant
de ce travail en priant Dieu, en contemplant de sa
fenêtre la campagne d'émeraude et le ciel d'azur.
Que de fois, la nuit, se levant de sa couche, elle
était venue regarder les étoiles, et, là, que de
fois son cœur de seize ans s'était élancé vers les
espaces célestes, demandant à ces sœurs radieuses

ce qui pouvait l'agiter ainsi. Après ces nuits sans
sommeil, après ces élans d'amour, elle avait des
envies de se suspendre au cou du vieux chevalier;
mais une rude parole, un froid regard l'arrêtaient,
et, tremblante, elle reprenait son aiguille. Tu plains
la pauvre fille, Ninon; elle était comme la fleur
fraîche et embaumée dont on dédaigne l'éclat et
le parfum.

Un jour, Odette la désolée suivait de l'œil en rêvant deux tourterelles qui fuyaient, lorsqu'elle
entendit une voix douce au pied du château.
Elle se pencha, elle vit un beau jeune homme
qui, la chanson sur les lèvres, réclamait l'hospitalité. Elle écouta et ne comprit pas les paroles; mais la voix douce oppressait son cœur,
des larmes coulaient lentement le long de ses
joues, mouillant une tige de marjolaine qu'elle
tenait à la main.

Le château resta fermé, un homme d'armes
cria des murs:

— Retirez-vous: il n'y a céans que des guerriers.

Odette regardait toujours. Elle laissa échapper
la tige de marjolaine humide de larmes, qui s'en
alla tomber aux pieds du chanteur. Ce dernier,
levant les yeux, voyant cette tête blonde, baisa

la branche et s'éloigna, se retournant à chaque
pas.

Quand il eut disparu, Odette se mit à son prie-
Dieu, où elle fit une longue prière. Elle remerciait
le ciel sans savoir pourquoi ; elle se sentait heureuse, tout en ignorant le sujet de sa joie.

La nuit, elle eut un beau rêve. Il lui sembla
voir la tige de marjolaine qu'elle avait jetée. Lentement, du sein des feuilles frissonnantes, se dressa
une fée, mais une fée si mignonne, avec des ailes
de flamme, une couronne de myosotis et une longue robe verte, couleur de l'espérance.

— Odette, dit-elle harmonieusement, je suis la
fée Amoureuse. C'est moi qui t'ai envoyé ce matin
Loïs, le jeune homme à la voix douce ; c'est moi
qui, voyant tes pleurs, ai voulu les sécher. Je vais
par la terre glanant des cœurs et rapprochant ceux
qui soupirent. Je visite la chaumière aussi bien que
le manoir, je me suis plue souvent à unir la houlette
au sceptre des rois. Je sème des fleurs sous les pas
de mes protégés, je les enchaîne avec des fils si
brillants et si précieux, que leurs cœurs en tres-
saillent de joie. J'habite les herbes des sentiers,
les tisons étincelants du foyer d'hiver, les draperies
du lit des époux ; et partout où mon pied se pose,
naissent les baisers et les tendres causeries. Ne

pleure plus, Odette : je suis Amoureuse, la bonne fée, et je viens sécher tes larmes.

Et elle rentra dans sa fleur, qui redevint bouton en repliant ses feuilles.

Tu le sais bien, toi, Ninon, que la fée Amoureuse existe. Vois-la danser dans notre foyer, et plains les pauvres gens qui ne croiront pas à ma belle fée.

Lorsque Odette s'éveilla, un rayon de soleil éclairait sa chambre, un chant d'oiseau montait du dehors, et le vent du matin caressait ses tresses blondes, parfumé du premier baiser qu'il venait de donner aux fleurs. Elle se leva, joyeuse, elle passa la journée à chanter, espérant en ce que lui avait dit la bonne fée. Elle regardait par instants la campagne, souriant à chaque oiseau qui passait, sentant en elle des élans qui la faisaient bondir et frapper ses petites mains l'une contre l'autre.

Le soir venu, elle descendit dans la grande salle du château. Près du comte Enguerrand se trouvait un chevalier qui écoutait les récits du vieillard. Elle prit sa quenouille, s'assit devant l'âtre où chantait le grillon, et le fuseau d'ivoire tourna rapidement entre ses doigts.

Au fort de son travail, ayant jeté les yeux sur le chevalier, elle lui vit la tige de marjolaine entre

les mains, et voilà qu'elle reconnut Loïs à la voix
douce. Un cri de joie faillit lui échapper. Pour cacher sa rougeur, elle se pencha vers les cendres,
remuant les tisons avec une longue tige de fer. Le
brasier crépita, les flammes s'effarèrent, des gerbes bruyantes jaillirent, et soudain, du milieu des
étincelles, surgit Amoureuse, souriante et empressée. Elle secoua de sa robe verte les parcelles
embrasées qui couraient sur la soie, pareilles à
des paillettes d'or ; elle s'élança dans la salle, elle
vint, invisible pour le comte, se placer derrière les
jeunes gens. Là, tandis que le vieux chevalier contait un combat effroyable contre les Infidèles, elle
leur dit doucement :

— Aimez-vous, mes enfants. Laissez les souvenirs à l'austère vieillesse, laissez-lui les longs récits
auprès des tisons ardents. Qu'au petillement de la
flamme ne se mêle que le bruit de vos baisers.
Plus tard il sera temps d'adoucir vos chagrins en
vous rappelant ces douces heures. Quand on aime
à seize ans, la voix est inutile ; un seul regard en
dit plus qu'un grand discours. Aimez-vous, mes
enfants ; laissez parler la vieillesse.

Puis elle les recouvrit de ses ailes, si bien que
le comte, qui expliquait comme quoi le géant Buch
Tête-de-fer fut occis par un terrible coup de Giralda

la lourde épée, ne vit pas Loïs déposant son premier baiser sur le front d'Odette frissonnante.

Il faut, Ninon, que te je parle de ces belles ailes
de ma fée Amoureuse. Elles étaient transparentes
comme verre et menues comme ailes de moucheron. Mais, lorsque deux amants se trouvaient en
péril d'être vus, elles grandissaient, grandissaient,
et devenaient si obscures, si épaisses, qu'elles
arrêtaient les regards et étouffaient le bruit des baisers. Aussi le vieillard continua-t-il longtemps son
prodigieux récit, et longtemps Loïs caressa Odette
la blonde, à la barbe du méchant suzerain.

Mon Dieu ! mon Dieu ! les belles ailes que c'était !
Les jeunes filles, m'a-t-on dit, les retrouvent parfois : plus d'une sait ainsi se cacher aux yeux des
grands-parents. Est-ce vrai, Ninon ?

Lorsque le comte eut fini sa longue histoire, la
fée Amoureuse disparut dans la flamme, et Loïs
s'en alla, remerciant son hôte, envoyant un dernier baiser à Odette. La jeune fille dormit si heureuse, cette nuit-là, qu'elle rêva des montagnes
de fleurs éclairées par des milliers d'astres, chacun
mille fois plus brillant que le soleil.

Le lendemain, elle descendit au jardin, cherchant
les tonnelles obscures. Elle rencontra un guerrier,
le salua, et allait s'éloigner, lorsqu'elle lui vit dans

la main la tige de marjolaine baignée de larmes. Et
voilà qu'elle reconnut encore Loïs à la voix douce,
qui venait de rentrer au château sous un nouveau
déguisement. Il la fit asseoir sur un banc de gazon,
auprès d'une fontaine. Ils se regardaient tous deux,
ravis de se voir en plein jour. Les fauvettes chantaient, on sentait dans l'air que la bonne fée devait
rôder par là. Je ne te dirai pas toutes les paroles
qu'entendirent les vieux chênes discrets; c'était
plaisir de voir les amoureux bavarder si longtemps,
si longtemps, qu'une fauvette qui se trouvait dans
un buisson voisin, eut le temps de se bâtir un nid.

Tout à coup les pas lourds du comte Enguerrand
se firent entendre dans l'allée. Les deux pauvres
amoureux tremblèrent. Mais l'eau de la fontaine
chanta plus doucement, et Amoureuse sortit, riante
et empressée, du flot clair de la source. Elle entoura les amants de ses ailes, puis glissa légèrement avec eux, passant à côté du comte, qui fut
fort étonné d'avoir ouï des voix et de ne trouver
personne.

Elle berce ses protégés, elle va, leur répétant
tout bas :

— Je suis celle qui protége les amours, celle qui
ferme les yeux et les oreilles des gens qui n'aiment
plus. Ne craignez rien, beaux amoureux : aimez-

vous sous le jour éclatant, dans les allées, près de
l'eau des fontaines, partout où vous serez. Je suis
là et je veille sur vous. Dieu m'a mise ici-bas pour
que les hommes, ces railleurs de toute sainteté, ne
viennent jamais troubler vos pures émotions. Il m'a
donné mes belles ailes et m'a dit : « Va, et que les
jeunes cœurs se réjouissent. » Aimez-vous, je suis
là et je veille sur vous.

Et elle allait, butinant la rosée qui était sa seule
nourriture, entraînant, dans une ronde joyeuse,
Odette et Loïs, dont les mains se trouvaient enlacées.

Tu me demanderas ce qu'elle fit des deux
amants. Vraiment, mon amie, je n'ose te le dire.
J'ai peur que tu ne te refuses à me croire, ou bien
que, jalouse de leur fortune, tu ne me rendes
plus mes baisers. Mais te voilà toute curieuse,
méchante fille, et je vois bien qu'il me faut te
contenter.

Or, apprends que la fée rôda ainsi jusqu'à la
nuit. Lorsqu'elle voulut séparer les amants, elle
les vit si chagrins, mais si chagrins de se quitter,
qu'elle se mit à leur parler tout bas. Il paraît
qu'elle leur disait quelque chose de bien beau, car
leurs visages rayonnaient et leurs yeux grandissaient de joie. Et, lorsqu'elle eut parlé et qu'ils

eurent consenti, elle toucha leurs fronts de sa baguette.

Soudain... Oh ! Ninon, quels yeux grands d'étonnement ! Comme tu frapperais du pied, si je n'achevais pas !

Soudain Loïs et Odette furent changés en tiges de marjolaine, mais de marjolaine si belle, qu'il n'y a qu'une fée pour en faire de pareille. Elles se trouvaient placées côté à côte, si près l'une de l'autre que leurs feuilles se mêlaient. C'étaient là des fleurs merveilleuses qui devaient rester épanouies, en échangeant éternellement leurs parfums et leur rosée.

Quant au comte Enguerrand, il se consola, dit-on, en contant chaque soir comme quoi le géant Buch Tête-de-Fer fut occis par un terrible coup de Giralda la lourde épée.

Et maintenant, Ninon, lorsque nous gagnerons la campagne, nous chercherons les marjolaines enchantées pour leur demander dans quelle fleur se trouve la fée Amoureuse. Peut-être, mon amie, une morale se cache-t-elle sous ce conte. Mais je ne te l'ai dit, nos pieds devant l'âtre, que pour te faire oublier la pluie de décembre qui bat nos vitres, et t'inspirer, ce soir, un peu plus d'amour pour le jeune conteur.

LE SANG

Voici déjà bien des rayons, bien des fleurs, bien
des parfums. N'es-tu pas lasse, Ninon, de ce printemps éternel ? Toujours aimer, toujours chanter
le rêve des seize ans. Tu t'endors le soir, méchante
fille, lorsque je te parle longuement des coquette-
ries de la rose et des infidélités de la libellule. Tes
grands yeux, tu les fermes d'ennui, et moi, qui ne
peux plus y puiser l'inspiration, je bégaye sans
parvenir à trouver un dénoûment.

J'aurai raison de tes paupières paresseuses,
Ninon. Je veux te dire aujourd'hui un conte si ter-
rible, que tu ne les fermeras de huit jours. Écoute.
La terreur est douce après un trop long sourire.

I

Quatre soldats, le soir de la victoire, avaient campé dans un coin désert du champ de bataille. L'ombre était venue, et ils soupaient joyeusement au milieu des morts.

Assis dans l'herbe, autour d'un brasier, ils grillaient sur les charbons des tranches d'agneau, qu'ils mangeaient saignantes encore. La lueur rouge du foyer les éclairait vaguement, projetant au loin leurs ombres gigantesques. Par instants, de pâles éclairs couraient sur les armes gisant auprès d'eux, et alors on apercevait dans la nuit des hommes qui dormaient les yeux ouverts.

Les soldats riaient avec de longs éclats, sans voir ces regards qui se fixaient sur eux. La journée avait été rude. Ne sachant ce que leur gardait le lendemain, ils fêtaient les vivres et le repos du moment.

La Nuit et la Mort volaient sur le champ de bataille, où leurs grandes ailes secouaient le silence et l'effroi.

Le repas achevé, Gneuss chanta. Sa voix sonore

se brisait dans l'air morne et désolé : la chanson, joyeuse sur ses lèvres, sanglotait avec l'écho. Étonné de ces accents qui sortaient de sa bouche et qu'il ne connaissait point, le soldat chantait plus haut, quand un cri terrible, sorti de l'ombre, traversa l'espace.

Gneuss se tut, comme pris de malaise. Il dit à Elberg :

— Va donc voir quel cadavre s'éveille.

Elberg prit un tison enflammé et s'éloigna. Ses compagnons purent le suivre quelques instants à la lueur de la torche. Ils le virent se courber, interrogeant les morts, fouillant les buissons de son épée. Puis il disparut.

— Clérian, dit Gneuss après un silence, les loups rôdent ce soir : va chercher notre ami.

Et Clérian se perdit à son tour dans les ténèbres.

Gneuss et Flem, las d'attendre, s'enveloppèrent dans leurs manteaux, couchés tous deux auprès du brasier demi-éteint. Leurs yeux se fermaient, lorsque le même cri terrible passa sur leurs têtes. Flem se leva, silencieux, et marcha vers l'ombre où s'étaient effacés ses deux compagnons.

Alors Gneuss se trouva seul. Il eut peur, peur de ce gouffre noir, où courait un râle d'agonie. Il jeta dans le brasier des herbes sèches, espérant

que la clarté du feu dissiperait son effroi. La
flamme monta, sanglante, le sol fut éclairé d'un
large cercle lumineux ; dans ce cercle, les buissons dansaient fantastiquement, et les morts, qui
dormaient à leur ombre, semblaient secoués par
des mains invisibles.

Gneuss eut peur de la lumière. Il dispersa les
branches enflammées, il les éteignit sous ses talons.
Comme l'ombre retombait, plus pesante et plus
épaisse, il frissonna, redoutant d'entendre passer
le cri de mort. Il s'assit, puis se releva pour appeler ses compagnons. Les éclats de sa voix l'effrayè-
rent ; il craignit d'avoir attiré sur lui l'attention
des cadavres.

La lune parut, et Gneuss vit avec épouvante un
pâle rayon glisser sur le champ de bataille. Maintenant la nuit n'en cachait plus l'horreur. La plaine
dévastée, semée de débris et de morts, s'étendait
devant le regard, couverte d'un linceul de lumière ; et cette lumière, qui n'était pas le jour,
éclairait les ténèbres, sans en dissiper les hor-
reurs muettes.

Gneuss, debout, la sueur au front, eut la pensée
de monter sur la colline éteindre le pâle flambeau
des nuits. Il se demanda ce qu'attendaient les
morts pour se dresser et venir l'entourer, main-

tenant qu'ils le voyaient. Leur immobilité devint
une angoisse pour lui ; dans l'attente de quelque
événement terrible, il ferma les yeux.

Et, comme il était là, il sentit une chaleur tiède
au talon gauche. Il se baissa vers le sol, il vit un
mince ruisseau de sang qui fuyait sous ses pieds. Ce
ruisseau, bondissant de cailloux en cailloux, coulait avec un gai murmure ; il sortait de l'ombre,
se tordait dans un rayon de lune, pour s'enfuir et
retourner dans l'ombre ; on eût dit un serpent aux
noires écailles dont les anneaux glissaient et se suivaient sans fin. Gneuss recula sans pouvoir refermer les yeux ; une effrayante contraction les tenait
grands ouverts, fixés sur le flot sanglant.

Il le vit se gonfler lentement, s'élargir dans
son lit. Le ruisseau devint rivière, rivière lente et
paisible qu'un enfant aurait franchie d'un élan. La
rivière devint torrent et passa sur le sol avec un
bruit sourd, rejetant sur les bords une écume
rougeâtre. Le torrent devint fleuve, fleuve immense.

Ce fleuve emportait les cadavres ; et c'était un
horrible prodige que ce sang sorti des blessures en
elle abondance qu'il charriait les morts.

Gneuss reculait toujours devant le flot qui montait. Ses regards n'apercevaient plus l'autre

rive ; il lui semblait que la vallée se changeait en lac.

Soudain, il se trouva adossé contre une rampe de roches; il dut s'arrêter dans sa fuite. Alors il sentit la vague battre ses genoux. Les morts qu'emportait le courant, l'insultaient au passage ; chacune de leurs blessures devenait une bouche qui le raillait de son effroi. La mer épaisse montait, montait toujours; maintenant elle sanglotait autour de ses hanches. Il se dressa dans un suprême effort, se cramponna aux fentes des roches ; les roches se brisèrent, il retomba, et le flot couvrit ses épaules.

La lune pâle et morne regardait cette mer où ses rayons s'éteignaient sans reflet. La lumière flottait dans le ciel. La nappe immense, toute d'ombre et de clameurs, paraissait l'ouverture béante d'un abîme.

La vague montait, montait ; elle rougit de son écume les lèvres de Gneuss.

II

A l'aube, Elberg en arrivant éveilla Gneuss qui dormait, la tête sur une pierre.

— Ami, dit-il, je me suis égaré dans les buissons. Comme je m'étais assis au pied d'un arbre, le sommeil m'a surpris et les yeux de mon âme ont vu se dérouler des scènes étranges, dont le réveil n'a pu dissiper le souvenir.

Le monde était à son enfance. Le ciel semblait un immense sourire. La terre, vierge encore, s'épanouissait aux rayons de mai, dans sa chaste nudité. Le brin d'herbe verdissait, plus grand que le plus grand de nos chênes : les arbres élargissaient dans l'air des feuillages qui nous sont inconnus. La séve coulait largement dans les veines du monde, et le flot s'en trouvait si abondant, que, ne pouvant se contenter des plantes, il ruisselait dans les entrailles des roches et leur donnait la vie.

Les horizons s'étendaient calmes et rayonnants. La sainte nature s'éveillait. Comme l'enfant qui s'agenouille au matin et remercie Dieu de la lumière, elle épanchait vers le ciel tous ses parfums, toutes ses chansons, parfums pénétrants, chansons ineffables, que mes sens pouvaient à peine supporter, tant l'impression en était divine.

La terre, douce et féconde, enfantait sans douleur. Les arbres à fruit croissaient à l'aventure, les champs de blé bordaient les chemins, comme font aujourd'hui les champs d'orties. On sentait dans l'air que la sueur humaine ne se mêlait point encore aux souffles du ciel. Dieu seul travaillait pour ses enfants.

L'homme, comme l'oiseau, vivait d'une nourriture providentielle. Il allait, bénissant Dieu, cueillant les fruits de l'arbre, buvant l'eau de la source, s'endormant le soir sous un abri de feuillage. Ses lèvres avaient horreur de la chair; il ignorait le goût du sang, il ne trouvait de saveurs qu'aux seuls mets que la rosée et le soleil préparaient pour ses repas.

C'est ainsi que l'homme restait innocent et que son innocence le sacrait roi des autres êtres de la création. Tout était concorde. Je ne sais quelle blancheur avait le monde, quelle paix suprême le berçait dans l'infini. L'aile des oiseaux ne battait pas pour la fuite; les forêts ne cachaient pas d'asiles dans leurs taillis. Toutes les créatures de Dieu vivaient au soleil, ne formant qu'un peuple, n'ayant qu'une loi, la bonté.

Moi, je marchais parmi ces êtres, au milieu de cette nature. Je me sentais devenir plus fort et meilleur. Ma poitrine aspirait longuement l'air du ciel. J'éprouvais, quittant soudain nos vents empestés pour ces brises d'un monde plus pur, la sensation délicieuse du mineur remontant au grand air.

Comme l'ange des rêves berçait toujours mon sommeil, voici ce que vit mon esprit dans une forêt où il s'était égaré.

Deux hommes suivaient un étroit sentier perdu sous le feuillage. Le plus jeune marchait en avant; l'insouciance chantait sur sa lèvre; son regard avait une caresse pour chaque brin d'herbe. Parfois, il se tournait pour sourire à son compagnon. Je ne sais à quelle douceur je reconnus que c'était là un sourire de frère.

Les lèvres et les yeux de l'autre homme restaient sombres et muets. Il couvait la nuque de l'adolescent d'un regard de haine, hâtant sa marche, trébuchant derrière lui. Il semblait poursuivre une victime qui ne fuyait pas.

Je le vis couper le tronc d'un arbre, qu'il façonna

9.

grossièrement en massue. Puis, craignant de perdre son compagnon, il courut, cachant son
arme derrière lui. Le jeune homme, qui s'était
assis pour l'attendre, se leva à son approche,
et le baisa au front, comme après une longue
absence.

Ils se remirent à marcher. Le jour baissait. L'enfant pressa le pas, en apercevant au loin, entre
les derniers troncs de la forêt, les lignes tendres
d'un coteau, jaune de l'adieu du soleil. L'homme
sombre crut qu'il fuyait. Alors il leva le tronc
d'arbre.

Son jeune frère se tournait. Une joyeuse parole d'encouragement était sur ses lèvres. Le
tronc d'arbre lui écrasa la face, et le sang
jaillit.

Le brin d'herbe qui en reçut la première goutte,
la secoua avec horreur sur la terre. La terre but
cette goutte, frémissante, épouvantée; un long cri
de répugnance s'échappa de son sein, et le sable
du sentier rendit le hideux breuvage en mousse
sanglante.

Au cri de la victime, je vis les créatures se dis-
perser sous le vent de l'effroi. Elles s'enfuirent par
le monde, évitant les chemins frayés; elles se pos-
tèrent dans les carrefours, et les plus forts atta-

quèrent les plus faibles. Je les vis dans l'isolement polir leurs crocs et acérer leurs griffes. Le grand brigandage de la création commença.

Alors passa devant moi l'éternelle fuite. L'épervier fondit sur l'hirondelle, l'hirondelle dans son vol saisit le moucheron, le moucheron se posa sur le cadavre. Depuis le ver jusqu'au lion, tous les êtres se sentirent menacés. Le monde se mordit la queue et se dévora éternellement.

La nature elle-même, frappée d'horreur, eut une longue convulsion. Les lignes pures des horizons se brisèrent. Les aurores et les soleils couchants eurent de sanglants nuages; les eaux se précipitèrent avec d'éternels sanglots, et les arbres, tordant leurs branches, jetèrent chaque année des feuilles flétries à la terre.

III

Comme Elberg se taisait, Clérian parut. Il s'assit entre ses deux compagnons et leur dit :

— Je ne sais si j'ai vu ou si j'ai rêvé ce que je vais conter, tant le rêve avait de réalité, tant la réalité paraissait un rêve.

Je me suis trouvé sur un chemin qui traversait le monde. Il était bordé de villes, et les peuples le suivaient dans leurs voyages.

J'ai vu que les dalles en étaient noires. Mes pieds glissaient, et j'ai reconnu qu'elles étaient noires de sang. Dans sa largeur, le chemin s'inclinait en deux pentes ; un ruisseau, coulant au centre, roulait une eau rouge et épaisse.

J'ai suivi ce chemin où la foule s'agitait. J'allais de groupe en groupe, regardant la vie passer de vant moi.

Ici, des pères immolaient leurs filles dont ils avaient promis le sang à quelque dieu monstrueux. Les blondes têtes se penchaient sous le couteau, pâlissantes au baiser de la mort.

Là, des vierges frémissantes et fières se frappaient pour se dérober à de honteux embrassements, et la tombe servait de blanche robe à leur virginité.

Plus loin, des amantes mouraient sous les baisers. Celle-ci, pleurant son abandon, expirait sur le rivage, les yeux fixés sur les flots qui avaient emporté son cœur ; celle-là, assassinée entre les bras de l'amant, s'envolait à son cou, emportés tous deux dans une éternelle étreinte.

Plus loin, des hommes, las d'ombre et de misère, envoyaient leurs âmes trouver dans un monde meilleur une liberté vainement cherchée sur cette terre.

Partout, les pieds des rois laissaient sur les dalles de sanglantes empreintes. Celui-ci a marché dans le sang de son frère ; celui-là, dans le sang de son peuple ; cet autre, dans le sang de son Dieu. Leurs pas rouges sur la poussière faisaient dire à la foule : Un roi a passé là.

Les prêtres égorgeaient les victimes ; puis, penchés stupidement sur leurs entrailles palpitantes, prétendaient y lire les secrets du ciel. Ils portaient des épées sous leurs robes et prêchaient la guerre au nom de leur Dieu. Les peuples, à leur voix, se ruant les uns sur les autres, se dévoraient pour la glorification du Père commun.

L'humanité entière était ivre ; elle battait les murs, elle se vautrait, sur les dalles souillées d'une boue hideuse. Les yeux fermés, tenant à deux mains un glaive à double tranchant, elle frappait dans la nuit et massacrait.

Un souffle humide de carnage passait sur la foule qui se perdait au loin dans un brouillard rougeâtre. Elle courait, emportée dans un élan d'épouvante, elle se roulait dans l'orgie avec des éclats de plus en plus furieux. Elle foulait aux pieds

9.

ceux qui tombaient, et faisait rendre aux blessures
la dernière goutte de sang. Elle haletait de rage,
maudissant le cadavre, dès qu'elle ne pouvait plus
en arracher une plainte.

La terre buvait, buvait avidement ; ses entrailles
n'avaient plus de répugnance pour la liqueur âcre.
Comme l'être avili par l'ivresse, elle se gorgeait
de lie.

Je pressais le pas, ayant hâte de ne plus voir
mes frères. Le noir chemin s'étendait toujours
aussi vaste à chaque nouvel horizon ; le ruisseau
que je suivais semblait porter le flot sanglant à
quelque mer inconnue.

Et comme j'avançais, je vis la nature devenir sombre et sévère. Le sein des plaines se
déchirait profondément. Des blocs de rocher
partageaient le sol en stériles collines et en
vallons ténébreux. Les collines montaient, les
vallons se creusaient de plus en plus ; la pierre
devenait montagne, le sillon se changeait en
abîme.

Pas un feuillage, pas une mousse ; des roches
désolées, la tête blanchie par le soleil, les pieds
ténébreux et mangés par l'ombre. Le chemin
passait au milieu de ces roches, dans un silence
de mort.

Enfin il fit un brusque détour, et je me trouvai dans un site funèbre.

Quatre montagnes, s'appuyant lourdement les unes sur les autres, formaient un immense bassin. Leurs flancs, roides et unis, qui s'élevaient, pareils aux murs d'une ville cyclopéenne, faisaient de l'enceinte un puits gigantesque dont la largeur emplissait l'horizon.

Et ce puits, dans lequel tombait le ruisseau, était plein de sang. La mer épaisse et tranquille montait lentement de l'abîme. Elle semblait dormir dans son lit de rochers. Le ciel la reflétait en nuées de pourpre.

Alors je compris que là se rendait tout le sang versé par la violence. Depuis le premier meurtre, chaque blessure a pleuré ses larmes dans ce gouffre, et les larmes y ont coulé si abondantes, que le gouffre s'est empli.

— J'ai vu, cette nuit, dit Gneuss, un torrent qui allait se jeter dans ce lac maudit.

— Frappé d'horreur, reprit Clérian, je m'approchai du bord, sondant du regard la profondeur des flots. Je reconnus à leur bruit sourd qu'ils s'enfonçaient jusqu'au centre de la terre. Puis, mon regard s'étant porté sur les rochers de l'enceinte, je vis que le flot en gagnait les cimes. La voix de l'abîme me cria : « Le flot qui monte, montera toujours et atteindra les sommets. Il montera encore, et alors un fleuve échappé du terrible bassin se précipitera dans les plaines. Les montagnes, lasses de lutter avec la vague, s'affaisseront. Le lac entier s'écroulera sur le monde, et l'inondera. C'est ainsi que des hommes qui naîtront, mourront noyés dans le sang versé par leurs pères. »

— Le jour est proche, dit Gneuss : les vagues étaient hautes, la nuit dernière.

IV

Le soleil se levait, lorsque Clérian acheva le récit de son rêve. Un son de trompette qu'apportait le vent du matin, se faisait entendre vers le nord. C'était le signal qui rassemblait auteur du drapeau les soldats épars dans la plaine.

Les trois compagnons se levèrent et prirent leurs armes. Ils s'éloignaient, jetant un dernier regard sur le foyer éteint, lorsqu'ils virent Flem venir à eux en courant dans les hautes herbes. Ses pieds étaient blancs de poussière.

— Amis, dit-il, je ne sais d'où je viens, tant ma

course a été rapide. Pendant de longues heures,
j'ai vu la ronde échevelée des arbres fuir derrière
moi. Le bruit de mes pas qui me berçait m'a fait
clore les paupières, et, toujours courant, sans que
mon élan se ralentît, j'ai dormi d'un sommeil
étrange.

Je me suis trouvé sur une colline désolée. Un
soleil ardent frappait les grands rocs. Mes pieds
ne pouvaient se poser sans que la chair en fût
brûlée. J'avais hâte d'atteindre la cime.

Et, comme je me précipitais dans mes bonds,
je vis monter un homme qui marchait lentement.
Il était couronné d'épines ; un lourd fardeau pesait
sur ses épaules, une sueur de sang inondait sa
face. Il allait péniblement, chancelant à chaque
pas.

Le sol brûlait, je ne pus subir son supplice ;
je montai l'attendre sous un arbre, au sommet de
la colline. Alors je reconnus qu'il portait une croix.
A sa couronne, à sa robe pourpre tachée de boue,
je crus comprendre que c'était là un roi, et j'eus
grande joie de sa souffrance.

Des soldats le suivaient, pressant sa marche du
fer de leur lance. Arrivés sur la roche la plus élevée, ils le dépouillèrent de ses vêtements, ils le cou-
chèrent sur l'arbre sinistre.

L'homme souriait tristement. Il tendit les mains grandes ouvertes aux bourreaux; les clous y firent deux trous sanglants. Puis, rapprochant ses pieds l'un de l'autre, il les croisa, et un seul clou suffit.

Couché sur le dos, il se taisait en regardant le ciel. Deux larmes coulaient lentement sur ses joues, larmes qu'il ne sentait pas, et qui se perdaient dans le sourire résigné de ses lèvres.

La croix fut dressée, le poids du corps agrandit horriblement les blessures, et j'entendis les os se briser. Le crucifié eut un long frisson. Puis, il se remit à regarder le ciel.

Moi, je le contemplais. Voyant sa grandeur dans la mort, je disais : « Cet homme n'est pas un roi. » Alors j'eus pitié, je criai aux soldats de le frapper au cœur.

Une fauvette chantait sur la croix. Son chant était triste et parlait à mes oreilles comme la voix d'une vierge en pleurs.

« — Le sang colore la flamme, disait-elle, le sang empourpre la fleur, le sang rougit la nue. Je me suis posée sur le sable, mes pattes étaient sanglantes; j'ai effleuré les branches du chêne, mes ailes étaient rouges.

« J'ai rencontré un juste, je l'ai suivi. Je venais de me baigner dans la source, et ma robe était pure. Mon chant disait : Réjouissez-vous, mes plumes : sur l'épaule de cet homme, vous ne serez plus souillées de la pluie du meurtre.

« Mon chant dit aujourd'hui : Pleure, fauvette du Golgotha, pleure ta robe tachée par le sang de celui qui te gardait l'asile de son sein. Il est venu pour rendre la blancheur aux fauvettes, hélas ! et les hommes le forcent à me mouiller de la rosée de ses plaies.

« Je doute, et je pleure ma robe tachée. Où trouverai-je ton frère, ô Jésus ! pour qu'il m'ouvre son vêtement de lin ? Ah ! pauvre maître, quel fils né de toi lavera mes plumes que tu rougis de ton sang ? »

Le crucifié écoutait la fauvette. Le vent de la mort faisait battre ses paupières ; l'agonie tordait ses lèvres. Son regard se leva vers l'oiseau, plein d'un doux reproche ; son sourire brilla, serein comme l'espérance.

Alors, il poussa un grand cri. Sa tête se pencha sur sa poitrine, et la fauvette s'enfuit, emportée dans un sanglot. Le ciel devint noir, la terre frémit dans l'ombre.

Je courais toujours et je dormais. L'aurore était venue, les vallées s'éveillaient, rieuses dans les brouillards du matin. L'orage de la nuit avait donné

plus de sérénité au ciel, plus de vigueur aux feuilles
vertes. Mais le sentier se trouvait bordé des mêmes
épines qui me déchiraient la veille; les mêmes
cailloux durs et tranchants roulaient sous mes
pieds; les mêmes serpents rampaient dans les
buissons et me menaçaient au passage. Le sang
du juste avait coulé dans les veines du vieux
monde, sans lui rendre l'innocence de sa jeunesse.

La fauvette passa sur ma tête, et me cria :

— Va, va, je suis bien triste. Je ne puis trouver
une source assez pure où me baigner. Regarde, la
terre est méchante comme hier. Jésus est mort, et
l'herbe n'a pas fleuri. Va, va, ce n'est qu'un meurtre de plus.

V

La trompette sonnait toujours le départ.

— Fils, dit Gneuss, c'est un laid métier que le
nôtre. Notre sommeil est troublé par les fantômes
de ceux que nous frappons. J'ai, comme vous,
senti, pendant de longues heures, le démon du
cauchemar peser sur ma poitrine. Voici trente ans
que je tue, j'ai besoin de sommeil. Laissons là nos

frères. Je connais un vallon où les charrues manquent de bras. Voulez-vous que nous goûtions au
pain du travail?

— Nous le voulons, répondirent ses compagnons.

Alors les soldats creusèrent un grand trou au
pied d'une roche, et enterrèrent leurs armes. Ils
descendirent se baigner à la rivière; puis, tous
quatre se tenant par les bras, ils disparurent au
coude du sentier.

LES VOLEURS ET L'ANE

I

Je connais un jeune homme, Ninon, que tu gronderais fort. Léon adore Balzac et ne peut souffrir George Sand ; le livre de Michelet a failli le rendre malade. Il dit naïvement que la femme naît esclave, il ne prononce jamais sans rire les mots d'amour et de pudeur. Ah ! comme il vous maltraite ! Sans doute, il se recueille la nuit pour vous mieux déchirer le jour. Il a vingt ans.

La laideur lui paraît un crime. Des yeux petits, une bouche trop grande, le mettent hors de lui. Il prétend que, puisqu'il n'y a pas de fleurs laides

dans les prés, toutes les jeunes filles doivent naître
également belles. Quand le hasard le met dans la
rue face à face avec un laideron, trois jours durant
il maudit les cheveux rares, les pieds larges, les
mains épaisses. Lorsqu'au contraire la femme est
jolie, il sourit méchamment, et le silence qu'il
garde alors est formidable de mauvaises pensées.

Je ne sais laquelle de vous trouverait grâce devant lui. Brunes et blondes, jeunes et vieilles,
gracieuses et contrefaites, il vous enveloppe toutes
dans le même anathème. Le vilain garçon ! Et
comme son regard rit tendrement ! comme sa parole est douce et caressante !

Léon vit en plein quartier Latin.

Ici, Ninon, je me trouve fort embarrassé. Pour
un rien, je me tairais, maudissant l'heure où j'ai
eu l'étrange fantaisie de te commencer ce récit.
Tes oreilles curieuses sont grandes ouvertes au
scandale, et je ne sais trop comment t'introduire
dans un monde où tu n'as jamais mis le bout de
tes petits pieds.

Ce monde, ma bien-aimée, serait le paradis, s'il
n'était l'enfer.

Ouvrons le livre du poëte, lisons le chant de la
vingtième année. Vois, la fenêtre se tourne au midi;

la mansarde, pleine de fleurs et de lumière, est
si haute, si haute dans le ciel, que parfois on en-
tend les anges causer sur le toit. Comme font les
oiseaux qui choisissent la branche la plus élevée
pour dérober leurs nids aux mains des hommes,
les amoureux ont bâti le leur au dernier étage.
Là, ils ont la première caresse du matin et le dernier adieu du soleil.

De quoi vivent-ils? qui le sait? Peut-être de baisers et de sourires. Ils s'aiment tant, qu'ils n'ont
pas le loisir de songer au repas qui leur manque.
Ils n'ont pas de pain, et ils en jettent aux moineaux.
Quand ils ouvrent l'armoire vide, ils se rassasient
en riant de leur pauvreté.

Leurs amours datent des premiers bluets. Ils se
sont rencontrés dans un champ de blé. Se connaissant depuis longtemps, sans s'être jamais vus, ils
ont pris le même sentier pour rentrer à la ville.
Elle portait, comme une fiancée, un gros bouquet
sur le sein. Elle a monté les sept étages, et, trop
lasse, elle n'a pu redescendre.

Est-ce demain qu'elle en aura la force? Elle l'i-
gnore. En attendant, elle se repose en trottant
menu par la mansarde, arrosant les fleurs, soignant
un ménage qui n'existe pas. Puis, elle coud, pendant que le jeune homme travaille. Leurs chaises

10.

se touchent; peu à peu, pour plus de commodité, ils finissent par n'en prendre qu'une pour
eux deux. La nuit vient. Ils se grondent de leur
paresse.

Ah! comme il ment ce poëte, Ninon, et comme
son mensonge est séduisant! Qu'il ne soit jamais
homme, l'éternel enfant! qu'il nous trompe encore, lorsqu'il ne pourra plus se tromper lui-
même! Il vient du paradis pour nous en conter les
amours. Il a rencontré là-haut Musette et Mimi,
deux saintes, qu'il s'est plu à faire descendre
parmi nous. Elles n'ont fait qu'effleurer la terre de
leurs ailes, elles s'en sont allées dans le rayon qui
les apportait. Aujourd'hui, les cœurs de vingt
ans les cherchent et pleurent de ne pouvoir les
trouver.

Me faut-il te mentir à mon tour, ma bien-aimée,
en les demandant au ciel, ou dois-je plutôt avouer
que je les ai rencontrées en enfer? Si là, près du
foyer, dans ce fauteuil où tu te berces, un ami
m'écoutait, comme je lèverais hardiment le voile
d'or dont le poëte a paré des épaules indignes!
Mais toi, tu me fermerais la bouche de tes petites
mains, tu te fâcherais, tu crierais au mensonge,
pour trop de vérité. Comment pourrais-tu croire
aux amoureux de notre âge qui boivent au ruisseau,

quand la soif les prend dans la rue? Quelle
serait ta colère, si j'osais te dire que tes sœurs, les
amantes, ont dénoué leurs fichus et qu'elles se sont
échevelées ! Tu vis, riante et sereine, dans le nid
que j'ai bâti pour toi ; tu ignores comment va le
monde. Je n'aurai pas le courage de t'avouer que
les fleurs en sont bien malades, et que demain
peut-être les cœurs y seront morts.

Ne bouchez pas vos oreilles, mignonne : vous
n'aurez point à rougir.

II

Léon vit donc en plein quartier Latin. Sa main
est la plus serrée dans ce pays où toutes les mains
se connaissent. La franchise de son regard lui fait
un ami de chaque passant.

Les femmes n'osent lui pardonner la haine qu'il
leur témoigne, et sont furieuses de ne pouvoir
avouer qu'elles l'aiment. Elles le détestent tout en
l'adorant.

Avant les faits que je vais te conter, je ne lui ai
jamais connu de maîtresse. Il se dit blasé et parle
des plaisirs de ce monde comme en parlerait un

trappiste, s'il rompait son long silence. Il est sen-
sible à la bonne chère et ne peut souffrir un mauvais vin. Son linge est d'une grande finesse,
ses vêtements sont toujours d'une exquise élégance.

Je le vois souvent s'arrêter devant les vierges de
l'école italienne, les yeux humides. Un beau marbre lui donne une heure d'extase.

D'ailleurs, Léon mène la vie d'étudiant, travaillant le moins possible, flânant au soleil, s'oubliant sur tous les divans qu'il rencontre. C'est
surtout durant ces heures de demi-sommeil qu'il
déclame ses plus grosses injures contre les femmes.
Les yeux fermés, il paraît caresser une vision, en
maudissant le réel.

Un matin de mai, je le rencontrai, l'air ennuyé.
Il ne savait que faire, il marchait dans la rue en
quête d'aventures. Les pavés étaient fangeux,
et l'imprévu ne se présentait de loin en loin aux
pieds du promeneur que sous la forme d'une fla-
que d'eau. J'eus pitié de lui, je lui proposai d'aller voir aux champs si l'aubépine fleurissait.

Pendant une heure, il me fallut subir de longs
discours philosophiques concluant tous au néant
de nos joies. Peu à peu, cependant, les maisons
devenaient plus rares. Déjà, sur le seuil des portes,

nous voyions des marmots barbouillés se rouler
fraternellement avec de gros chiens. Comme nous
entrions en pleine campagne, Léon s'arrêta soudain
devant un groupe d'enfants qui jouaient au soleil.
Il caressa le plus jeune, puis il m'avoua qu'il ado-
rait les têtes blondes.

J'ai toujours aimé, pour ma part, ces sentiers étroits, resserrés entre deux haies, que les
grands chariots ne creusent pas de leurs roues. Le
sol en est couvert d'une mousse fine, douce aux
pieds comme le velours d'un tapis. On y marche
dans le mystère et le silence; et, lorsque deux
amoureux s'y égarent, les épines des murs ver-
doyants forcent l'amante à se presser sur le cœur
de l'amant. Nous nous étions engagés, Léon et
moi, dans un de ces chemins perdus où les baisers
ne sont écoutés que des fauvettes. Le premier sourire du printemps avait eu raison de la misanthro-
pie de mon philosophe. Il éprouvait de longs at-
tendrissements pour chaque goutte de rosée, il
chantait comme un écolier en rupture de ban.

Le sentier s'allongeait toujours. Les haies, hautes et touffues, étaient tout notre horizon. Cette
sorte d'emprisonnement et l'ignorance où nous
étions de la route, redoublaient notre gaieté.

Peu à peu le passage devint plus étroit : il nous

fallut marcher l'un derrière l'autre. Les haies faisaient de brusques détours, le chemin se changeait
en labyrinthe.

Alors, à l'endroit le plus resserré, nous enten-
dîmes un bruit de voix; puis, trois personnes surgirent à un des coudes du feuillage. Deux
jeunes gens marchaient en avant, écartant les branches trop longues. Une jeune femme les suivait.

Je m'arrêtai et je saluai. Le jeune homme qui
qui me faisait face, m'imita. Ensuite, nous nous
regardâmes. La situation était délicate : les haies
nous pressaient, plus épaisses que jamais, et aucun
de nous ne semblait disposé à tourner le dos. C'est
alors que Léon, qui venait derrière moi, se dressant sur la pointe des pieds, aperçut la jeune
femme. Sans mot dire, il s'enfonça bravement
dans les aubépines ; ses vêtements se déchirèrent
aux ronces, quelques gouttes de sang parurent
sur ses mains. Je dus l'imiter.

Les jeunes gens passèrent en nous remerciant.
La jeune femme, comme pour récompenser Léon
de son dévouement, s'arrêta devant lui, indécise,
le regardant de ses grands yeux noirs. Il chercha
vite son mauvais sourire, mais ne le trouva pas.

Lorsqu'elle eut disparu, je sortis du buisson,
donnant la galanterie à tous les diables. Une épine

m'avait blessé au cou, et mon chapeau s'était si
bien niché entre deux branches, que j'eus toutes
les peines du monde à l'en retirer. Léon se secoua.
Comme j'avais fait un signe d'amitié à la belle
passante, il me demanda si je la connaissais.

— Certainement, lui répondis-je. Elle se nomme
Antoinette. Je l'ai eue trois mois pour voisine.

Nous nous étions remis à marcher. Il se taisait.
Alors, je lui parlai de mademoiselle Antoinette.

C'était une petite personne toute fraîche, toute
mignonne; le regard demi-moqueur, demi-attendri; le geste décidé, l'allure leste et pimpante; en
un mot, une bonne fille. Elle se distinguait de ses
pareilles par une franchise et une loyauté rares
dans le monde où elle vivait. Elle se jugeait
elle-même, sans vanité comme sans modestie, disant volontiers qu'elle était née pour aimer, pour
jeter au vent du caprice son bonnet par-dessus les
moulins.

Pendant trois longs mois d'hiver, je l'avais vue,
pauvre et isolée, vivre de son travail. Elle faisait
cela sans étalage, sans prononcer le grand mot de
vertu, mais parce que telle était son idée du moment. Tant que son aiguille marcha, je ne lui connus pas un amoureux. Elle était un bon camarade
pour les hommes qui la venaient voir; elle leur

serrait la main, riait avec eux, mais tirait son ver-
rou à la première menace d'un baiser. J'avouai que
j'avais essayé de lui faire quelque peu la cour. Un
jour, comme je lui apportais une bague et des
pendants d'oreille :

— Mon ami, m'avait-elle dit, reprenez vos bijoux. Lorsque je me donne, je ne me donne encore
que pour une fleur.

Quand elle aimait, elle était paresseuse et indolente. La dentelle et la soie remplaçaient alors
l'indienne. Elle effaçait soigneusement les blessures de l'aiguille, et d'ouvrière devenait grande
dame.

D'ailleurs, dans ses amours, elle gardait sa liberté de grisette. L'homme qu'elle aimait le savait
bientôt ; il le savait tout aussi vite, lorsqu'elle ne
l'aimait plus. Ce n'était pas, cependant, une de ces
belles capricieuses changeant d'amant à chaque
chaussure usée. Elle avait une grande raison et
un grand cœur. Mais la pauvre fille se trompait
souvent ; elle plaçait ses mains dans des mains indignes, et les retirait vite de dégoût. Aussi était-
elle las de ce quartier Latin, où les jeunes gens
lui semblaient bien vieux.

A chaque nouveau naufrage, son visage devenait
un peu plus triste. Elle disait de rudes vérités

aux hommes ; elle se querellait de ne pouvoir vivre sans aimer. Puis elle se cloîtrait, jusqu'à ce que son cœur brisât les grilles.

Je l'avais rencontrée la veille. Elle éprouvait un grand chagrin : un amant venait de la quitter, alors qu'elle l'aimait encore un peu.

— Je sais bien, m'avait-elle dit, que, huit jours plus tard, je l'aurais laissé là moi-même : c'était un méchant garçon. Mais je l'embrassais encore tendrement sur les deux joues. C'est au moins trente baisers perdus.

Elle avait ajouté que, depuis ce temps, elle traînait à sa suite deux amoureux qui l'accablaient de bouquets. Elle les laissait faire, leur tenant parfois ce discours : « Mes amis, je ne vous aime ni l'un ni l'autre : vous seriez de grands fous de vous disputer mes sourires. Soyez frères plutôt. Vous êtes, je le vois, de bons enfants ; nous allons nous égayer en vieux camarades. Mais, à la première querelle, je vous quitte. »

Les pauvres garçons se serraient donc la main avec chaleur, tout en s'envoyant au diable. C'étaient eux sans doute que nous venions de rencontrer.

Telle était mademoiselle Antoinette : pauvre cœur aimant égaré en pays de débauche ; douce

11

et charmante fille qui semait les miettes de ses tendresses à tous les moineaux voleurs du chemin.

Je donnai à Léon ces détails. Il m'écouta sans témoigner un grand intérêt, sans provoquer mes confidences par la moindre question. Lorsque je me tus :

— Cette fille est trop franche, me dit-il ; je n'aime pas sa façon de comprendre l'amour.

Il avait tant cherché qu'il retrouvait son méchant sourire.

III

Nous étions enfin sortis des haies. La Seine coulait à nos pieds ; sur l'autre rive, un village mirait ses pieds dans la rivière. Nous nous trouvions en pays de connaissance ; maintes fois nous avions rôdé dans les îles qui descendaient au fil de l'eau.

Après un long repos sous un chêne voisin, Léon me déclara qu'il mourait de faim et de soif. J'allais lui déclarer que je mourais de soif et de faim. Alors nous tînmes conseil. La décision fut touchante d'unanimité : nous devions nous rendre

au village ; là, nous procurer un grand panier ;
ce panier serait convenablement empli de plats et
de bouteilles ; enfin tous trois, le panier et nous,
nous gagnerions l'île la plus verte.

Vingt minutes après, nous n'avions plus qu'à
trouver un canot. Je m'étais obligeamment chargé
de la corbeille ; je dis corbeille, et le terme est encore modeste. Léon marchait en avant, demandant
une barque à chaque pêcheur. Les barques étaient
toutes en campagne. J'allais proposer à mon compagnon de dresser notre table sur le continent,
lorsqu'on nous indiqua un loueur qui peut-être
nous contenterait.

Le loueur habitait, au bout du village, une
cabane bâtie à l'angle de deux rues. Or, il arriva
qu'en tournant cet angle, nous nous trouvâmes de
nouveau en face de mademoiselle Antoinette, suivie de ses deux amoureux. L'un, comme moi,
pliait sous le poids d'un énorme panier ; l'autre,
comme Léon, avait l'air effaré d'un homme en
quête de quelque objet introuvable. J'eus un regard de pitié pour le pauvre diable qui suait, tandis que Léon parut me remercier d'avoir accepté
un fardeau qui fit rire un peu méchamment la
jeune femme.

Le loueur fumait, debout sur le seuil de sa porte.

Depuis cinquante ans, il avait vu des milliers de couples lui venir emprunter ses rames pour gagner le désert. Il aimait ces blondes amoureuses qui, parties les fichus empesés, revenaient, un peu chiffonnées, les rubans en grand désordre. Il leur souriait au retour, lorsqu'elles le remerciaient de ses barques qui connaissaient si bien et gagnaient d'elles-mêmes les îles aux herbes les plus hautes.

Le brave homme vint à nous, en apercevant nos paniers.

— Mes enfants, nous dit-il, je n'ai plus qu'un canot. Que ceux qui ont trop faim aillent s'attabler là-bas, sous les arbres.

Cette phrase était, certes, très-maladroite : on n'avoue jamais devant une femme qu'on a trop faim. Nous nous taisions, indécis, n'osant plus refuser la barque. Antoinette, toujours railleuse, eut cependant pitié de nous.

— Ces messieurs, dit-elle en s'adressant à Léon, nous ont déjà cédé le pas ce matin ; nous le leur cédons à notre tour.

Je regardai mon philosophe. Il hésitait, il balbutiait, comme quelqu'un qui n'ose dire sa pensée. Quand il vit mes yeux se fixer sur lui :

— Mais, dit-il vivement, le dévouement n'a que faire ici : un seul canot peut nous suffire. Ces mes-

sieurs nous déposeront dans la première île venue,
et nous reprendront au retour. Acceptez-vous cet
arrangement, messieurs ?

Antoinette répondit qu'elle acceptait. Les paniers
furent soigneusement déposés au fond de la barque. Je me plaçai tout contre le mien, le plus loin
possible des rames. Antoinette et Léon, ne pouvant
sans doute faire autrement, s'assirent côte à côte,
sur le banc resté libre. Quant aux deux amoureux,
luttant toujours de bonne humeur et de galanterie,
ils saisirent les rames dans un fraternel accord.

Ils gagnèrent le courant. Là, comme ils main-
tenaient la barque, la laissant descendre au fil de
l'eau, mademoiselle Antoinette prétendit qu'en
amont de la rivière les îles étaient plus désertes et
plus ombreuses. Les rameurs se regardèrent, dés-
appointés ; ils firent tourner le canot, ils remon-
tèrent péniblement, luttant contre le flot rapide en
cet endroit. Il est une tyrannie bien lourde et bien
douce : c'est le désir d'un tyran aux lèvres roses,
qui peut, dans un de ses caprices, demander le
monde et le payer d'un baiser.

La jeune femme s'était penchée, plongeant sa
main dans l'eau. Elle l'en retirait toute pleine ;
puis, rêveuse, semblait compter les perles qui s'é-
chappaient de ses doigts. Léon la regardait faire,

11.

se taisant, mal à l'aise de se sentir aussi près d'une
ennemie. Il ouvrit deux fois les lèvres, sans doute
pour dire quelque sottise ; mais il les referma vite,
voyant que je souriais. D'ailleurs, ni lui ni elle ne
paraissaient faire grand cas de leur voisinage. Ils
se tournaient même un peu le dos.

Antoinette, las de mouiller ses dentelles, me
parla de son chagrin de la veille. Elle me dit s'être
consolée. Mais elle était encore bien triste. Aux
jours d'été, elle ne pouvait vivre sans amour. Elle
ne savait que faire en attendant l'automne.

— Je cherche un nid, ajouta-t-elle. Je le veux
tout de soie bleue. On doit aimer plus longtemps,
lorsque meubles, tapis et rideaux ont la couleur
du ciel. Le soleil se tromperait, s'y oublierait le
soir, croyant se coucher dans une nue. Mais je
cherche en vain. Les hommes sont des méchants.

Nous étions arrivés en face d'une île. Je dis aux
rameurs de nous y descendre. J'avais déjà un pied
à terre, lorsque Antoinette se récria, trouvant
l'île laide et sans feuillages, déclarant qu'elle ne
consentirait jamais à nous abandonner sur un pareil rocher. Léon n'avait pas bougé de son banc.
Je repris ma place, nous continuâmes à monter.

La jeune femme, avec une joie d'enfant, se mit
à décrire le nid qu'elle rêvait. La chambre devait

être carrée; le plafond, haut et voûté. La tapis-
serie des murs serait blanche, semée de bluets liés
en gerbe par un bout de ruban. Aux quatre angles,
il y aurait des consoles chargées de fleurs ; au
milieu, une table, également couverte de fleurs.
Puis, un sopha, petit, pour que deux personnes
assises y tiennent à peine, en se pressant beaucoup ; pas de glace qui égare le regard dans une
coquetterie égoïste ; des tapis et des rideaux très-
épais, pour étouffer le bruit des baisers. Fleurs,
sopha, tapis, rideaux, seraient bleus. Elle mettrait
une robe bleue, et n'ouvrirait pas la fenêtre, les
jours où le ciel aurait des nuages.

Je voulus à mon tour orner un peu la chambre.
Je parlai de cheminée, de pendule, d'armoire.

— Mais, me dit-elle étonnée, on ne se chauffe-
rait pas, on n'aurait que faire de l'heure. Je trouve
votre armoire ridicule. Me croyez-vous assez sotte
pour traîner nos misères dans mon nid. J'y voudrais vivre libre, insouciante, non pas toujours,
mais quelques bonnes heures, chaque soir d'été.
Les hommes, s'ils devenaient anges, se fatigue-
raient de Dieu lui-même. Je sais ce qu'il en est.
C'est moi qui aurais la clef du paradis dans la
poche.

Une seconde île verdoyait devant nous. Antoinette battit des mains. C'était bien le plus charmant petit désert qu'un Robinson pût rêver à vingt ans. La rive, un peu haute, était bordée de grands arbres, entre lesquels les églantiers et les herbes luttaient de croissance. Un mur impénétrable se bâtissait là chaque printemps, mur de feuilles, de branches, de mousses, qui se grandissait encore en se mirant dans l'eau. Au dehors, un rempart de rameaux enlacés ; au dedans, on ne savait. Cette ignorance des clairières, ce large rideau de verdure qui tremblait au vent, sans jamais s'écarter, faisaient de l'île une retraite mystérieuse, que le passant des rives voisines peuplait volontiers des blanches filles de la rivière.

Nous tournâmes longtemps autour de cet énorme bouquet de feuillage, avant de trouver un port. Il semblait ne vouloir pour habitants que les oiseaux libres. Enfin, sous une grande broussaille s'avançant au-dessus de l'eau, nous pûmes prendre pied. Antoinette nous regarda descendre. Elle allongeait la tête, essayant de voir au delà des arbres.

L'un des rameurs qui maintenait la barque en se tenant à une branche, lâcha prise. Alors la jeune femme, se sentant emportée, tendit le bras, et saisissant à son tour une racine. Elle s'y

cramponna, appela à son secours, et cria qu'elle
ne voulait pas aller plus loin. Puis, lorsque les
rameurs eurent amarré le canot, elle sauta sur
le gazon et vint à nous, toute vermeille de son
exploit.

— Soyez sans crainte, messieurs, nous dit-elle,
je ne veux pas vous gêner; s'il vous plait d'aller
au nord, nous irons au midi.

IV

Je repris mon panier, je me mis gravement à
chercher l'herbe la moins humide. Léon me suivait, suivi lui-même d'Antoinette et de ses amoureux. Nous fîmes ainsi le tour de l'île. Revenu à
notre point de départ, je m'assis, décidé à ne pas
chercher davantage. Antoinette fit encore quelques
pas, parut hésiter, puis revint se placer en face
de moi. Nous étions au nord, elle ne songeait
point à aller au midi. Alors Léon trouva le site
charmant et jura que je ne pouvais mieux choisir.

Je ne sais comment cela se fit, les paniers se
trouvèrent côte à côte, les provisions se mêlèrent si
parfaitement, lorsqu'on les étala sur l'herbe, que

nous ne pûmes jamais reconnaître chacun notre
bien. Il nous fallut avoir une seule nappe. Par
esprit de justice, nous partageâmes tous les
mets.

Les deux amoureux s'étaient empressés de
prendre place aux côtés de la jeune femme. Ils
prévenaient ses désirs. Pour un morceau qu'elle
demandait, elle en recevait régulièrement deux.
Elle mangeait d'ailleurs de grand appétit.

Léon, au contraire, mangeait peu, nous regardant dévorer. Forcé de s'asseoir près de moi, il se
taisait, il m'adressait un regard moqueur, chaque
fois qu'Antoinette souriait à ses voisins. Comme
elle prenait des deux côtés, elle tendait les mains,
à droite et à gauche, avec une égale complaisance,
remerciant chaque fois de sa voix douce. Ce que
voyant, il me faisait de grands signes que je ne
comprenais point.

Décidément, la jeune femme était, ce jour-là,
d'une coquetterie désespérante. Les pieds repliés
sous ses jupes, elle disparaissait presque dans
l'herbe ; un poëte l'eût volontiers comparée à une
grande fleur qui aurait eu le don du regard et du
sourire. Elle, si naturelle d'ordinaire, avait des
mouvements mutins, des minauderies dans la
voix que je ne lui connaissais pas. Les amoureux,

confus de ses bonnes paroles, se regardaient d'un air triomphant. Moi, étonné de cette coquetterie soudaine; voyant par instant la maligne rire sous cape, je me demandais lequel de nous transformait cette fille simple en rusée commère.

Le gazon commençait à se dégarnir. On riait plus qu'on ne parlait. Léon changeait de place à chaque instant, ne se trouvant bien à aucune. Comme il avait repris son air méchant, je craignis un discours et je suppliai du regard notre compagne de me pardonner un ami aussi maussade. Mais elle était fille vaillante : un philosophe de vingt ans, tout sérieux qu'il fût, ne la déconcertait pas.

— Monsieur, dit-elle à Léon, vous êtes triste, notre gaieté paraît vous être importune. Je n'ose plus rire.

— Riez, riez, madame, répondit-il. Si je me tais, c'est que je ne sais point, comme ces messieurs, trouver de ces belles choses qui vous mettent en joie.

— Est-ce dire que vous n'êtes pas flatteur? Mais parlez vite, alors. Je vous écoute, je veux de grosses vérités.

— Les femmes ne les aiment|pas, madame. D'ailleurs, lorsqu'elles sont jeunes et belles, quel mensonge peut-on leur faire qui ne soit vrai?

— Allons, vous le voyez, vous êtes un courtisan comme les autres. Voilà que vous me forcez à rougir. Lorsque nous sommes absentes, vous nous déchirez à belles dents, messieurs les hommes; mais que la moindre de nous paraisse, vous n'avez pas de saluts assez profonds, pas de phrases assez tendres. C'est de l'hypocrisie, cela! Moi, je suis franche, je dis : Les hommes sont méchants, ils ne savent pas aimer. Voyons, monsieur, soyez franc à votre tour. Que dites-vous des femmes?

— Ai-je toute liberté?

— Certainement.

— Vous ne vous fâcherez pas?

— Eh! non, je rirai plutôt.

Léon se posa en orateur. Comme je connaissais le discours, l'ayant entendu plus de cent fois, je me récréai, pour le supporter, à jeter de petits cailloux dans la Seine.

— Lorsque Dieu, dit-il, s'aperçut qu'il manquait un être à sa création, ayant employé toute la fange, il ne sut où prendre la matière nécessaire pour réparer son oubli. Il lui fallut s'adresser aux créatures; il reprit à chaque animal un peu de sa chair, et de ces emprunts faits au serpent, à la

louve, au vautour, il créa la femme. Aussi, les
sages qui ont connaissance de ce fait, omis dans
la Bible, ne s'étonnent-ils pas en voyant la femme
fantasque, sans cesse en proie à des humeurs
contraires, fidèle image des éléments divers qui la
composent. Chaque être lui a donné un vice ; le
mal épars dans la création s'est réuni en elle ; de
là ses caresses hypocrites, ses trahisons, ses dé-
bauches...

On eût dit que Léon récitait une leçon. Il se tut,
cherchant la suite. Antoinette applaudit.

— Les femmes, reprit l'orateur, naissent lé-
gères et coquettes, comme elles naissent brunes
ou blondes. Elles se livrent par égoïsme, peu sou-
cieuses de choisir selon le mérite. Un homme est
fat, il a la beauté régulière des sots : elles vont se
le disputer. Qu'il soit simple et affectueux, qu'il
se contente d'être homme d'esprit, sans le crier
sur les toits, elles ne sauront même pas s'il existe.
En toutes choses, il leur faut des joujoux qui
brillent : jupes de soie, colliers d'or, pierreries,
amants peignés et fardés. Quant aux ressorts de
l'amusante machine, peu leur importe qu'ils fonc-
tionnent bien ou mal. Elles n'ont pas charge
d'âmes. Elles se connaissent en cheveux noirs,
en lèvres amoureuses, mais elles sont ignorantes

12

des choses du cœur. C'est ainsi qu'elles se jettent
dans les bras du premier niais venu, confiantes
en sa grande mine. Elles l'aiment, parce qu'il leur
plaît ; il leur plaît, parce qu'il leur plaît. Un jour,
le niais les bat. Alors elles crient au martyre,
elles se désolent, disant qu'un homme ne peut
toucher à un cœur sans le briser. Les folles,
que ne cherchent-elles la fleur d'amour où elle
fleurit !

Antoinette applaudit de nouveau. Le discours,
tel que je le connaissais, s'arrêtait là. Léon l'avait
prononcé tout d'un trait, comme ayant hâte de
le finir. La dernière phrase dite, il regarda la
jeune femme et parut rêver. Puis, ne déclamant
plus, il ajouta :

— Je n'ai eu qu'une bonne amie. Elle avait dix
ans, et moi douze. Un jour elle me trompa pour
un gros dogue qui se laissait tourmenter sans
jamais montrer les dents. Je pleurai beaucoup,
je jurai de ne plus aimer. J'ai tenu ce serment. Je
n'entends rien aux femmes. Si j'aimais, je serais
jaloux et maussade ; j'aimerais trop, je me ferais
haïr ; on me tromperait, et j'en mourrais

Il se tut, les yeux humides, tâchant vainement
de rire. Antoinette ne raillait plus ; elle l'avait
écouté, toute sérieuse ; puis, s'écartant de ses

voisins, regardant Léon en face, elle vint poser la
main sur son épaule.

—Vous êtes un enfant, lui dit-elle simplement.

V

Un dernier rayon qui glissait sur la rivière, la
changeait en un ruban d'or et de moire. Nous atten-
dions la première étoile pour descendre le courant
à la fraîcheur du soir. Les paniers avaient été re-
portés dans la barque. Nous nous étions couchés
dans l'herbe, à l'aventure, chacun selon son gré.

Antoinette et Léon s'étaient placés sous un grand
églantier, qui allongeait ses bras au-dessus de
leurs têtes. Les branches vertes les cachaient à
demi ; comme ils me tournaient le dos, je ne
pouvais voir s'ils riaient ou s'ils pleuraient. Ils
parlaient bas, paraissait se quereller. Moi, j'a-
vais choisi un petit tertre, semé d'une herbe fine ;
paresseusement étendu, je voyais à la fois le ciel
et la pelouse où se posaient mes pieds. Les deux
galants, appréciant sans doute le charme de mon
attitude, étaient venus se coucher, l'un à ma
gauche, l'autre à ma droite.

Ils abusaient de leur position pour me parler tous deux à la fois.

. Celui qui se trouvait à ma gauche, me touchait légèrement au bras, lorsqu'il voyait que je ne l'écoutais plus.

— Monsieur, me disait-il, j'ai rarement rencontré une femme plus capricieuse que mademoiselle Antoinette. Vous ne sauriez croire comme sa tête tourne au moindre souffle. Pour citer un exemple, lorsque nous vous avons rencontrés, ce matin, nous allions dîner à deux lieues d'ici. A peine aviez-vous disparu, qu'elle nous a fait revenir sur nos pas ; la contrée lui plaisait, disait-elle. C'est à perdre l'esprit. Moi, j'aime les choses qui s'expliquent.

Celui qui était à ma gauche disait en même temps, me forçant aussi à l'écouter :

— Monsieur, je désire depuis ce matin vous parler en particulier. Nous croyons, mon compagnon et moi, vous devoir des explications. Nous avons remarqué votre grande amitié pour mademoiselle Antoinette, et nous regrettons vivement de vous gêner dans vos projets. Si nous avions connu votre amour une semaine plus tôt, nous nous serions retirés, pour ne pas causer le moindre chagrin à un galant homme ; mais, aujourd'hui, il est un peu tard : nous ne nous sentons plus la force du sacrifice. D'ailleurs, je veux être franc : Antoinette m'aime. Je vous plains, et je me mets à votre disposition.

Je me hâtai de le rassurer. Mais j'eus beau lui jurer que je n'avais jamais été et que je ne serais jamais l'amant d'Antoinette, il n'en continua pas moins à me prodiguer les plus tendres consolations. Il lui était trop doux de penser qu'il m'avait volé ma maîtresse.

L'autre, fâché de l'attention accordée à son camarade, se pencha vers moi. Pour m'obliger à prêter l'oreille, il me fit une grosse confidence.

— Je veux être franc avec vous, me dit-il : Antoinette m'aime. Je plains sincèrement ses autres adorateurs.

A ce moment, j'entendis un bruit singulier ; il partait du buisson sous lequel Léon et Antoinette s'abritaient. Je ne sus si c'était un baiser ou le petit cri d'une fauvette effarouchée.

Cependant, mon voisin de droite avait surpris mon voisin de gauche me disant qu'Antoinette l'aimait. Il se souleva, le regarda d'un air menaçant. Je me laissai glisser entre eux, je gagnai sournoisement une haie derrière laquelle je me blottis. Alors, ils se trouvèrent face à face.

Ma broussaille était admirablement choisie. Je

12.

voyais Antoinette et Léon, sans entendre toutefois leurs paroles. Ils se querellaient toujours ; seulement, ils paraissaient plus près l'un de l'autre. Quant aux amoureux, ils se trouvaient au-dessus de moi, et je pus suivre leur dispute. La jeune femme leur tournant le dos, ils étaient furieux tout à leur aise.

— Vous avez mal agi, disait l'un ; voici deux jours que vous auriez dû vous retirer. N'avez-vous pas l'esprit de le voir ? c'est moi qu'Antoinette préfère.

— En effet, répondit l'autre, je n'ai point cet esprit-là. Mais vous avez la sottise, vous, de prendre comme vous appartenant les sourires et les regards qu'on m'adresse.

— Soyez certain, mon pauvre monsieur, qu'Antoinette m'aime.

— Soyez certain, mon heureux monsieur, qu'Antoinette m'adore.

Je regardai Antoinette. Décidément, il n'y avait pas de fauvette dans le buisson.

— Je suis las de tout ceci, reprit l'un des soupirants. N'êtes-vous pas de mon avis, il est temps que l'un de nous disparaisse ?

— J'allais vous proposer de nous couper la gorge, répondit l'autre.

Ils avaient élevé la voix ; ils gesticulaient, se
levant, s'asseyant dans leur colère. La jeune
femme, distraite par le bruit croissant de la querelle, tourna la tête. Je la vis s'étonner, puis sourire. Elle attira sur les deux jeunes gens l'attention de Léon, auquel elle dit quelques mots qui
le mirent en gaieté.

Il se leva, s'approchant de la rive, entraînant sa
compagne. Ils étouffaient leurs éclats de rire et
marchaient en évitant de faire rouler les pierres.
Je pensai qu'ils allaient se cacher, pour se faire
chercher ensuite.

Les deux galants criaient plus fort ; faute d'é-
pées, ils préparaient leurs poings. Cependant, Léon
avait gagné la barque ; il y fit entrer Antoinette,
et se mit à en dénouer tranquillement l'amarre ;
puis, il y sauta lui-même.

Comme l'un des amoureux allait lever le bras
sur l'autre, il vit le canot au milieu de la rivière.
Stupéfait, oubliant de frapper, il le montra à son
compagnon.

—Eh bien ! eh bien ! cria-t-il en courant à la rive,
que veut dire cette plaisanterie ?

On m'avait parfaitement oublié derrière ma
broussaille. Le bonheur et le malheur rendent
égoïste. Je me levai.

— Messieurs, dis-je aux pauvres garçons béants et effarés, vous souvient-il de certaine fable? Cette plaisanterie veut dire ceci : On vous vole Antoinette, que vous pensiez m'avoir volée.

— La comparaison est galante! me cria Léon. Ces messieurs sont des larrons et madame est un....

Madame l'embrassait. Le baiser étouffa le vilain mot.

— Frères, ajoutai-je en me tournant vers mes compagnons de naufrage, nous voici sans vivres et sans toit pour abriter nos têtes. Bâtissons une hutte, vivons de baies sauvages, en attendant qu'il plaise à un navire de nous venir tirer de notre île déserte.

VI

Et puis?

Et puis, que sais-je, moi ! Tu m'en demandes trop long, Ninette. Voici deux mois qu'Antoinette et Léon vivent dans le nid couleur du ciel. Antoinette est restée une bonne et franche fille, Léon médit des femmes avec plus de verve que jamais. Ils s'adorent.

SOEUR-DES-PAUVRES

———

I

A dix ans, elle paraissait si chétive, la pauvre
enfant, que c'était pitié de la voir travailler autant
qu'une servante de ferme. Elle avait les grands
yeux étonnés, le sourire triste des gens qui souf-
frent sans se plaindre. Les riches fermiers qui, le
soir, la rencontraient au sortir du bois, mal vêtue,
chargée d'un lourd fardeau, lui offraient parfois,
lorsque le grain s'était bien vendu, de lui acheter
un bon jupon de grosse futaine. Et alors elle ré-
pondait : « Je sais, sous le porche de l'église, un
pauvre vieux qui n'a qu'une blouse, par ce grand·

froid de décembre ; achetez-lui une veste de drap,
et j'aurai chaud demain, à le voir si bien couvert. »
Ce qui lui avait fait donner le surnom de Sœur-
des-Pauvres ; et les uns la nommaient ainsi, en
dérision de ses mauvaises jupes ; les autres, en
récompense de son bon cœur.

Sœur-des-Pauvres avait eu jadis un fin berceau
de dentelle et des jouets à remplir une chambre.
Puis, un matin, sa mère ne vint pas l'embrasser
au lever. Comme elle pleurait de ne point la
voir, on lui dit qu'une sainte du bon Dieu l'avait
emmenée au paradis, ce qui sécha ses larmes. Un
mois auparavant, son père était ainsi parti. La
chère petite pensa qu'il venait d'appeler sa mère
dans le ciel, et que, réunis tous deux, ne pouvant
vivre sans leur fille, ils lui enverraient bientôt un
ange pour l'emporter à son tour.

Elle ne se rappelait plus comment elle avait
perdu ses jouets et son berceau. De riche demoiselle elle devint pauvre fille, cela sans que personne en parût étonné : sans doute des méchants
étaient venus qui l'avaient dépouillée en honnêtes
gens. Elle se souvenait seulement d'avoir vu, un
matin, auprès de sa couche, son oncle Guillaume
et sa tante Guillaumette. Elle eut grand'peur, parce
qu'ils ne l'embrassèrent point. Guillaumette la

vêtit à la hâte d'une étoffe grossière ; Guillaume,
la tenant par la main, l'emmena dans la misérable cabane où elle vivait maintenant. Puis, c'était
tout. Elle se sentait bien lasse chaque soir.

Guillaume et Guillaumette, eux aussi, avaient
possédé de grandes richesses, autrefois. Mais Guillaume aimait les joyeux convives, les nuits passées
à boire, sans songer aux tonneaux qui s'épuisent ;
Guillaumette aimait les rubans, les robes de soie,
les longues heures perdues à tâcher vainement de
se faire jeune et belle ; si bien qu'un jour le vin
manqua à la cave, et que le miroir fut vendu pour
acheter du pain. Jusqu'alors, ils avaient eu cette
bonté de certains riches, qui souvent n'est qu'un
effet du bien-être et du contentement de soi ; ils
sentaient plus profondément le bonheur en le
partageant avec autrui et mêlant ainsi beaucoup
d'égoïsme à leur charité. Aussi ne surent-ils
pas souffrir et rester bons ; regrettant les biens
qu'ils avaient perdus, n'ayant plus de larmes
que pour leur misère, ils devinrent durs envers
le pauvre monde.

Ils oubliaient que leur pauvreté était leur œuvre, ils accusaient chacun de leur ruine, et se
sentaient au cœur un grand besoin de vengeance,
exaspérés de leur pain noir, cherchant à se con-

soler en voyant une plus grande souffrance que la
leur.

Aussi se plaisaient-ils aux haillons de Sœur-des-
Pauvres, à ses petites joues amincies, toutes blanches de larmes. Ils ne s'avouaient pas la joie mauvaise qu'ils prenaient à la faiblesse de cet enfant,
lorsque, au retour de la fontaine, elle chancelait,
tenant à deux mains la lourde cruche. Ils la battaient pour une goutte d'eau versée, disant qu'il
fallait corriger les mauvais caractères ; et ils frappaient avec tant de hâte et de rancune qu'on voyait
aisément que ce n'était pas là une juste correction.

Sœur-des-Pauvres souffrait toute leur misère.
Ils la chargeaient des travaux les plus fatigants,
l'envoyaient glaner au soleil de midi, et ramasser
du bois mort par les temps de neige. Puis, aussitôt
rentrée, elle avait à balayer, à laver, à mettre chaque chose en ordre dans la cabane. La chère petite
ne se plaignait plus. Les jours de bonheur étaient
si loin d'elle, qu'elle ne savait pas qu'on peut vivre
sans pleurer. Elle ne songeait jamais qu'il y avait
des demoiselles rieuses et caressées ; dans son
ignorance des jouets et des baisers, elle acceptait
les coups et le pain sec de chaque soir, comme
faisant également partie de la vie. Et cela surpre-
nait les hommes sages, de voir une enfant de dix

ans montrer une grande pitié pour toutes les souffrances, sans paraître songer à sa propre infortune.

Or, un soir, je ne sais quel saint fêtaient Guillaume et Guillaumette, ils lui donnèrent un beau
sou neuf en lui permettant d'aller jouer le restant du
jour. Sœur-des-Pauvres descendit lentement à la
ville, bien embarrassée de son sou, ne sachant que
faire pour jouer. Elle arriva ainsi dans la grande rue.
Il y avait là, à gauche, près de l'église, une boutique pleine de bonbons et de poupées, si belle la
nuit aux lumières, que les enfants de la contrée en
rêvaient comme d'un paradis. Ce soir-là, un groupe
de marmots, bouche béante, muets d'admiration,
se tenait sur le trottoir, les mains appuyées aux
vitres, le plus près possible des merveilles de l'é-
talage. Sœur-des-Pauvres envia leur audace. Elle
s'arrêta au milieu de la rue, laissant pendre ses
petits bras, ramenant ses haillons que le vent
écartait. Un peu fière d'être riche, elle serrait bien
fort son beau sou neuf et choisissait du regard le
jouet qu'elle allait acheter. Enfin elle se décida
pour une poupée qui avait des cheveux comme
une grande personne; cette poupée, qui était bien
haute comme elle, portait une robe de soie blanche, pareille à celle de la sainte Vierge.

La fillette avança de quelques pas. Honteuse,

13

comme elle regardait autour d'elle, avant d'entrer,
elle aperçut sur un banc de pierre, en face de la belle
boutique, une femme mal vêtue, berçant dans ses
bras un enfant qui pleurait. Elle s'arrêta de nouveau, tournant le dos à la poupée. Aux cris de
l'enfant, ses mains se croisèrent de pitié; et, sans
honte cette fois, elle s'approcha rapidement pour
donner son beau sou neuf à la pauvre femme.

Cette dernière, depuis quelques instants, regardait Sœur-des-Pauvres. Elle l'avait vue s'arrêter,
puis s'avancer vers les jouets ; de sorte que, lorsque l'enfant vint à elle, elle comprit son bon cœur.
Elle prit le sou, les yeux humides; puis, elle re-
tint dans la sienne la petite main qui le lui donnait.

— Ma fille, dit-elle, j'accepte ton aumône, parce
que je vois bien qu'un refus te chagrinerait. Mais,
toi-même, ne désires-tu rien? Toute mal vêtue
que je suis, je puis contenter un de tes vœux.

Pendant qu'elle parlait ainsi, les yeux de la pauvresse brillaient, pareils à des étoiles, tandis que,
autour de sa tête, courait une flamme, comme une
couronne faite d'un rayon de soleil. L'enfant, maintenant endormi sur ses genoux, souriait divinement dans son repos.

Sœur-des-Pauvres secoua sa tête blonde.

— Non, madame, répondit-elle, je n'ai aucun

désir. Je voulais acheter cette poupée que vous voyez en face, mais ma tante Guillaumette me l'aurait brisée. Puisque vous ne voulez pas de mon sou pour rien, j'aime mieux que vous me donniez un bon baiser en échange.

La mendiante se pencha et la baisa au front. A cette caresse, Sœur-des-Pauvres se sentit soulevée de terre ; il lui sembla que son éternelle fatigue s'en était allée ; en même temps, il lui vint au cœur une plus grande bonté.

— Ma fille, ajouta l'inconnue, je ne veux pas que ton aumône reste sans récompense. J'ai, comme toi, un sou dont je ne savais que faire, avant de te rencontrer. Des princes, des grandes dames, m'ont jeté des bourses d'or, et je ne les ai pas jugés dignes de le posséder. Prends-le. Quoi qu'il arrive, agis selon ton cœur.

Et elle le lui donna. C'était un vieux sou de cuivre jaune, rongé sur les bords, percé au milieu d'un trou large comme une grosse lentille. Il était si usé, qu'on ne pouvait savoir de quel pays il venait, si ce n'est qu'on voyait encore, sur une des faces, une couronne de rayons à demi effacée. C'était peut-être là quelque monnaie des cieux.

Sœur-des-Pauvres, le voyant si mince, tendit la main, comprenant qu'un tel cadeau ne portait point préjudice à la mendiante, et le considérant comme un souvenir d'amitié qu'elle lui laissait.

— Hélas ! pensait-elle, la pauvre femme ne sait ce qu'elle dit. Les princes, les belles dames n'ont que faire de son sou. Il est si laid qu'il ne payerait pas seulement une once de pain. Je ne vais pas même pouvoir le donner à un pauvre.

La femme, dont les yeux brillaient de plus en plus, sourit, comme si l'enfant eût parlé tout haut. Elle lui dit doucement :

— Prends-le toujours, et tu verras.

Alors Sœur-des-Pauvres l'accepta, pour ne pas la désobliger. Elle baissa la tête, afin de le mettre dans la poche de sa jupe ; lorsqu'elle la releva, le banc était vide. Elle fut grandement étonnée et s'en revint, toute songeuse de la rencontre qu'elle venait de faire.

II

Sœur-des-Pauvres couchait au grenier, dans une sorte de soupente, où gisaient pêle-mêle des débris de vieux meubles. Les jours de lune, grâce à une étroite lucarne, elle voyait clair à se mettre au lit. Les autres jours, elle gagnait sa couche à tâtons, pauvre couche faite de quatre planches mal jointes et d'une paillasse dont les toiles se touchaient par endroits.

Or, ce soir-là, la lune était dans son plein. Une raie lumineuse s'allongeait sur les poutres, emplissant le grenier de clarté.

Lorsque Guillaume et Guillaumette furent couchés, Sœur-des-Pauvres monta. Par les nuits sombres, elle avait parfois grand'peur des subits gémissements, des bruits de pas qu'elle croyait entendre, et qui n'étaient autre chose que les craquements des charpentes et que les courses rapides des souris. Aussi aimait-elle d'un amour fervent le bel astre dont les rayons amis dissipaient ses frayeurs. Les soirs où il brillait, elle ouvrait la lucarne, elle le remerciait dans ses prières d'être revenu la voir.

Elle fut toute satisfaite de trouver de la lumière chez elle. Elle était fatiguée, elle allait dormir bien tranquille, se sentant gardée par sa bonne amie la lune. Souvent elle l'avait sentie, dans son sommeil, se promener ainsi par la chambre, silencieuse et douce, mettant en fuite les vilains songes des nuits d'hiver.

Elle alla vite s'agenouiller sur un vieux coffre,

13.

en plein dans la blonde clarté. Là, elle pria le bon
Dieu. Puis, s'approchant du lit, elle dégrafa sa jupe.

La jupe glissa à terre, mais voilà qu'elle laissa
échapper par la poche entr'ouverte une pluie de
gros sous. Sœur-des-Pauvres les regarda rouler,
immobile, effrayée.

Elle se baissa, les ramassa un à un, les prenant du bout des doigts. Elle les empilait sur le
vieux coffre, sans chercher à connaître leur nombre, car elle ne savait compter que jusqu'à cinquante, et elle voyait bien qu'il y en avait là plusieurs centaines. Quand elle n'en trouva plus sur
le sol, ayant soulevé la jupe, elle comprit à son
poids que la poche était encore pleine. Pendant un
grand quart d'heure, elle en tira des poignées de
sous, désespérant de jamais trouver le fond. Enfin
elle n'en sentit plus qu'un. L'ayant pris, elle le
reconnut : c'était le sou que la mendiante lui avait
donné le soir même.

Elle se dit alors que le bon Dieu venait de faire
un miracle, et que ce vilain sou qu'elle avait dédai-
gné, était un sou comme les riches n'en ont pas.
Elle le sentait frémir entre ses doigts, prêt à se
multiplier encore. Aussi tremblait-elle qu'il ne lui
prît fantaisie d'emplir le grenier de richesses. Elle
ne savait déjà que faire de ces piles de monnaie

neuve qui brillaient au clair de lune. Troublée, elle regardait autour d'elle.

En bonne travailleuse, elle avait toujours du fil et une aiguille dans la poche de son tablier. Elle chercha un morceau de vieille toile pour faire un sac. Elle le fit si étroit, que sa petite main pouvait à peine entrer dedans; l'étoffe manquait; d'ailleurs, Sœur-des-Pauvres était pressée. Puis, ayant mis tout au fond le sou de la pauvresse, elle commença, pile par pile, à glisser dans la bourse les pièces qui couvraient le coffre. Chaque pile en tombant emplissait le sac, et aussitôt le sac redevenait vide. Les centaines de gros sous y tinrent fort à l'aise. Il était facile de voir qu'il en aurait contenu quatre fois davantage.

Après quoi, Sœur-des-Pauvres fatiguée le cacha sous la paillasse, et s'endormit. Elle riait dans ses rêves, songeant aux grandes aumônes qu'elle allait pouvoir distribuer le lendemain.

III

Le matin, en s'éveillant, Sœur-des-Pauvres pensa avoir rêvé. Il lui fallut toucher son trésor pour croire à sa réalité. Il était un peu plus lourd que la veille, ce qui fit comprendre à l'enfant que le sou merveilleux avait encore travaillé pendant la nuit.

Elle se vêtit à la hâte, elle descendit, ses sabots à la main, pour ne point faire de bruit. Elle avait caché le sac sous son fichu, le serrant contre sa poitrine. Guillaume et Guillaumette, profondément endormis, ne l'entendirent pas. Elle dut passer devant leur lit, elle faillit tomber de peur de les savoir aussi près d'elle; puis elle se prit à courir, ouvrit la porte toute grande, et s'enfuit, oubliant de la refermer.

On était en hiver, aux matinées les plus froides de décembre. Le jour naissait à peine. Le ciel, aux pâles clartés de cette aurore, semblait de même couleur que la terre, couverte de neige. Cette blancheur universelle qui emplissait l'horizon, avait un grand calme. Sœur-des-Pauvres marchait vite, suivant le sentier qui conduisait à la ville. Elle n'entendait que le craquement de ses sabots dans la neige. Bien que grandement préoccupée, elle choisissait par amusement les ornières les plus profondes.

Comme elle approchait, elle se souvint que, dans sa hâte, elle avait oublié de prier Dieu. Elle s'agenouilla sur le bord du sentier. Là, seule, perdue dans cette immense et triste sérénité de la nature endormie, elle dit son oraison avec cette voix d'enfant, si douce, que Dieu ne sait la distinguer de celle des anges. Elle se dressa bientôt. Le froid l'ayant saisie, elle pressa le pas.

Il y avait grande misère dans le pays, surtout cette année-là, où l'hiver était rude et le pain si cher, que les riches seuls en pouvaient acheter. Les pauvres gens, ceux qui vivent de soleil et de pitié, sortaient dès le matin pour voir si le printemps ne venait pas, ramenant avec lui des aumônes plus larges. Ils allaient par les routes ou s'asseyaient sur les bornes, aux portes des villes, implorant les passants ; car il faisait si froid, dans leurs greniers, qu'autant valait loger au grand chemin. Et ils étaient en si grand nombre, qu'on aurait pu en peupler un gros village.

Sœur-des-Pauvres avait ouvert le petit sac. En entrant dans la ville, elle vit venir à elle un aveugle conduit par une petite fille qui la regardait tristement, la prenant pour une sœur, à la voir si mal vêtue.

— Mon père, dit-elle au pauvre vieux, tendez vos mains. Jésus m'envoie vers vous.

Elle s'adressait au bonhomme, parce que les doigts de la fillette étaient trop mignons et qu'ils n'auraient guère contenu qu'une dizaine de gros

sous. Aussi, pour emplir les mains que l'aveugle
lui tendit, il lui fallut puiser sept fois dans le sac,
tant elles étaient longues et larges. Puis, avant de
s'éloigner, elle dit à la petite de prendre une dernière poignée de monnaie.

Elle avait hâte d'arriver devant l'église, près
des bancs de pierre, où les pauvres se réunissaient
le matin ; la maison de Dieu les abritait des vents
du nord ; le soleil, à son lever, donnait en plein
sous le porche. Elle dut encore s'arrêter. Au coin
d'une ruelle, elle trouva une jeune femme qui avait
sans doute passé la nuit là, tant elle était transie
et grelottante ; les yeux fermés, les bras serrés sur
la poitrine, elle paraissait dormir, n'espérant plus
que dans la mort. Sœur-des-Pauvres se tenait devant elle, la main pleine de sous, ne sachant comment lui donner son aumône. Elle pleurait, pensant être venue trop tard.

— Bonne femme, disait-elle, — et elle la touchait doucement à l'épaule, — tenez, prenez cet
argent. Il vous faut aller déjeuner à l'auberge et
dormir devant un grand feu.

A cette voix douce, la bonne femme ouvrit les
yeux, les mains tendues. Elle croyait peut-être
dormir encore et songer qu'un ange était descendu
vers elle.

Sœur-des-Pauvres gagna vite la grand'place. Il y avait foule, sous le porche, pour le premier rayon. Les mendiants, assis aux pieds des saints, tremblaient de froid, les uns auprès des autres, sans se parler. Ils roulaient doucement la tête, comme font les mourants. Ils se pressaient dans les coins, afin de ne rien perdre du soleil, lorsqu'il allait paraître.

Sœur-des-Pauvres commença par la droite, jetant des poignées de sous dans les chapeaux de feutre et dans les tabliers, cela de si bon cœur, que bien des pièces roulaient sur les dalles. Elle ne comptait pas, la chère enfant. Le petit sac faisait merveilles; il ne désemplissait pas, il se gonflait tellement à chaque nouvelle poignée prise par la fillette, qu'il versait comme un vase trop plein. Les pauvres gens restaient ébahis de cette pluie joyeuse: ils ramassaient les sous tombés, oubliant le soleil qui se levait, disant des: « Dieu vous le rende! » à la hâte. L'aumône était si large, que de bons vieux croyaient que les saints de pierre leur jetaient cette fortune; ils le croient même encore.

L'enfant riait de leur joie. Elle fit trois fois le tour, afin de donner à chacun la même somme; puis elle s'arrêta, non pas que le petit sac se trouvât vide, mais parce qu'elle avait beaucoup à faire avant le soir. Comme elle allait s'éloigner, elle aperçut dans un coin un vieillard infirme qui, ne pouvant s'approcher, tendait les mains vers elle. Triste de ne point l'avoir vu, elle s'avança, pencha le sac, pour lui donner davantage. Les sous se mirent à couler de cette méchante bourse comme l'eau d'une fontaine, sans s'arrêter, si abondamment, que Sœur-des-Pauvres ferma bientôt l'ouverture avec le poing, car le tas aurait monté en peu d'instants aussi haut que l'église. Le pauvre vieux n'avait que faire de tant d'argent, et peut-être les riches seraient-ils venus le voler.

IV

Alors, ceux de la grand'place ayant les poches pleines, elle marcha vers la campagne. Les mendiants, oubliant de soulager leurs souffrances, se mirent à la suivre; ils la regardaient avec étonnement et respect, entraînés dans un élan de fraternité. Elle, seule, regardant autour d'elle, s'avançait la première. La foule venait ensuite.

L'enfant, vêtue d'une indienne en lambeaux,

était bien sœur des pauvres gens de sa suite, sœur
par les haillons, sœur par la tendre pitié. Elle se
trouvait là en famille, donnant à ses frères, s'oubliant elle-même ; elle marchait gravement de
toute la force de ses petits pieds, heureuse de
faire la grande fille ; et cette blondine de dix ans
rayonnait d'une naïve majesté, suivie de son escorte de vieillards.

L'étroite bourse à la main, elle allait de village
en village, distribuant des aumônes à toute la contrée. Elle allait devant elle, sans choisir les chemins, prenant les routes des plaines et les sentiers
des coteaux ; puis elle s'écartait, traversant les
champs, pour voir si quelque vagabond ne s'abritait pas au pied des haies ou dans le creux des
fossés. Elle se haussait, regardant à l'horizon,
regrettant de ne pouvoir jeter un appel à toutes les
misères du pays. Elle soupirait en songeant qu'elle
laissait peut-être derrière quelque souffrance ;
cette crainte faisait qu'elle revenait parfois sur ses
pas pour visiter un buisson. Et, soit qu'elle ralentît sa marche aux coudes des chemins, soit qu'elle
courût à la rencontre d'un indigent, son cortége la
suivait dans chacun de ses détours.

Or, il arriva, comme elle traversait un pré,
qu'une bande de pierrots vint s'abattre devant elle.

14

Les pauvres petits, perdus dans la neige, chantaient d'une façon lamentable, demandant une
nourriture qu'ils avaient cherchée en vain. Sœur-
des-Pauvres s'arrêta, interdite de rencontrer des
misérables auxquels ses gros sous n'étaient d'aucun secours; elle regardait son sac avec colère,
maudissant cet argent qui se refusait à la charité.
Cependant les pierrots l'entouraient; ils se disaient de la famille, ils lui réclamaient leur part
dans ses bienfaits. Près d'éclater en sanglots, ne
sachant que faire, elle prit dans le sac une poignée de sous, car elle ne pouvait se décider à les
renvoyer sans aumône. La chère enfant avait sûrement perdu la tête, s'imaginant que les gros sous
sont monnaie de pierrots, et que ces enfants du
bon Dieu ont meuniers pour moudre et boulan-
gers pour pétrir le pain de chaque jour. Je ne sais
ce qu'elle pensait faire, mais ce que personne
n'ignore, c'est que l'aumône, jetée poignée de
sous, tomba poignée de blé sur la terre.

Sœur-des-Pauvres ne parut pas étonnée. Elle
servit un vrai festin aux pierrots, leur offrant toutes sortes de graines, en telle quantité que, le
printemps venu, le pré se couvrit d'une herbe
épaisse et haute comme une forêt. Depuis ce temps,
ce coin de terre appartient aux oiseaux du ciel;

ils y trouvent, en toute saison, une nourriture abondante, bien qu'ils y viennent par milliers, de plus de vingt lieues à la ronde.

Sœur-des-Pauvres reprit sa marche, heureuse de son nouveau pouvoir. Elle ne se contentait plus de distribuer de gros sous; elle donnait, selon la rencontre, de bonnes blouses bien chaudes, de lourds jupons de laine, ou encore des souliers si légers et si forts, qu'ils pesaient à peine une once et usaient les cailloux. Tout cela sortait d'une fabrique inconnue; les étoffes étaient merveilleuses de solidité et de souplesse; les coutures se trouvaient si finement piquées, que, dans le trou qu'aurait fait une de nos aiguilles, les aiguilles magiques avaient aisément trouvé place pour trois de leurs points; et, ce qui n'était pas le moindre prodige, chaque vêtement prenait la taille du pauvre qui s'en couvrait. Sans doute un atelier de bonnes fées venait de s'établir au fond du sac, apportant les fins ciseaux d'or qui coupent dix robes de chérubin dans la feuille d'une rose. C'était, pour sûr, besogne du ciel, tant l'ouvrage était parfait et promptement cousu.

Le petit sac ne se montrait pas plus fier pour cela. Les bords en étaient légèrement usés, et la main de Sœur-des-Pauvres les avait peut-être un

peu élargis ; maintenant, il pouvait bien être gros
comme deux nids de fauvette. Pour que tu ne
m'accuses pas de mensonge, il me faut te dire comment en sortaient les grands vêtements, tels que
les jupes, les manteaux, amples de quatre ou cinq
mètres. La vérité est qu'ils s'y trouvaient pliés sur
eux-mêmes, comme les feuilles du coquelicot
quand il ne s'est pas échappé du calice ; pliés avec
tant d'art, qu'ils n'étaient guère plus gros que le
bouton de cette fleur. Alors Sœur-des-Pauvres prenait le paquet entre deux doigts, le secouant à
petits coups ; l'étoffe se dépliait, s'allongeait et
devenait vêtement, non plus bon pour des anges,
mais propre à couvrir de larges épaules. Quant aux
souliers, je n'ai pu savoir jusqu'à ce jour sous
quelle forme ils sortaient du sac ; j'ai ouï dire cependant, mais je n'affirme rien, que chaque paire
était contenue dans une fève qui éclatait en touchant la terre. Tout cela, bien entendu, sans préjudice des poignées de gros sous qui tombaient
dru comme grêle de mars.

Sœur-des-Pauvres marchait toujours. Elle ne
sentait point la fatigue, bien qu'elle eût fait près
de vingt lieues depuis le matin, cela sans boire
ni manger. A la voir passer sur le bord des routes, laissant à peine trace, on eût dit qu'elle était

emportée par des ailes invisibles. On l'avait aper-
çue, dans ce jour, aux quatre points du pays. Tu
n'aurais pas trouvé dans la contrée un coin de
terré, plaine ou montagne, dont la neige ne por-
tât la légère empreinte de ses petits pieds. Vraiment, Guillaume et Guillaumette, s'ils la poursui-
vaient, risquaient de courir une bonne semaine
avant que de l'atteindre ; non pas qu'il y eût à hésiter sur le chemin qu'elle prenait, car elle laissait foule derrière elle, comme font les rois à leur
passage; mais parce qu'elle marchait si gaillarde-
ment qu'elle-même, en d'autres temps, n'aurait
pu faire un pareil voyage en moins de six grandes semaines.

Et son cortége allait s'augmentant à chaque village. Tous ceux qu'elle secourait, marchaient à sa
suite, si bien que, vers le soir, la foule s'étendait
derrière elle, sur une longueur de plusieurs centaines de mètres. C'étaient ses bonnes œuvres qui
la suivaient ainsi. Jamais saint ne s'est présenté
devant Dieu avec une aussi royale escorte.

Cependant, la nuit tombait. Sœur-des-Pauvres
marchait toujours; toujours le petit sac travaillait.
Enfin, on vit l'enfant s'arrêter sur le sommet d'un
coteau ; elle se tint immobile, regardant les plaines qu'elle venait d'enrichir, et ses haillons se dé-

14.

tachaient en noir dans la blancheur du crépuscule.
Les mendiants firent cercle autour d'elle; ils s'agi-
taient par grandes masses sombres, avec le sourd
frémissement des foules. Puis, le silence régna.
Sœur-des-Pauvres, haute dans le ciel, souriait,
ayant un peuple à ses pieds. Alors, ayant beaucoup grandi depuis le matin, debout sur le coteau, elle leva la main au ciel, disant à son
peuple :

— Remerciez Jésus, remerciez Marie.

Et tout son peuple entendit sa voix douce.

V

Il était fort tard, lorsque Sœur-des-Pauvres revint au logis. Guillaume et Guillaumette s'étaient
endormis, las de colère et de menaces. Elle entra
par la porte de l'étable, qui ne fermait qu'au lo-
quet. Elle gagna vite son grenier, où elle trouva sa
bonne amie la lune, si claire, si joyeuse, qu'elle
paraissait connaître le bel emploi de la journée.
Souvent le ciel nous remercie ainsi par de plus
clairs rayons.

L'enfant se sentait grand besoin de repos. Mais,

avant de se mettre au lit, elle voulut revoir le sou miraculeux, celui qui se trouvait au fond du sac. Il avait tant et si bien travaillé, qu'il méritait vraiment d'être baisé. Elle s'assit sur le coffre, elle se mit à vider la bourse, posant les poignées de monnaie à ses pieds. Un quart d'heure durant, elle tâcha d'atteindre le fond ; le tas lui montait aux genoux, et alors elle désespéra. Elle voyait bien qu'elle emplirait le grenier, sans avancer en rien la besogne. Fort embarrassée, elle ne trouva rien de mieux que de tourner lestement le petit sac à l'envers. Il y eut un éboulement de gros sous prodigieux ; la mansarde en fut, du coup, pleine au trois quarts. Le sac était vide.

Cependant, à ce bruit, Guillaume s'éveilla. Le cher homme, bien qu'il n'eût pas ouï dans son sommeil l'écroulement du plancher, aurait ouvert les yeux pour un liard tombé sur les dalles. Il secoua Guillaumette.

— Hé ! femme, dit-il, entends-tu ?

Et comme la vieille balbutiait, de méchante humeur :

— La petite est rentrée, reprit-il. Je crois qu'elle a volé quelque passant, car j'entends làhaut le tintement d'une grosse bourse.

Guillaumette se souleva, sans plus gronder

et fort éveillée. Elle alluma vite la lampe en disant :

— Je savais bien que cette fille était vicieuse.

Puis, elle ajouta :

— Je m'achéterai une coiffe à rubans et des souliers de coutil. Dimanche, je serai fière.

Alors tous deux, à peine vêtus, Guillaume allant le premier, Guillaumette élevant la lampe, montèrent à la mansarde. Leurs ombres, maigres et bizarres, s'allongeaient le long des murs.

Au haut de l'échelle, ils s'arrêtèrent d'étonnement. Il y avait sur le sol une couche de pièces épaisse de trois pieds, cela dans tous les coins, sans qu'il fût possible d'apercevoir large comme la main de plancher. Par endroits, s'élevaient des tas de monnaie; on eût dit les vagues de cette mer de gros sous. Au milieu, entre deux de ces tas, dormait Sœur-des-Pauvres, dans un rayon de lune. L'enfant, cédant au sommeil, n'avait pu gagner son lit; elle s'était laissée glisser doucement; elle rêvait du ciel, sur cette couche faite d'aumônes. Les bras ramenés contre la poitrine, elle tenait dans sa main droite le magique cadeau de la mendiante. Son souffle faible et régulier s'entendait au milieu du silence; tandis que l'astre bien-aimé, se mirant autour d'elle dans la monnaie neuve, l'entourait comme d'un cercle d'or.

Guillaume et Guillaumette n'étaient pas bonnes
gens à longtemps s'étonner. Le miracle étant à
leur profit, ils ne songèrent guère à l'expliquer,
se souciant peu qu'il fût œuvre du bon Dieu ou
du diable. Lorsqu'ils eurent un instant compté
le trésor des yeux, ils voulurent s'assurer qu'il
n'était pas seulement jeu de l'ombre et reflet de
lune. Ils se baissèrent avidement, les mains
grandes ouvertes.

Or, ce qu'il advint alors est si peu croyable, que
j'hésite à le dire. A peine Guillaume eut-il pris
une poignée de pièces, que ces pièces se chan-
gèrent en énormes chauves-souris. Il ouvrit les
doigts avec terreur, et les vilaines bêtes s'échap-
pèrent, poussant des cris aigus, le frappant à la
face de leurs longues ailes noires. Guillaumette,
de son côté, saisit une nichée de jeunes rats, aux
dents blanches et fines, qui la mordirent cruellement en s'enfuyant le long de ses jambes. La
vieille femme, que la vue d'une souris faisait éva-
nouir, se mourait de les sentir courir dans ses
jupes.

Ils s'étaient dressés, n'osant plus caresser cet
argent si neuf d'apparence, mais si déplaisant au
toucher. Ils se regardaient mal à l'aise, s'encoura-

geaient avec ces regards, moitié riants, moitié fâ-
chés, d'un enfant que vient de brûler une friandise
trop chaude. Guillaumette céda la première à la
tentation ; elle allongea ses bras maigres et prit
deux nouvelles poignées de sous. Comme elle serrait les poings, pour ne rien laisser échapper, elle
poussa un grand cri de douleur ; car, à la vérité,
elle avait saisi deux poignées d'aiguilles si longues,
si pointues, que ses doigts se trouvaient comme
cousus aux paumes de ses mains. Guillaume, à
la voir se baisser, voulut sa part du trésor. Il se
hâta, mais ne ramassa pour tout butin que deux
belles pelletées de charbons ardents qui brûlèrent
comme poudre sur sa peau, tant ils étaient en-
flammés.

Alors, rendus furieux par la souffrance, ils se
précipitèrent sur les gros sous, fouillant en plein
tas, cherchant à gagner le miracle de vitesse.
Mais les gros sous n'étaient pas sous à se laisser
surprendre. A peine touchés, ils s'envolaient en
sauterelles, rampaient en serpents, fuyaient en eau
bouillante, se dissipaient en fumée ; toute forme leur
semblait bonne, et ils ne s'en allaient pas sans
avoir quelque peu brûlé ou mordu les voleurs.

Il y avait là une effrayante fécondité, si rapide,
donnant naissance à tant de créatures différen-

tes, qu'une inexprimable terreur régnait. Crapauds-volants, hiboux, vampires, phalènes, se pressaient à la lucarne, battant de l'aile, s'échappant par grandes volées. Les scorpions, les araignées, tous les hideux habitants des lieux humides, gagnaient les coins par longues files effarouchées ; le grenier, bien que fort lézardé, n'avait pas assez de trous pour eux, et ils étaient là, se poussant, s'écrasant dans les fentes.

Guillaume et Guillaumette, fous d'épouvante, couraient, emportés dans le vertige de cette étrange création. A droite, à gauche, de toutes parts, ils hâtaient l'éclosion de nouveaux êtres. De leurs doigts ruisselait la vie. Le flot vivant montait. Ce trésor, où tantôt se mirait la lune, n'était plus qu'une masse noirâtre qui se mouvait lourdement, se soulevant, s'affaissant sur elle-même, comme fait le vin dans la cuve.

Bientôt pas un gros sou ne resta. Le tas entier s'était animé. Alors Guillaume et Guillaumette, ne prenant plus que reptiles, s'enfuirent en se jetant à la face deux poignées de couleuvres.

Et, comme s'ils avaient emporté tous les monstres dans ces deux dernières poignées, le grenier se trouva vide. Sœur-des-Pauvres, n'ayant rien entendu, dormait, calme et souriante.

VI

A son réveil, Sœur-des-Pauvres eut un remords.
Elle se dit qu'elle était allée bien loin chercher la
misère du pays entier, sans songer à soulager
celle de son oncle et de sa tante.

La chère enfant avait compassion de toutes les
souffrances. Un pauvre était pauvre pour elle, avant
d'être bon ou méchant. Elle ne distinguait point
entre les larmes, elle pensait volontiers qu'elle n'a-
vait pas charge de distribuer des peines et des récompenses, mais mission d'essuyer des pleurs.
Dans sa petite raison de dix ans, il n'y avait pas
grande idée de justice ; elle était toute charité,
toute aumône. Lorsqu'elle songeait aux damnés
d'enfer, il lui venait au cœur des pitiés, qu'elle
n'éprouvait jamais aussi fortes pour les âmes du
purgatoire.

Quelqu'un lui ayant dit un jour que tel pauvre
ne méritait pas le pain qu'elle lui donnait, elle
n'avait pas compris. Elle se refusait à croire que
ce n'est pas assez d'avoir faim pour manger.

Or, pour réparer son oubli, Sœur-des-Pauvres

reprenant le petit sac, alla vite acheter, en bel argent neuf, une terre qui louchait à la cabane de ses parents. Elle acheta en outre une paire de bœufs, blancs et roux, aux poils luisants comme de la soie. Elle n'eut garde d'oublier la charrue. Puis, elle loua un garçon de ferme qui conduisit l'attelage au bord du champ, à la porte de la chaumière. Pendant ce temps, elle amassait à la ville des provisions de toutes sortes, souches de vigne qui brûlent avec un feu clair, fine fleur de farine, salaisons, légumes secs. Elle se faisait suivre de trois grosses charrettes, allant de boutique en boutique, les chargeant de ce qu'elle pensait nécessaire à un ménage. Et c'était merveille comme elle dépensait en grande fille l'argent du bon Dieu, n'achetant pas choses inutiles, ainsi qu'on aurait pu l'attendre d'une bambine de son âge, mais bien meubles solides, pièces de toile, chaudrons de cuivre, tout ce que souhaite dans ses rêves une ménagère de trente ans.

Lorsque les trois charrettes furent pleines, elle vint les faire ranger auprès des bœufs et de la charrue. Alors elle comprit que la chaumière était bien misérable, bien petite, pour contenir ces richesses, et elle eut du chagrin de ne pouvoir acheter une ferme, non pas qu'elle manquât d'argent,

15

mais parce qu'il n'y avait point de ferme dans cette partie du pays. Elle résolut d'appeler les maçons et de leur faire bâtir une grande habitation, sur l'emplacement même de la pauvre demeure. Mais en attendant, comme elle était pressée, elle se contenta de verser sur le sol, devant les charrettes, quelques tas de gros sous, pour payer les frais de bâtisse.

Elle fit si bien, qu'elle ne mit pas une heure à tout disposer de la sorte. Guillaume et Guillaumette dormaient encore, n'ayant entendu ni le bruit des roues ni le fouet du garçon de ferme.

Alors, Sœur-des-Pauvres s'approcha de la porte, ayant aux lèvres un fin sourire, car elle avait parfois l'espièglerie du bien. Elle s'était hâtée un peu par malice ; elle s'applaudissait d'avoir réussi à devancer le réveil de ses parents.

Elle donna un dernier regard à ses achats, puis se mit à crier, en frappant dans ses mains de toutes ses forces :

— Oncle Guillaume, tante Guillaumette !

Et, comme les deux vieux ne bougeaient, elle heurta du poing les planches mal jointes du volet, en répétant plus haut, à plusieurs reprises :

— Oncle Guillaume, tante Guillaumette, ouvrez vite, la fortune demande à entrer !

Or, Guillaume et Guillaumette entendirent cela
en dormant, ce qui les fit sauter du lit, avant d'a-
voir pris la peine de s'éveiller. Sœur-des-Pauvres
criait encore, lorsqu'ils parurent sur le seuil, se
poussant, se frottant les yeux, pour mieux voir ;
et ils s'étaient tant pressés, que Guillaume avait
les jupes et Guillaumette les culottes. Ils n'eurent
garde de s'en douter, ayant bien d'autres sujets
d'étonnement. Les tas de gros sous s'élevaient,
hauts comme des meules de foin, devant les trois
charrettes qui avaient fort grand air, les chaudrons
et les meubles de chêne se détachant sur la neige.
Les bœufs, au vent froid du matin, soufflaient avec
bruit. Le soc de la charrue semblait d'argent, blanc
des premiers rayons.

Le garçon de ferme s'avança et dit à Guillaume :

— Maître, où dois-je conduire l'attelage ? Ce
n'est pas saison de labour. Soyez sans crainte : vos
champs sont ensemencés, vous aurez ample ré-
colte.

Et, pendant ce temps, les charretiers s'étaient
approchés de Guillaumette.

— Brave dame, lui disaient-ils, voici votre ménage, avec vos provisions d'hiver. Hâtez-vous de
nous dire où nous devons décharger nos charrettes.

C'est peu d'un jour pour rentrer au logis toutes ces
richesses.

Les deux vieux, bouche béante, ne savaient que
répondre. Ils regardaient timidement ces biens
qu'ils ne se connaissaient pas, ils songeaient aux
vilains sous qui s'étaient si cruellement moqués
d'eux, la nuit dernière. Sœur-des-Pauvres, cachée
dans un coin, riait de leur étrange figure; elle ne
désirait tirer autre vengeance de leur peu d'amitié pour elle, dans les jours d'infortune. La pauvre
petite n'avait jamais tant ri de sa vie. Je t'assure, tu aurais ri comme elle, de voir Guillaume
en jupes et Guillaumette en culottes, ne sachant
s'ils devaient se réjouir ou pleurer, faisant la grimace la plus plaisante du monde.

Enfin, comme elle les voyait près de rentrer et
de fermer porte et fenêtre, elle se montra.

— Mes amis, dit-elle au garçon de ferme et
aux charretiers, entrez tout ceci dans la chaumière; n'ayez point souci d'emplir les chambres
jusqu'au plafond. Je n'avais pas songé à la peti-
tesse du logis, j'ai tant acheté qu'il nous faut
maintenant un château. Mais voici l'argent pour
les maçons.

Elle disait cela afin d'être entendue de ses parents, car elle pensait avec raison les rassurer en

leur donnant à comprendre qu'elle était la bonne fée qui leur faisait ces cadeaux. Or, Guillaume et Guillaumette se promettaient depuis la veille de la battre, en punition de ce qu'elle les avait quittés tout un jour ; mais, lorsqu'ils l'entendirent parler ainsi, lorsqu'ils virent les hommes déposer les meubles et les provisions à leur porte, ils la regardèrent, ils éclatèrent en sanglots, sans savoir pourquoi. Il leur sembla qu'une main les serrait à la gorge. Ils restaient là, debout, près d'étouffer, ne sachant que faire, dans cette émotion qu'ils ne connaissaient pas. Et, tout d'un coup, ils comprirent qu'ils aimaient Sœur-des-Pauvres. Alors, riant dans les larmes, ils coururent l'embrasser, ce qui les soulagea.

VII

Un an plus tard, Guillaume et Guillaumette se trouvaient les plus riches fermiers du pays. Ils possédaient une grande ferme neuve ; leurs champs s'étendaient à tant de lieues à la ronde, qu'un même horizon ne pouvait les contenir.

Qu'un pauvre devienne riche, cela n'est point rare ;
personne, dans nos temps, ne songe à s'en étonner. Mais, lorsque Guillaume et Guillaumette de
méchants devinrent bons, il y en eut qui se refu-
sèrent à le croire. C'était la vérité cependant. Les
parents de Sœur-des-Pauvres, ne souffrant plus
le froid ni la faim, retrouvèrent leur bon cœur
d'autrefois. Comme ils avaient beaucoup pleuré,
ils se sentirent frères des misérables et les soula-
gèrent sans égoïsme.

Les larmes, je le sais, sont bonnes conseillères.
Pourtant, si Guillaumette n'aima plus trop la dentelle, si Guillaume cessa de boire et préféra le travail, m'est avis que les gros sous avaient en eux
quelque vertu secrète qui aida au miracle ; car ils
n'étaient pas comme les premiers sous venus, qui
consentent à payer les mauvaises dépenses ; eux,
se refusaient aux méchants cœurs et rendaient
charitable, en dirigeant la main des honnêtes gens
qui les possédaient. Ah ! les braves gros sous
n'ayant point la morne stupidité de nos laides
pièces d'or et d'argent !

Guillaume et Guillaumette baisaient Sœur-des-
Pauvres du matin au soir. Les premiers jours, ils lui
évitaient toute fatigue, ils se fâchaient dès qu'elle
parlait de travail. Il était aisé de voir qu'ils sou-

haitaient en faire une belle demoiselle, avec de
petites mains blanches, bonnes à nouer des rubans. « Fais-toi fière, lui disaient-ils chaque matin ; ne te chagrine du reste. » Mais la fillette ne
l'entendait point ainsi ; elle serait morte de tristesse, à rester assise tout le long du jour, sans
autre besogne que de regarder filer les nuages ;
ses richesses lui étaient une moindre distraction que
de frotter ses meubles de chêne et de tirer soigneusement ses draps de fine toile. Elle prenait donc
du plaisir à sa guise, répondant à ses parents :
« Laissez, je suis chaudement vêtue et n'ai que
faire de dentelle ; j'aime mieux souci de ménage
que souci de toilette. »

Et elle disait cela si sagement, que Guillaume et
Guillaumette comprirent qu'elle avait une grande
raison. Ils ne la contrarièrent plus dans ses goûts.
Ce fut fête pour elle. Elle se leva, ainsi qu'autrefois, à cinq heures, et se chargea des soins
domestiques ; non pas qu'elle balaya et lava,
comme aux jours du malheur, car ce n'était une
besogne de sa force que d'entretenir en propreté un
aussi vaste logis ; mais elle surveilla les servantes,
elle n'eut aucune fausse honte à les aider dans
leurs travaux de laiterie et de basse-cour. Elle était
bien la jeune fille la plus riche et la plus active de

la contrée. Chacun s'émerveillait de ce qu'elle n'eût
point changé en devenant grosse fermière, sinon
qu'elle avait les joues plus roses et le cœur plus
gai au travail. « Bonne misère, disait-elle souvent, tu m'as appris à être riche. »

Elle songeait beaucoup pour son âge, ce qui
l'attristait parfois. Je ne sais comment elle s'aperçut que ses gros sous lui devenaient de peu d'uti-
lité. Les champs lui donnaient le pain, le vin,
l'huile, les légumes, les fruits ; les troupeaux lui
fournissaient la laine pour les vêtements, la chair
pour les repas ; tout s'offrait à ses entours, et les
produits de la ferme suffisaient amplement à ses
besoins, ainsi qu'à ceux de ses gens. Même la part
des pauvres était large, car elle ne donnait plus
aumônes d'argent, mais viande, farine, bois à brûler, pièces de toile et de drap, se montrant sage
en cela, offrant ce qu'elle savait nécessaire aux
indigents, leur évitant la tentation de mal employer les sous de la charité.

Or, dans cette abondance de biens, plusieurs
tas de gros sous dormaient au grenier, où Sœur-
des-Pauvres se chagrinait de les voir occuper la
place de vingt à trente bottes de paille. Elle préférait de beaucoup cette paille, récompense du travail, à cette monnaie qu'elle entassait sans grand

mérite. Aussi, peu à peu, en vint-elle à se sentir
un profond dédain pour cette sorte de richesse,
bonne à dormir dans les coffres des avares, ou encore à s'user aux mains des trafiquants des villes.

Elle était si lasse de cette fortune incommode,
qu'un matin elle se décida à la faire disparaître.
Elle avait conservé le petit sac qui dévorait les gros
sous d'une façon si aisée ; il fit son devoir en conscience et nettoya proprement le grenier. Sœur-
des-Pauvres agit de ruse, car elle se garda de
mettre au fond le sou de la mendiante ; de sorte
que l'argent s'en alla bel et bien, sans avoir la tentation de revenir.

Ainsi, elle prit soin de ne pas devenir trop riche, sentant qu'il y avait là danger pour le cœur.
Elle donna peu à peu une partie de ses terres, qui
étaient trop vastes pour nourrir une seule famille.
Elle mesura son revenu à ses besoins. Puis, comme
les bons bras ne manquaient pas à la ferme, lorsque, malgré elle, les sous s'amassaient au grenier,
elle y montait en cachette, elle s'appauvrissait à
plaisir. Pour assurer son contentement, elle garda
toute sa vie la bourse enchantée, qui donnait si
largement aux heures de détresse, et qui, aux
heures de fortune, ne savait plus que prendre.

Sœur-des-Pauvres avait un autre souci. Le cadeau de la pauvresse l'embarrassait. Elle s'effrayait du pouvoir qu'il lui donnait; car, lors même qu'on ne doute pas de soi, il y a plus de gaieté de cœur à se sentir humble que puissant. Elle l'eût volontiers jeté à la rivière; mais un méchant pouvait le trouver dans le sable et en user au dommage de chacun; et, certes, s'il employait à faire le mal la moitié de l'argent qu'elle avait dépensé en bonnes œuvres, il n'est point douteux qu'il ne ruinât le pays. Aussi comprit-elle alors que la mendiante ait longtemps cherché avant de donner son aumône : c'était là un cadeau faisant la joie ou le désespoir d'un peuple, selon la main qui le recevait.

Elle garda le sou. Comme il était percé, elle se le pendit au cou, à l'aide d'un ruban; ainsi elle ne pouvait le perdre. Mais cela la chagrinait de le sentir sur sa poitrine; elle eût tout fait au monde pour retrouver la pauvresse. Elle l'aurait priée de reprendre ce dépôt, trop lourd pour être longtemps gardé, et de la laisser vivre en bonne fille, ne faisant d'autres miracles que des miracles de travail et de joyeuse humeur.

Or, l'ayant vainement cherchée, elle désespérait de jamais la rencontrer.

Un soir, passant devant l'église, elle entra faire

un bout de prière. Elle alla tout au fond, dans une petite chapelle qu'elle aimait pour son ombre et son silence; les vitraux, d'un bleu sombre, éclairaient les dalles comme d'un reflet de lune; la voûte, un peu basse, n'avait pas d'écho. Mais, ce soir-là, la petite chapelle était en fête. Un rayon égaré, après avoir traversé la nef, donnait en plein sur l'humble autel, allumant dans les ténèbres le cadre doré d'un vieux tableau.

Sœur-des-Pauvres, qui s'était agenouillée sur la pierre nue, eut une courte distraction, à voir ce bel adieu du soleil à son coucher, sur ce cadre qu'elle ne savait point là. Puis, penchant la tête, elle commença son oraison; elle suppliait le bon Dieu de lui envoyer un ange qui se chargeât du gros sou.

Au fort de sa prière, elle leva le front. Le baiser du soleil montait lentement; il avait laissé le cadre pour la toile peinte; on eût pu croire qu'une lumière blonde sortait de l'image sainte. Elle rayonnait sur le mur noir; et c'était comme si quelque chérubin eût écarté un coin du voile des cieux, car on y voyait, dans un éblouissement de gloire et de splendeur, la Vierge Marie endormant Jésus sur ses genoux.

Sœur-des-Pauvres regardait, cherchant à se souvenir. Elle avait vu, en songe peut-être, cette belle sainte et cette enfant divin. Eux aussi la reconnaissaient sans doute : ils lui souriaient, et même elle les vit sortir de la toile, pour descendre vers elle.

Elle entendit une voix douce qui disait :

— « Je suis la sainte mendiante des cieux. Les pauvres de la terre me font l'offrande de leurs larmes, et je tends la main à chaque misérable, afin qu'il se soulage. J'emporte au ciel ces aumônes de souffrance. Ce sont elles qui, amassées une à une dans les siècles, formeront au dernier jour les trésors de félicité des élus.

« C'est ainsi que je vais par le monde, pauvrement vêtue, comme il convient à une fille du peuple. Je console les indigents mes frères, je sauve les riches par la charité.

« Je t'ai vue, un soir, et j'ai reconnu en toi celle que je cherchais. C'est un rude labeur que le mien. Lorsque je rencontre un ange sur la terre, je lui confie une partie de ma mission. J'ai pour cela des sous du ciel qui ont l'intelligence du bien, qui rendent fées les mains pures.

« Vois, mon Jésus te sourit : il est content de toi. Tu as été mendiante des cieux, car chacun t'a fait l'aumône de son âme, et tu amèneras ton cortége de pauvres jusque dans le paradis. Maintenant, donne ce sou qui te pèse ; les chérubins ont seuls cette force de porter éternellement le bien sur leurs ailes. Sois humble, sois heureuse. »

Sœur-des-Pauvres écoutait la parole divine ; elle était là, demi-penchée, muette, en extase ; et, dans ses yeux grands ouverts, se reflétait l'éblouissement de là vision. Elle demeura longtemps immobile. Puis, comme le rayon montait toujours, il lui sembla que la porte du ciel se refermait ; la Vierge, ayant pris le ruban à son cou, disparut lentement. L'enfant regardait encore, mais elle voyait seulement le haut du cadre doré, brillant faiblement aux dernières lueurs.

Alors, ne sentant plus le poids du sou sur sa poitrine, elle crut en ce qu'elle venait de voir. Elle se signa, elle s'en alla, remerciant Dieu.

C'est ainsi qu'elle n'eut plus de souci et qu'elle vécut longtemps, jusqu'au jour où l'ange qu'elle attendait depuis sa jeunesse, l'emmena auprès de sa mère et de son père, dont les regrets l'appelaient depuis si longtemps au paradis. Elle trouva près d'eux Guillaume et Guillaumette, qui l'avaient quittée, eux aussi, un jour qu'ils étaient las.

Et plus de cent ans après sa mort, on n'aurait pu trouver un seul mendiant dans la contrée ; non

16

pas qu'il y eût dans les armoires des familles de nos vilaines pièces d'or ou d'argent ; mais il s'y rencontrait toujours, on ne savait comment, quelques fils du sou de la Vierge, de ces gros sous de cuivre jaune, qui sont la monnaie des travailleurs et des simples d'esprit.

AVENTURES

DU GRAND SIDOINE ET DU PETIT MÉDÉRIC

I

LES HÉROS.

A cent pas, le grand Sidoine avait quelque peu
l'aspect d'un peuplier, si ce n'est qu'il était plus
haut de taille et de tournure plus épaisse. A
cinquante, on distinguait parfaitement son sourire satisfait, ses gros yeux bleus à fleur de
tête, ses énormes poings qu'il balançait d'une
façon timide et embarrassée. A vingt-cinq, on le
déclarait sans hésiter garçon de cœur, fort comme
une armée, mais bête comme tout.

Le petit Médéric, pour sa part, avait, quant à
la taille, de fortes ressemblances avec une laitue,
je dis une laitue en bas âge. Mais, à remarquer
ses lèvres fines et mobiles, son front pur et élevé,
à voir la grâce de son salut, l'aisance de son
allure, on lui accordait aisément plus d'esprit qu'aux doctes cervelles de quarante grands
hommes. Ses yeux ronds, pareils à ceux d'une
mésange, dardaient des regards pénétrants comme
des vrilles d'acier; ce qui, certes, l'aurait fait
juger méchant enfant, si de longs cils blonds
n'avaient voilé d'une ombre douce la malice et la
hardiesse de ces yeux-là. Il portait des cheveux
bouclés, il riait d'un bon rire engageant, de sorte
qu'on ne pouvait s'empêcher de l'aimer.

Bien qu'ils eussent grand'peine à converser
librement, le grand Sidoine et le petit Médéric
n'en étaient pas moins les meilleurs amis du
monde. Ils avaient seize ans tous deux, étant nés
le même jour, à la même minute, et se connaissaient depuis lors; car leurs mères, qui se trouvaient voisines, se plaisaient à les coucher ensemble dans un berceau d'osier, aux jours où le
grand Sidoine se contentait encore d'une couche
de trois pieds de long. Sans doute, c'est chose rare
que deux enfants, nourris d'une même bouillie,

aient des croissances si singulièrement différentes. Ce fait embarrassait d'autant plus les savants du voisinage, que Médéric, contrairement aux usages reçus, avait à coup sûr rapetissé de plusieurs pouces. Les cinq ou six cents doctes brochures écrites sur ce phénomène par des hommes spéciaux, prouvaient de reste que le bon Dieu seul savait le secret de ces croissances bizarres, comme il sait, d'ailleurs, ceux des Bottes de sept lieues, de la Belle au bois dormant et de ces mille autres vérités, si belles et si simples, qu'il faut toute la pureté de l'enfance pour les comprendre.

Les mêmes savants, qui faisaient métier d'expliquer ce qui ne saurait l'être, se posaient encore un grave problème. Comment peut-il se faire, se demandaient-ils entre eux, sans jamais se répondre, que cette grande bête de Sidoine aime d'un amour aussi tendre ce petit polisson de Médéric? et comment ce petit polisson trouve-t-il tant de caresses pour cette grande bête? Question obscure, bien faite pour inquiéter des esprits chercheurs : la fraternité du brin d'herbe et du chêne.

Je ne me soucierais pas autant de ces savants, si un d'eux, le moins accrédité dans la paroisse, n'avait dit, certain jour, en hochant la tête : « Hé,

16.

hé! bonnes gens, ne voyez-vous pas ce dont il
s'agit? Rien n'est plus simple. Il s'est fait un
échange entre les marmots. Quand ils étaient au
berceau, alors qu'ils avaient la peau tendre et le
crâne de peu d'épaisseur, Sidoine a pris le corps
de Médéric, et Médéric, l'esprit de Sidoine ; de sorte
que l'un a crû en jambes et en bras, tandis
que l'autre croissait en intelligence. De là leur
amitié. Ils sont un même être en deux êtres
différents ; là c'est, si je ne me trompe, la définition
des amis parfaits. »

Lorsque le bonhomme eut ainsi parlé, ses collègues rirent aux éclats et le traitèrent de fou. Un
philosophe daigna lui démontrer comme quoi les
âmes ne se transvasent point de la sorte, ainsi
qu'on fait d'un liquide ; un naturaliste lui criait
en même temps, dans l'autre oreille, qu'on n'avait
pas d'exemple, en zoologie, d'un frère cédant ses
épaules à son frère, comme il lui céderait sa part
de gâteau. Le bonhomme hochait toujours la tête,
répétant : « J'ai donné mon explication, donnez
la vôtre ; nous verrons ensuite laquelle des deux
sera la plus raisonnable. »

J'ai longtemps médité ces paroles et je les ai
trouvées pleines de sagesse. Jusqu'à meilleure
explication, — si tant est que j'aie besoin d'une

explication pour continuer ce conte, — je m'en tiendrai à celle donnée par le vieux savant. Je sais qu'elle blessera les idées nettes et géométriques de bien des personnes ; mais, comme je suis décidé à accueillir avec reconnaissance les nouvelles solutions que mes lecteurs trouveront sans aucun doute, je crois agir justement, en une matière aussi délicate.

Ce qui, Dieu merci, n'était pas sujet à controverse, — car tous les esprits droits conviennent assez souvent d'un fait, — c'est que Sidoine et Médéric se trouvaient au mieux de leur amitié. Ils découvraient chaque jour tant d'avantages à être ce qu'ils étaient, que, pour rien au monde, ils n'auraient voulu changer de corps ni d'esprit.

Sidoine, lorsque Médéric lui indiquait un nid de pie, tout au haut d'un chêne, se déclarait l'enfant le plus fin de la contrée ; Médéric, lorsque Sidoine se baissait pour s'emparer du nid, croyait de bonne foi avoir la taille d'un géant. Mal t'en eût pris, si tu avais traité Sidoine de sot, espérant qu'il ne saurait te répondre : Médéric t'aurait prouvé, en trois phrases, que tu tournais à l'idiotisme. Et Médéric donc, si tu l'avais raillé sur ses petits poings, tout juste assez forts pour écraser une mouche, c'eût été une bien autre chanson : je

ne sais trop comment tu aurais échappé aux
longs bras de Sidoine. Ils étaient forts et intel-
ligents tous deux, puisqu'ils ne se quittaient
point, et ils n'avaient jamais songé qu'il leur
manquât quelque chose, si ce n'est les jours où le
hasard les séparait.

Pour ne rien cacher, je dois dire qu'ils vivaient
un peu en vagabonds, ayant perdu leurs parents
de bonne heure, se sentant d'ailleurs de force à
manger en tous lieux et en tous temps. D'autre
part, ils n'étaient pas garçons à se loger tranquillement dans une cabane. Je te laisse à penser quel
hangar il eût fallu pour Sidoine; quant à Médéric,
il se serait contenté d'une armoire. Si bien que,
pour la commodité de tous deux, ils logeaient
aux champs, dormant en été sur le gazon, se
moquant du froid l'hiver, sous une chaude couverture de feuilles et de mousses sèches.

Ils formaient ainsi un ménage assez singulier.
Médéric avait charge de penser ; il s'en acquittait
à merveille, connaissait au premier coup d'œil les
terrains où se trouvaient les pommes de terre les
plus savoureuses, et savait, à une minute près, le
temps qu'elles devaient rester sous la cendre,
pour être cuites à point. Sidoine agissait ; il
déterrait les pommes de terre, ce qui n'était pas,

je t'assure, une petite besogne, car, si son compagnon n'en mangeait qu'une ou deux, il lui en fallait
bien, quant à lui, trois ou quatre charretées; puis,
il allumait le feu, les couvrait de braise, se
brûlait les doigts à les retirer.

Ces menus soins domestiques n'exigeaient pas
grandes ruses ni grande force de poignets. Mais
il faisait bon voir les deux compagnons, dans les
exigences plus graves de la vie, comme lorsqu'il
fallait se défendre contre les loups, pendant les
nuits d'hiver, ou encore se vêtir décemment, sans
bourse délier, ce qui présentait des difficultés
énormes.

Sidoine avait fort à faire pour tenir les loups à
distance ; il lançait à droite et à gauche des coups
de pied à renverser une montagne. Le plus souvent, il ne renversait rien du tout, par la raison
qu'il était très-maladroit de sa personne. Il sortait
ordinairement de ces luttes les vêtements en
lambeaux. Alors le rôle de Médéric commençait.
De faire des reprises, il n'y fallait pas songer.
Le malin garçon préférait se procurer de beaux
habits neufs, puisque, d'une façon comme d'une
autre, il devait se mettre en frais d'imagination. A
chaque blouse déchirée, ayant l'esprit fertile en
expédients, il inventait une étoffe nouvelle. Ce

n'était pas tant la qualité que la quantité qui
l'inquiétait : figure-toi un tailleur qui aurait à
habiller les tours Notre-Dame.

Une fois, dans un besoin pressant, il adressa
une requête aux meuniers, sollicitant de leur
bienveillance les vieilles voiles de tous les moulins
à vent de la contrée. Comme il demandait avec une
grâce sans pareille, il obtint bientôt assez de
toile pour confectionner un superbe sac qui fit le
plus grand honneur à Sidoine.

Une autre fois, il eut une idée plus ingénieuse
encore. Comme une révolution venait d'éclater
dans le pays, et que le peuple, pour se prouver sa
puissance, brisait les écussons, déchirait les
bannières du dernier règne, il se fit donner sans
peine tous les vieux drapeaux qui avaient servi
dans les fêtes publiques. Je te laisse à penser si la
blouse, faite de ces lambeaux de soie, fut splen-
dide à voir.

Mais c'étaient là des habits de cour, et Médéric
cherchait une étoffe qui résistât plus longtemps
aux griffes et aux dents des bêtes fauves. Un soir
de bataille, les loups ayant achevé de dévorer les
drapeaux, il lui vint une subite inspiration, en considérant les morts restés sur le sol. Il dit à Sidoine
de les écorcher proprement, fit ensuite sécher les

peaux au soleil. Huit jours après, son grand frère se promenait, la tête haute, vêtu galamment des dépouilles de leurs ennemis. Sidoine, un peu coquet, ainsi que tous les gros hommes, se montrait très-sensible aux beaux ajustements neufs ; aussi se mit-il à faire chaque semaine un furieux carnage de loups, les assommant d'une façon plus douce, par crainte de gâter les fourrures.

Médéric n'eut plus, dès lors, à s'inquiéter de la garde-robe. Je ne t'ai point dit comment il arrivait à se vêtir lui-même, mais tu as sans doute compris qu'il y arrivait sans tant de ruses. Le moindre bout de ruban lui suffisait. Il était fort mignon, de taille bien prise, quoique petite ; les dames se le disputaient pour l'attifer de velours et de dentelle. Aussi le rencontrait-on toujours mis à la dernière mode.

Je ne saurais dire que les fermiers fussent très-enchantés du voisinage des deux amis. Mais ils avaient tant de respect pour les poings de Sidoine, tant d'amitié pour les jolis sourires de Médéric, qu'ils les laissaient vivre dans leurs champs, comme chez eux. Les enfants, d'ailleurs, ne mésusaient pas de l'hospitalité ; ils ne prélevaient quelques légumes que lorsqu'ils étaient las de gibier

et de poisson. Avec de plus méchants caractères,
ils auraient ruiné le pays en trois jours; une
simple promenade dans les blés eût suffi. Aussi
leur tenait-on compte du mal qu'ils ne faisaient
pas. On leur avait même de la reconnaissance pour
les loups qu'ils détruisaient par centaines, et pour
le grand nombre d'étrangers curieux qu'ils atti-
raient dans les villes d'alentour.

J'hésite à entrer en matière, avant de t'avoir
conté plus au long les affaires de mes héros. Les
vois-tu bien, là, devant toi? Sidoine, haut comme
une tour, vêtu de fourrures grises, Médéric,
paré de rubans et de paillettes, brillant dans
l'herbe à ses pieds, comme un scarabée d'or. Te
les figures-tu se promenant dans la campagne, le
long des ruisseaux, soupant et dormant dans les
clairières, vivant en liberté sous le ciel de Dieu?
Te dis-tu combien Sidoine était bête, avec ses
gros poings, et que d'ingénieux expédients, que
de fines reparties se logeaient dans la petite tête
de Médéric? Te pénètres-tu de cette idée, que leur
union faisait leur force, que, nés l'un loin de
l'autre, ils auraient été de pauvres diables fort
incomplets, obligés de vivre selon les us et cou-
tumes de tout le monde? As-tu suffisamment compris que si j'avais de mauvaises intentions, je

pourrais cacher là-dessous quelque sens philosophique? Es-tu enfin décidée à me remercier de
mon géant et de mon nain, que j'ai élevés avec un
soin particulier, de façon à en faire le couple le
plus merveilleux du monde ?

Oui ?

Alors je commence, sans plus tarder, l'étonnant
récit de leurs aventures.

II

ILS SE METTENT EN CAMPAGNE.

Un matin d'avril, — l'air était encore vif, de
légers brouillards s'élevaient de la terre humide,
— Sidoine et Médéric se chauffaient à un grand
feu de broussailles. Ils venaient de déjeuner et
attendaient que le brasier se fût éteint, pour faire
un bout de promenade. Sidoine, assis sur une
grosse pierre, regardait les charbons d'un air pen-
sif; mais il fallait se défier de cet air-là, car il
était connu de tous que le brave enfant ne pensait
jamais à rien. Il souriait béatement, en appuyant

17

les poings sur ses genoux. Médéric, couché en face
de lui, contemplait avec amour les poings de son
compagnon; bien qu'il les eût vus grandir, il
trouvait, à les regarder, un éternel sujet de joie
et d'étonnement.

— Oh! la belle paire de poings! songeait-il; les
maîtres poings que voilà! Comme les doigts en
sont épais et bien plantés! Je ne voudrais pas, pour
tout l'or du monde, en recevoir la moindre chi-
quenaude : il y aurait de quoi assommer un bœuf.
Ce cher Sidoine ne semble pas se douter qu'il porte
notre fortune au bout des bras.

Sidoine, que le feu réjouissait, allongeait en effet les mains d'une façon indolente. Il dodelinait
de la tête, abîmé dans un oubli complet des choses
de ce monde. Médéric se rapprocha du feu qui
s'éteignait.

— N'est-ce pas dommage, reprit-il à voix basse,
d'user de si belles armes contre les méchantes
carcasses de quelques loups galeux? Elles méritent vraiment un plus noble usage, comme d'écraser des bataillons entiers et de renverser des murs
de citadelle. Nous qui sommes nés sûrement pour
de grands destins, nous voilà dans notre seizième
année, sans avoir encore fait le moindre exploit.
Je suis las de la vie que nous menons au fond de

cette vallée perdue, je crois qu'il est grandemen
temps d'aller conquérir le royaume que Dieu nous
garde quelque part ; car plus je regarde les poings
de Sidoine, et plus j'en suis convaincu : ce sont là
des poings de roi.

Sidoine était loin de songer aux grandes destinées rêvées par Médéric. Il venait de s'assoupir,
ayant peu dormi la nuit précédente. On sentait, à
la régularité de son souffle, qu'il ne prenait pas
même la peine d'avoir des songes.

— Hé ! mon mignon ! lui cria Médéric.

Il leva la tête, il regarda son compagnon d'un
air inquiet, agrandissant les yeux, dressant les
oreilles.

— Écoute, reprit celui-ci, et tâche de comprendre, s'il est possible. Je songe à notre avenir,
je trouve que nous le négligeons beaucoup. La
vie, mon mignon, ne consiste pas à manger de
belles pommes de terre dorées et à se vêtir de
splendides fourrures. Il faut, en outre, se faire un
nom dans le monde, se créer une position. Nous
ne sommes pas gens du commun, pouvant nous
contenter de l'état et du titre de vagabonds. Certes,
je ne méprise pas ce métier, qui est celui des
lézards, bêtes à coup sûr plus heureuses que bien
des hommes ; mais nous serons toujours à temps

de le reprendre. Il s'agit donc de sortir au plus tôt
de ce pays, trop petit pour nous, et de chercher
une contrée plus vaste, où nous puissions nous
montrer à notre avantage. Sûrement, nous ferons
vite fortune, si tu me secondes selon tes moyens,
j'entends en distribuant des taloches d'après mes
avis et conseils. Me comprends-tu?

— Je crois que oui, répondit Sidoine d'un ton
modeste; nous allons voyager et nous battre tout
le long de la route. Ce sera charmant.

— Seulement, continua Médéric, il nous faut un
but pour nous ôter le loisir de baguenauder en
chemin. Vois-tu, mon mignon, nous aimons trop
le soleil. Nous serions bien capables de passer
notre jeunesse à nous chauffer au pied des haies,
si nous ne connaissions, au moins par ouï-dire, le
pays où nous désirons nous rendre. J'ai donc
cherché une contrée qui fût digne de nous posséder. Je t'avoue que, d'abord, je n'en trouvais aucune. Heureusement, je me suis rappelé une conversation que j'ai eue, il y a quelques jours, avec
un bouvreuil de ma connaissance. Il m'a dit venir
en droite ligne d'un grand royaume, nommé le
Royaume des Heureux, célèbre par la fertilité du
sol et l'excellent caractère des habitants; il est
gouverné en ce moment par une jeune reine, l'ai-

mable Primevère, qui, dans la bonté de son cœur,
ne se contente pas de laisser vivre en paix ses sujets, mais veut encore faire participer les animaux
de son empire aux rares félicités de son règne. Je
te dirai, une de ces nuits, les étranges histoires
que m'a contées à ce sujet mon ami le bouvreuil.
Peut-être, — car tu me parais singulièrement curieux aujourd'hui, — désires-tu connaître comment je compte agir dans le Royaume des Heureux. Dès à présent, à ne juger les choses que
de loin, il me semble assez convenable de me faire
aimer de l'aimable Primevère, et de l'épouser,
pour vivre grassement ensuite, sans souci des autres empires du monde. Nous verrons à te créer
une position qui convienne à tes goûts, en te permettant de t'entretenir la main. Mon mignon, je
jure de te tailler tôt ou tard une noble besogne,
telle que le monde, dans mille ans, parlera encore
de tes poings.

Sidoine, qui avait compris, aurait sauté au
cou de son frère, si cela eût été possible. Lui
dont l'imagination était fort paresseuse d'ordinaire, il voyait, avec les yeux de l'âme, des
champs de bataille vastes comme des océans,
riante perspective qui faisait courir des frissons
de joie le long de ses bras. Il se leva, serra la

ceinture de sa blouse et se campa devant Médéric.

Celui-ci songeait, jetant autour de lui des regards tristes.

— Les habitants de ce pays ont toujours été bons pour nous, dit-il enfin. Ils nous ont soufferts dans leurs champs. Sans eux, nous n'aurions pas si fière mine. Nous devons, avant de les quitter, leur laisser une preuve de notre reconnaissance. Que pourrions-nous bien faire qui leur fût agréable?

Sidoine crut naïvement que cette question s'adressait à lui. Il eut une idée.

— Frère, répondit-il, que penses-tu d'un grand feu de joie? Nous pourrions brûler la ville prochaine, à l'extrême satisfaction des habitants; car, pour peu qu'ils aient mon goût, rien ne les distraira autant que de belles flammes rouges par une nuit bien noire.

Médéric haussa les épaules.

— Mon mignon, dit-il, je te conseille de ne jamais te mêler de ce qui me regarde. Laisse-moi réfléchir une seconde. Si j'ai besoin de tes bras, alors tu travailleras à ton tour.

— Voici, reprit-il après un silence. Il y a là, au sud, une montagne qui, m'a-t-on dit, gêne beaucoup nos bienfaiteurs. La vallée manque d'eau;

leurs terres sont d'une telle sécheresse, qu'elles
produisent le pire vin du monde, ce qui est un
.continuel chagrin pour les buveurs du pays. Las
de piquette, ils ont convoqué dernièrement toutes
leurs académies ; une aussi docte assemblée allait
certainement inventer la pluie, sans plus de peine
que si le bon Dieu s'en fût mêlé. Les savants se
sont donc mis en campagne ; ils ont fait des
études fort remarquables sur la nature et la pente
des terrains, concluant que rien ne serait plus
facile que de dériver et d'amener dans la plaine
les eaux du fleuve voisin, si cette diablesse de montagne ne se trouvait justement sur le passage. Observe, mon mignon, combien les hommes nos
frères sont de pauvres sires. Ils étaient là une cen-
taine à mesurer, à niveler, à dresser de superbes
plans ; ils disaient, sans se tromper, ce qu'était
la montagne, marbre, craie ou pierre à plâtre ; ils
l'auraient pesée, s'ils l'avaient voulu, à quelques
kilogrammes près ; et pas un, même le plus gros,
n'a songé à la porter quelque part, où elle ne gênât
plus. Prends la montagne, Sidoine, mon mignon.
Je vais chercher dans quel lieu nous pourrions
bien la poser sans malencontre.

Sidoine ouvrit les bras. Il en entoura délicatement les rochers. Puis, il fit un léger effort, se ren-

versant en arrière, et se releva, serrant le fardeau
contre sa poitrine. Il le soutint sur son genou, attendant que Médéric se décidât. Ce dernier hésitait. .

— Je la ferais bien jeter à la mer, murmurait-il,
mais un tel caillou occasionnerait pour sûr un
nouveau déluge. Je ne puis non plus la faire mettre brutalement à terre, au risque d'écorner une
ville ou deux. Les cultivateurs pousseraient de
beaux cris, si j'encombrais un champ de navets
ou de carottes. Remarque, Sidoine, mon mignon,
l'embarras où je suis. Les hommes se sont partagé
le sol d'une façon ridicule. On ne peut déranger
une pauvre montagne sans écraser les choux d'un
voisin.

— Tu dis vrai, mon frère, répondit Sidoine.
Seulement, je te prie d'avoir une idée au plus vite.
Ce n'est pas que ce caillou soit lourd ; mais il est si
gros, qu'il m'embarrasse un peu.

— Viens donc, reprit Médéric. Nous allons le
poser entre ces deux coteaux que tu vois au nord
de la plaine. Il y a là une gorge qui souffle un
froid du diablo en ce pays. Notre caillou, qui la
bouchera parfaitement, abritera la vallée des vents
de mars et de septembre.

Lorsqu'ils furent arrivés, et comme Sidoine
s'apprêtait à jeter la montagne du haut de ses bras,

ainsi que le bûcheron jette son fagot, au retour de
la forêt :

— Bon Dieu ! mon mignon, cria Médéric, laisse-
la glisser doucement, si tu ne veux ébranler la
terre, à plus de cinquante lieues à la ronde. Bien :
ne te hâte ni ne te soucie des écorchures. Je crois
qu'elle branle. Il serait bon de la caler avec
quelque roche, pour qu'elle ne s'avise de rouler
lorsque nous ne serons plus ici. Voilà qui est fait.
Maintenant, les braves gens boiront de bon vin. Ils
auront de l'eau pour arroser leurs vignes et du
soleil pour en dorer les grappes. Écoute, Sidoine, je
suis bien aise de te le faire observer, nous sommes
plus habiles qu'une douzaine d'académies. Nous
pourrons, dans nos voyages, changer à notre gré la
température et la fertilité des pays. Il ne s'agit que
d'arranger un peu les terrains, d'établir au nord
un paravent de montagnes, après avoir ménagé
une pente pour les eaux. La terre, je l'ai souvent
remarqué, est mal bâtie ; je doute que les hommes aient jamais assez d'esprit pour en faire une
demeure digne de nations civilisées. Nous verrons
à y travailler un peu, dans nos moments perdus.
Aujourd'hui, voilà notre dette de reconnaissance
payée. Mon mignon, secoue ta blouse qui est toute
blanche de poussière, et partons.

Sidoine, il faut le dire, n'entendit que le dernier mot de ce discours. Il n'était pas philanthrope, ayant l'esprit trop simple pour cela; il se souciait peu d'un vin dont il ne devait jamais boire. L'idée de voyager le ravissait; à peine son frère eut-il parlé de départ, que la joie lui fit faire deux ou trois enjambées, ce qui l'éloigna de plusieurs douzaines de kilomètres. Heureusement, Médéric avait saisi un pan de la blouse.

— Ohé! mon mignon, cria-t-il, ne pourrais-tu avoir des mouvements moins brusques? Arrête, pour l'amour de Dieu! Crois-tu que mes petites jambes soient capables de semblables sauts? Si tu comptes marcher d'un tel pas, je te laisse aller en avant et te rejoindrai peut-être dans quelques centaines d'années. Arrête, assieds-toi.

Sidoine s'assit. Médéric saisit à deux mains le bas de la culotte de fourrure. Comme il était d'une merveilleuse agilité, il grimpa légèrement sur le genou de son compagnon, en s'aidant des touffes de poils et des accrocs qu'il rencontra en chemin. Puis, il s'avança le long de la cuisse, qui lui sembla une belle grande route, large, droite, sans montée aucune. Arrivé au bout, il posa le pied dans la première boutonnière de la blouse, s'accrocha plus haut à la seconde, monta ainsi jusqu'à l'épaule. Là, il fit ses préparatifs de voyage, prit ses aises, se coucha commodément dans l'oreille gauche de Sidoine. Il avait choisi ce logis pour deux raisons : d'abord il se trouvait à l'abri de la pluie et du vent, l'oreille en question étant une maîtresse oreille ; ensuite il pouvait, en toute sûreté d'être entendu, communiquer à son compagnon une foule de remarques intéressantes.

Il se pencha sur le bord d'un trou noir qu'il découvrit dans le fond de sa nouvelle demeure, et, d'une voix perçante, cria dans cet abîme :

— Maintenant, mon mignon, tu peux courir, si bon te semble. Ne t'amuse pas dans les sentiers, fais en sorte que nous arrivions au plus vite. M'entends-tu ?

— Oui, frère, répondit Sidoine. Je te prie même de ne pas parler si haut, car ton souffle me chatouille d'une façon désagréable.

Et ils partirent.

III

LÉGER APERÇU SUR LES MOMIES

Ce n'est pas [Sidoine qui aurait jamais sollicité un ministre des travaux publics pour l'établissement de ponts et de routes. Il marchait d'ordinaire à travers champs, s'inquiétant peu des fossés, encore moins des coteaux ; il professait un dédain profond pour les coudes des sentiers frayés. Le brave enfant faisait de la géométrie sans le savoir, car il avait trouvé, à lui tout seul, que la ligne droite est le plus court chemin d'un point à un autre.

Il traversa ainsi une douzaine de royaumes, ayant soin de ne pas poser le pied au beau milieu de quelque ville, ce qu'il sentait devoir déplaire aux habitants. Il enjamba deux ou trois mers, sans trop se mouiller. Quant aux fleuves, il ne daigna même pas se fâcher contre eux, les prenant pour ces minces filets d'eau dont la terre est sillonnée après une pluie d'orage. Ce qui l'amusa prodigieusement, ce furent les voyageurs qu'il rencontra ; il les voyait suer le long des montées, aller au nord pour revenir au midi, lire les poteaux au bord des routes, se soucier du vent, de la pluie, des ornières, des inondations, de l'allure de leurs chevaux. Il avait vaguement conscience du ridicule de ces pauvres gens, qui s'en vont de gaieté de cœur risquer une culbute dans quelque précipice, lorsqu'ils pourraient demeurer si tranquillement assis à leur foyer.

— Que diable ! aurait dit Médéric, quand on est ainsi bâti, on reste chez soi.

Mais pour l'instant, Médéric ne regardait pas sur la terre. Au bout d'un quart d'heure de marche, il désira cependant reconnaître les lieux où ils se trouvaient. Il mit le nez dehors, se pencha sur la plaine ; il se tourna aux quatre points du monde, et ne vit que du sable, qu'un immense désert emplissant l'horizon. Le site lui déplut.

— Seigneur Jésus ! se dit-il, que les gens de ce pays doivent avoir soif ! J'aperçois les ruines d'un grand nombre de villes, et je jurerais que les habitants en sont morts, faute d'un verre de vin. Sûrement, ce n'est pas là le Royaume des Heureux ; mon ami le bouvreuil me l'a donné comme fertile en vignobles et en fruits de toutes espèces ; il s'y

trouve même, a-t-il ajouté, des sources d'une eau
limpide, excellente pour rincer les bouteilles. Cet
écervelé de Sidoine nous a certainement égarés.

Et se tournant vers le fond de l'oreille :

— Hé! mon mignon! cria-t-il, où vas-tu?

— Pardieu! répondit Sidoine sans s'arrêter, je
vais devant moi.

— Vous êtes un sot, mon mignon, reprit Médéric. Vous avez l'air de ne pas vous douter que la
terre est ronde, et qu'en allant toujours devant
vous, vous n'arriveriez nulle part. Nous voilà bel
et bien perdus.

— Oh! dit Sidoine en courant de plus belle,
peu m'importe : je suis partout chez moi.

— Mais arrête donc, malheureux! cria de nouveau Médéric. Je sue, à te regarder marcher ainsi.
J'aurais dû veiller au chemin. Sans doute, tu as en-
jambé la demeure de l'aimable Primevère, sans plus
de façons qu'une hutte de charbonnier : palais et
chaumières sont de même niveau pour tes longues
jambes. Maintenant, il nous faut courir le monde
au hasard. Je regarderai passer les empires, du
haut de ton épaule, jusqu'au jour où nous décou-
vrirons le Royaume des Heureux. En attendant,
rien ne presse ; nous ne sommes pas attendus. Je
crois utile de nous asseoir un instant, pour médi-

ter plus à l'aise sur le singulier pays que nous traversons en ce moment. Mon mignon, assieds-toi
sur cette montagne qui est là, à tes pieds.

— Ça, une montagne ! répondit Sidoine en s'asseyant, c'est un pavé, ou le diable m'emporte !

A vrai dire, ce pavé était une des grandes pyramides. Nos compagnons, qui venaient de traverser le désert d'Afrique, se trouvaient pour lors en
Égypte. Sidoine, n'ayant pas en histoire des connaissances bien précises, regarda le Nil comme un
ruisseau boueux ; quant aux sphinx et aux obélisques, ils lui parurent des graviers d'une forme singulière et fort laide. Médéric, qui savait tout sans
avoir rien appris, fut fâché du peu d'attention que
son frère accordait à cette boue et à ces pierres,
visitées et admirées de plus de cinq cents lieues à
la ronde.

— Hé! Sidoine, dit-il, tâche de prendre, s'il
t'est possible, un air d'admiration et de respec-
tueux étonnement. Il est du dernier mauvais goût
de rester calme en face d'un pareil spectacle. Je
tremble que quelqu'un ne t'aperçoive, dodelinant
ainsi de la tête devant les ruines de la vieille
Égypte. Nous serions perdu dans l'estime des gens
de bien. Remarque qu'il ne s'agit pas ici de comprendre, ce que personne n'a envie de faire, mais

de paraître profondément pénétré du haut intérêt
que présentent ces cailloux. Tu as tout juste assez
d'esprit pour t'en tirer avec honneur. Là, tu vois
le Nil, cette eau jaunâtre qui croupit dans la vase.
C'est, m'a-t-on dit, un fleuve très-vieux ; il est à
croire cependant qu'il n'est pas plus âgé que la
Seine et la Loire. Les peuples de l'antiquité se sont
contentés d'en connaître les embouchures : nous,
gens curieux, aimant à nous mêler de ce qui ne
nous regarde pas, nous en cherchons les sources
depuis quelques centaines d'années, sans avoir pu
découvrir encore le plus mince réservoir. Les savants se partagent : d'après les uns, il existerait certainement une fontaine quelque part, qu'il s'agirait
seulement de bien chercher ; les autres, qui me
paraissent avoir des chances de l'emporter, jurent
qu'ils ont fouillé tous les coins, et qu'à coup sûr le
fleuve n'a point de sources. Moi, je n'ai pas d'opinion décidée en cette matière, car il m'arrive
rarement d'y songer ; d'ailleurs, une solution
quelconque ne m'engraisserait pas d'un centimè-
tre. Regarde maintenant ces vilaines bêtes qui
nous entourent, brûlées par des millions de soleils ; c'est pure malice, assure-t-on, si elles ne
parlent pas ; elles connaissent le secret des premiers jours du monde, et l'éternel sourire qu'elles

gardent sur les lèvres est simplement par manière de se moquer de notre ignorance. Pour moi, je ne les juge pas si méchantes; ce sont de bonnes pierres, d'une grande simplesse d'esprit, qui en savent moins long qu'on veut le dire. Écoute toujours, mon mignon, ne crains pas de trop apprendre. Je ne te dirai rien sur Memphis, dont nous apercevons les ruines à l'horizon; je ne te dirai rien par l'excellente raison que je ne vivais pas au temps de sa puissance. Je me défie beaucoup des historiens qui en ont parlé. Je pourrais lire, comme un autre, les hiéroglyphes des obélisques et des vieux murs écroulés; mais, outre que cela ne m'amuserait pas, étant très-scrupuleux en matière d'histoire, j'aurais la plus grande crainte de prendre un A pour un B, et de t'induire ainsi en des erreurs qui seraient pour toi d'une déplorable conséquence. Je préfère joindre à ces considérations générales un léger aperçu sur les momies. Rien n'est plus agréable à voir qu'une momie bien conservée. Les Égyptiens s'enterraient sans doute avec tant de coquetterie, dans la prévision du rare plaisir que nous aurions un jour à les déterrer. Quant aux pyramides, selon l'opinion commune, elles servaient de tombeaux, si pourtant elles n'étaient pas destinées à un autre

18.

usage qui nous échappe. Ainsi, à en juger par
celle sur laquelle nous sommes assis, — car
notre siége, je te prie de le remarquer, est une
pyramide de la plus belle venue; — je les croirais
bâties par un peuple hospitalier, pour servir de
siéges aux voyageurs fatigués, n'était le peu de
commodité qu'elles offrent à un tel emploi. Je
finirai par une morale. Sache, mon mignon, que
trente dynasties dorment sous nos pieds ; les rois
sont couchés par milliers dans le sable, emmail-
lottés de bandelettes, les joues fraîches, ayant
encore leurs dents et leurs cheveux. On pourrait,
si l'on cherchait bien, en composer une jolie collection qui offrirait un grand intérêt pour les courtisans. Le malheur est qu'on a oublié leurs noms
et qu'on ne saurait les étiqueter d'une façon convenable. Ils sont tous plus morts que leurs cadavres. Si jamais tu deviens roi, songe à ces pauvres
momies royales endormies au désert ; elles ont
vaincu les vers cinq mille ans, et n'ont pu vivre
dix siècles dans la mémoire des hommes. J'ai dit.
Rien ne développe l'intelligence comme les voyages. Je compte parfaire ainsi ton éducation, en
te faisant un cours pratique sur les divers sujets
qui se présenteront en chemin.

Durant ce long discours, Sidoine, pour complaire

à son compagnon, avait pris l'air le plus bête du monde. Note que c'était précisément là l'air qu'il fallait. Mais, à la vérité, il s'ennuyait de toute la largeur de ses mâchoires, regardant d'un œil désespéré le Nil, les sphinx, Memphis, les pyramides, s'efforçant même de penser aux momies, sans grands résultats. Il cherchait furtivement à l'horizon s'il ne trouverait pas un sujet qui lui permît d'interrompre l'orateur d'une façon polie. Comme celui-ci se taisait, il aperçut un peu tard, deux troupes d'hommes, se montrant aux deux bouts opposés de la plaine.

— Frère, dit-il, les morts m'ennuient. Apprends-moi quels sont ces gens qui viennent à nous.

IV

LES POINGS DE SIDOINE.

J'ai oublié de te dire qu'il pouvait être midi, lorsque nos voyageurs discouraient de la sorte, assis sur une des grandes pyramides. Le Nil roulait lourdement ses eaux dans la plaine, pareil à la

coulée d'un métal en fusion ; le ciel était blanc
comme la voûte d'un four énorme chauffé pour
quelque cuisson gigantesque ; la terre n'avait pas
une ombre, et dormait sans haleine, écrasée sous
un sommeil de plomb. Dans cette immense immobilité du désert, les deux troupes formées en colonnes, s'avançaient, semblables à des serpents
glissant avec lenteur sur le sable.

Elles s'allongeaient, s'allongeaient toujours:
Bientôt ce ne furent plus de simples caravanes,
mais deux armées formidables, deux peuples ran-
gés par files démesurées qui allaient d'un bout de
l'horizon à l'autre, coupant d'une ligne sombre
la blancheur éclatante du sol. Les uns, ceux qui
descendaient du nord, portaient des casaques
bleues ; les autres, ceux qui montaient du midi,
étaient vêtues de blouses vertes. Tous avaient à
l'épaule de longues piques à pointe d'acier ; de sorte
qu'à chaque pas que faisaient les colonnes, un
large éclair les sillonnait silencieusement. Ils marchaient les uns contre les autres

— Mon mignon, cria Médéric, plaçons-nous
bien, car, si je ne me trompe, nous allons avoir
un beau spectacle. Ces braves gens ne manquent
pas d'esprit. Le lieu est on ne peut mieux choisi
pour couper commodément la gorge à quelques

cent mille hommes. Ils vont se massacrer à l'aise,
et les vaincus auront un beau champ de course,
lorsqu'il s'agira de décamper au plus vite. Parlez-
moi d'une pareille plaine pour se battre à l'extrême satisfaction des spectateurs.

Cependant, les deux armées s'étaient arrêtées
en face l'une de l'autre, laissant entre elles une
large bande de terrain. Elles poussèrent des clameurs effroyables, elles brandirent leurs armes,
se montrèrent le poing, mais n'avancèrent pas
d'une toise. Chacune semblait avoir un grand respect pour les piques ennemies.

— Oh ! les lâches coquins ! répétait Médéric qui
s'impatientait ; est-ce qu'ils comptent coucher ici ?
Je jurerais qu'ils ont fait plus de cent lieues pour
le seul plaisir de se gourmer. Et, maintenant, les
voilà qui hésitent à échanger la moindre chique-
naude. Je te demande un peu, mon mignon, s'il
est raisonnable à deux ou trois millions d'hommes
de se donner rendez-vous en Égypte, sur le coup
de midi, pour se regarder face à face, en se criant
des injures. Vous battrez-vous, coquins ! Mais
vois-les donc : ils bâillent au soleil, comme des
lézards ; ils semblent ne pas se douter que nous
attendons. Ohé ! doubles lâches, vous battrez-vous
ou ne vous battrez-vous pas !

Les Bleus, comme s'ils avaient entendu les
exhortations de Médéric, firent deux pas en avant.
Les Verts, voyant cette manœuvre, en firent par
prudence deux en arrière. Sidoine fut scandalisé.

— Frère, dit-il, j'éprouve une furieuse envie de
m'en mêler. La danse ne commencera jamais, si je
ne la mets en branle. N'es-tu pas d'avis qu'il serait bon d'essayer mes poings, en cette occasion?

— Pardieu! répondit Médéric, tu auras eu une
idée décente dans ta vie. Retrousse tes manches,
fais-moi de la propre besogne.

Sidoine retroussa ses manches et se leva.

— Par lesquels dois-je commencer? demanda-
t-il; les Bleus ou les Verts?

Médéric songea une seconde.

— Mon mignon, dit-il, les Verts sont à coup sûr
les plus poltrons. Daube-les-moi d'importance,
pour leur apprendre que la peur ne garantit pas
des coups. Mais attends : je ne veux rien perdre
du spectacle; je vais, avant tout, me poster commodément.

Ce disant, il monta sur l'oreille de son frère et
s'y coucha à plat ventre, en ayant soin de ne passer
que la tête; puis il saisit une mèche de cheveux
qu'il rencontra sous sa main, afin de ne pas être
jeté à bas dans la bagarre. Ayant ainsi pris ses

dispositions, il déclara être prêt pour le combat.

Aussitôt, Sidoine, sans crier gare, tomba sur les Verts à bras raccourcis. Il agitait ses poings en mesure, ainsi que des fléaux, et battait l'armée à coups pressés, comme blé sur aire. En même temps, il lançait ses pieds à droite et à gauche, au beau milieu des bataillons, lorsque quelques rangs plus épais lui barraient le passage. Ce fut un beau combat, je te l'assure, digne d'une épopée en vingt-quatre chants. Notre héros se promenait sur les piques, sans plus s'en soucier que de brins d'herbes ; il allait, deçà, delà, ouvrait de toutes parts de larges trouées, écrasant les uns contre terre, lançant les autres à vingt ou trente mètres de hauteur. Les pauvres gens mouraient, n'ayant seulement pas la consolation de savoir quelle rude main les secouait ainsi. Car, au premier abord, quand Sidoine se reposait tranquillement sur la pyramide, rien ne le distinguait nettement des blocs de granit. Puis, lorsqu'il s'était dressé, il n'avait pas laissé à l'ennemi le temps de l'envisager. Observe qu'il fallait au regard deux bonnes minutes, pour monter le long de ce grand corps, avant de rencontrer une figure. Les Verts n'avaient donc pas une idée très-nette de la cause des formidables bourrades qui les renversaient par centáines. La plupart pensèrent sans doute, en expirant, que la pyramide s'écroulait sur eux, ne pouvant s'imaginer que des poings d'homme eussent autant de ressemblance avec des pierres de taille.

Médéric, émerveillé de ce fait d'armes, se trémoussait d'aise ; il battait des mains, se penchait au risque de tomber, perdait l'équilibre, se raccrochait vite à la mèche de cheveux. Enfin, ne pouvant rester muet en de telles circonstances, il sauta sur l'épaule du héros, où il se maintint, en se tenant au lobe de l'oreille ; de là, tantôt il regardait dans la plaine, tantôt il se tournait pour crier quelques mots d'encouragement.

— Oh la la ! criait-il, quelles tapes, mon doux Jésus ! quel beau bruit de marteaux sur l'enclume ! Ohé, mon mignon ! frappe à ta gauche, nettoie-moi ce gros de cavalerie qui fait mine de détaler. Eh ! vite donc ! frappe à ta droite, là, sur ce groupe de guerriers chamarrés d'or et de broderies, et lance pieds et poings ensemble, car je crois qu'il s'agit ici de princes, de ducs et autres crânes d'épaisseur. Pardieu ! voilà de rudes taloches : la place est nette, comme si la faux y avait passé. En cadence, mon mignon, en cadence ! Procède avec méthode ; la besogne en ira plus vite. Bien, cela ! Ils tombent par centaines, dans un ordre parfait ;

J'aime la régularité en toute chose, moi. Le merveilleux spectacle ! dirait-on pas un champ de blé,
un jour de moisson, lorsque les gerbes sont cou-
chées au bord des sillons, en longues rangées symé-
triques. Tape, tape, mon mignon. Ne t'amuse
pas à écraser les fuyards un à un ; ramène-les-moi
vertement par le fond de leur culotte, et ne lève
la main que sur trois ou quatre douzaines au moins.
Oh la la ! quelles calottes, quelles bourrades, quels
triomphants coups de pied !

Et Médéric s'extasiait, se tournait en tous sens,
ne trouvant pas d'exclamations assez choisies pour
peindre son ravissement. A la vérité, Sidoine n'en
frappait ni plus fort ni plus vite. Il avait pris au
début un petit train bonhomme, continuant la
besogne avec flegme, sans accélérer le mouvement. Il surveillait seulement les bords de l'armée. Lorsqu'il apercevait quelque fuyard, il se
contentait de le ramener à son poste d'une chi-
quenaude, pour qu'il eût sa part au régal, quand
viendrait son tour. Au bout d'un quart d'heure
d'une pareille tactique, les Verts se trouvaient
tous couchés proprement dans la plaine, sans
qu'un seul restât debout pour aller porter au
reste de la nation la nouvelle de leur défaite ;
circonstance rare et affligeante, qui ne s'est

19

pas reproduite depuis dans l'histoire du monde.

Médéric n'aimait pas à voir le sang versé. Quand tout fut terminé :

— Mon mignon, dit-il à Sidoine, puisque tu as anéanti cette armée, il me semble juste que tu l'enterres.

Sidoine, ayant regardé autour de lui, aperçut cinq ou six buttes de sable qui se trouvaient là, il les poussa sur le champ de bataille, à l'aide de vigoureux coups de pied, et les aplanit de la main, de manière à en faire un seul coteau, qui servît de tombe à près de onze cent mille hommes. En pareil cas, il est rare qu'un conquérant prenne lui-même ce soin pour les vaincus. Ce fait prouve combien mon héros, tout héros qu'il était, se montrait bon enfant à l'occasion.

Durant l'affaire, les Bleus, stupéfaits de ce renfort qui leur tombait du haut d'une des grandes pyramides, avaient eu le temps de reconnaître que ce n'était pas là un éboulement de pavés, mais un homme en chair et en os. Ils songèrent d'abord à l'aider un peu ; puis, voyant la façon aisée dont il travaillait, comprenant qu'ils seraient plutôt un embarras, ils se retirèrent discrètement à quelque distance, par crainte des éclaboussures. Ils se haussaient sur la pointe des pieds, se bousculaient

pour mieux voir, accueillaient chaque coup d'un
tonnerre d'applaudissements. Quand les Verts
furent morts et enterrés, ils poussèrent de grands
cris, ils se félicitèrent de la victoire, se mêlant tu-
multueusement, parlant tous à la fois.

Cependant Sidoine, ayant soif, descendit au bord
du Nil, pour boire un coup d'eau fraîche. Il le ta-
rit d'une gorgée ; heureusement pour l'Égypte, il
trouva ce breuvage si chaud et si fade, qu'il se
hâta de rejeter le fleuve dans son lit, sans en avaler une goutte. Vois à quoi tient la fertilité d'un
pays.

De fort méchante humeur, il revint dans la
plaine et regarda les Bleus en se frottant les mains.

— Frère, dit-il d'un ton insinuant, si je frappais
un peu sur ceux-ci, maintenant ? Ces hommes
font beaucoup de bruit. Que penses-tu de quelques
coups de poing pour les forcer à un silence res-
pectueux ?

— Garde-t'en bien ! répondit Médéric, je les
observe depuis un instant, et je leur crois les
meilleures intentions du monde. Pour sûr, ils s'oc-
cupent de toi. Tâche, mon mignon, de prendre
une pose majestueuse ; car, si je ne me trompe,
les grandes destinées vont s'accomplir. Regarde,
voici venir une députation.

Au tapage d'un million d'hommes émettant chacun leur avis, sans écouter celui du voisin, avait succédé le plus profond silence. Les Bleus venaient sans doute de s'entendre ; ce qui ne laisse pas que d'être singulier, car, dans les assemblées de notre beau pays, où les membres ne sont guère qu'au nombre de quelques centaines, ils n'ont pu jusqu'ici s'accorder sur la moindre vétille.

L'armée défilait en deux colonnes. Bientôt elle forma un cercle immense. Au milieu de ce cercle, se trouvait Sidoine, fort embarrassé de sa personne ; il baissait les yeux, honteux de voir tant de monde le regarder. Quant à Médéric, il comprit que sa présence serait un sujet d'étonnement, inutile et même dangereux en ce moment décisif. Il se retira par prudence dans l'oreille qui lui servait de demeure depuis le matin.

La députation s'arrêta à vingt pas de Sidoine. Elle n'était pas composée de guerriers, mais de vieillards aux crânes nus et sévères, aux barbes magistrales, tombant en flots argentés sur les tuniques bleues. Les mains de ces vieillards avaient pris les rides sèches des parchemins qu'elles feuilletaient sans cesse ; leurs yeux, habitués aux seules clartés des lampes fumeuses, soutenaient l'éclat du soleil avec les clignements de pau-

pières d'un hibou égaré en plein jour ; leurs
échines se courbaient comme devant un pupitre
éternel ; tandis que, sur leurs robes, des taches
d'huile et des traînées d'encre dessinaient les
broderies les plus bizarres, signes mystérieux qui
n'étaient pas pour peu de chose dans leur haute
renommée de science et de sagesse.

Le plus vieux, le plus sec, le plus aveugle, le
plus bariolé de la docte compagnie, avança de trois
pas, en faisant un profond salut. Après quoi,
s'étant dressé, il élargit les bras pour joindre aux
paroles les gestes convenables.

— Seigneur Géant, dit-il d'une voix solen-
nelle, moi, prince des orateurs, membre et doyen
de toutes les académies, grand dignitaire de
tous les ordres, je te parle au nom de la nation. Notre roi, un pauvre sire, est mort, il y
a deux heures, d'un dérangement du ventre,
pour avoir vu les Verts à l'autre bout de la
plaine. Nous voilà donc sans maître qui nous
charge d'impôts, qui nous fasse tuer au nom
du bien public. C'est là, tu le sais, un état
de liberté déplaisant communément aux peuples. Il nous faut un roi au plus vite ; et, dans
notre hâte de nous prosterner devant des pieds
royaux, nous venons de songer à toi, qui te bats

si vaillamment. Nous pensons, en t'offrant la couronne, reconnaître ton dévouement à notre cause. Je le sens, une telle circonstance demanderait un discours en une langue savante, sanscrite, hébraïque, grecque, ou tout au moins latine; mais que la nécessité où je me trouve d'improviser, que la certitude de pouvoir réparer plus tard ce manque de convenances, me servent d'excuses auprès de toi.

Le vieillard fit une pause.

— Je savais bien, songeait Médéric, que mon mignon avait des poings de roi.

V

LE DISCOURS DE MÉDÉRIC.

— Seigneur Géant, continua le prince des orateurs, il me reste à t'apprendre ce que la nation a résolu et quelles preuves d'aptitude à la royauté elle te demande, avant de te porter au trône. Elle est lasse d'avoir pour maîtres des gens qui ressemblent en tous points à leurs sujets, ne pou-

vant donner le moindre coup de poing sans s'é-
corcher, ni prononcer tous les trois jours un
discours de longue haleine sans mourir de phthi-
sie au bout de quatre ou cinq ans. Elle veut,
en un mot, un roi qui l'amuse, et elle est per-
suadée que, parmi les agréments d'un goût dé-
licat, il en est deux surtout dont on ne saurait
se lasser : les taloches vertement appliquées et
les périodes vides et sonores d'une proclamation
royale. J'avoue être fier d'appartenir à une nation qui comprend à un si haut point les courtes
jouissances de cette vie. Quant à son désir d'a-
voir sur le trône un roi amusant, ce désir me
paraît en lui-même encore plus digne d'éloges.
Ce que nous voulons se réduit donc à ceci. Les
princes sont des hochets dorés que se donne le
peuple, pour se réjouir et se divertir à les voir
briller au soleil ; mais, presque toujours, ces
hochets coupent et mordent, ainsi qu'il en est
des couteaux d'acier, lames brillantes dont les
mères effrayent vainement leurs marmots. Or
nous souhaitons que notre hochet soit inoffensif,
qu'il nous réjouisse, qu'il nous divertisse, selon
nos goûts, sans que nous courions le risque de
nous blesser, à le tourner et le retourner entre
nos doigts. Nous voulons de grands coups de poing,

car ce jeu fait rire nos guerriers, les amuse
honnêtement, en leur mettant du cœur au ventre ; nous désirons de longs discours, pour occuper les braves gens du royaume à les applaudir et les commenter, de belles phrases qui tiennent en joie les parleurs de l'époque. Tu as
déjà, seigneur Géant, rempli une partie du programme, à l'entière satisfaction des plus difficiles ; je le dis en vérité, jamais poings ne nous
ont fait rire de meilleur cœur. Maintenant, pour
combler nos vœux, il te faut subir la seconde
épreuve. Choisis le sujet qu'il te plaira : parle-
nous de l'affection que tu nous portes, de tes de-
voirs envers nous, des grands faits qui doivent
signaler ton règne. Instruis-nous, égaye-nous.
Nous t'écoutons.

Le prince des orateurs, ayant ainsi parlé, fit une
nouvelle révérence. Sidoine, qui avait écouté
l'exorde d'un air inquiet, et suivi les différents
points avec anxiété, fut frappé d'épouvante à la
péroraison. Prononcer un long discours en public,
lui paraissait une idée absurde, sortant par trop
de ses habitudes journalières. Il regardait sournoisement le docte vieillard, craignant quelque
méchante raillerie, se demandant si un bon
coup de poing, appliqué à propos sur ce crâne

jauni, ne le tirerait pas d'embarras. Mais le brave
enfant n'avait pas de méchanceté. Ce vieux monsieur venait de lui parler si poliment, qu'il lui
semblait dur de répondre d'une façon aussi brusque. S'étant juré de ne point desserrer les lèvres,
sentant d'ailleurs toute la délicatesse de sa position, il dansait sur l'un et l'autre pied, roulait ses
pouces, riait de son rire le plus niais. Comme il
devenait de plus en plus idiot, il crut avoir trouvé
une idée de génie. Il salua profondément le vieux
monsieur.

Cependant, au bout de cinq minutes, l'armée
s'impatienta. Je crois te l'avoir dit, ces événements se passaient en Égypte, sur le coup de midi.
Or, tu le sais, rien ne rend de plus méchante humeur, que d'attendre au grand soleil. Les Bleus
témoignèrent bientôt par un murmure croissant
que le seigneur Géant eût à se dépêcher ; autrement, ils allaient le planter là, pour se pourvoir
ailleurs d'une majesté plus bavarde.

Sidoine, étonné qu'une révérence n'eût pas contenté ces braves gens, en fit coup sur coup trois
ou quatre, se tournant en tous sens, afin que chacun eût sa part.

Alors ce fut une tempête de rires et de jurons,
une de ces belles tempêtes populaires où chaque

homme lance un quolibet, ceux-ci sifflant comme
des merles, ceux-là battant des mains en manière
de dérision. Le vacarme grandissait par larges on-
dées, décroissait pour grandir encore, pareil à la
clameur des vagues de l'Océan. C'était, à la verve
du peuple, un excellent apprentissage de la
royauté.

Tout à coup, pendant un court moment de silence, une voix douce et flûtée se fit entendre dans
les hauteurs de Sidoine ; une douce, une tendre
voix de petite fille, au timbre d'argent, aux in-
flexions caressantes.

« Mes bien-aimés sujets, » disait-elle...

Des applaudissements formidables l'interrom-
pirent, dès ces premiers mots. Le gracieux souverain ! des poings à pétrir des montagnes, et une
voix à rendre jalouse la brise de mai !

Le prince des orateurs, stupéfait de ce phénomène, se tourna vers ses savants collègues :

— Messieurs, leur dit-il, voici un géant qui a,
dans son espèce, un organe singulier. Je ne pourrais croire, si je ne l'entendais, qu'un gosier ca-
pable d'avaler un bœuf avec ses cornes, puisse
filer des sons d'une si remarquable finesse. Il y a là
certainement une curiosité anatomique qu'il nous
faudra étudier et expliquer à tout prix. Nous trai-

terons ce grave sujet à notre prochaine réunion, nous en ferons une belle et bonne vérité scientifique qui aura cours dans nos établissements universitaires.

— Hé ! mon mignon, souffla doucement Médéric dans l'oreille de Sidoine, ouvre larges tes mâchoires, fais-les jouer en mesure, comme si tu broyais des noix. Il est bon que tu les remues avec vigueur, car ceux qui ne t'entendront pas, verront au moins que tu parles. N'oublie pas les gestes non plus : arrondis les bras avec grâce durant les périodes cadencées ; plisse le front et lance les mains en avant, dans les éclats d'éloquence : tâche même de pleurer, aux endroits pathétiques. Surtout pas de bêtises. Suis bien le mouvement. Ne vas pas t'arrêter court, au beau milieu d'une phrase, ni poursuivre, lorsque je me tairai. Mets les points et les virgules, mon mignon. Cela n'est pas difficile, la plupart de nos hommes d'État ne font autre métier. Attention ! je commence.

Sidoine ouvrit effroyablement la bouche et se mit à gesticuler, avec des mines de damné. Médéric s'exprima en ces termes :

« Mes bien-aimés sujets,

« Comme il est d'usage, laissez-moi m'étonner

et me juger indigne de l'honneur que vous me
faites. Je ne pense pas un traître mot de ce que je
vous dis là ; je crois mériter, comme tout le monde,
d'être un peu roi à mon tour, et je ne sais vraiment pourquoi je ne suis pas né fils de prince,
ce qui m'aurait évité l'embarras de fonder une
dynastie.

« Avant tout, je dois, pour assurer ma tranquillité future, vous faire remarquer les circonstances présentes. Vous me croyez une bonne machine de guerre ; c'est même à ce seul titre que
vous m'offrez la couronne. Moi, je me laisse faire.
Si je ne me trompe, on appelle cela le suffrage
universel. L'invention me paraît excellente, les
peuples s'en trouveront au mieux, lorsqu'on l'aura
perfectionnée. Veuillez donc, à l'occasion, vous
en prendre à vous seuls, si je ne tiens pas toutes
les belles choses que je vais promettre ; car je
puis en oublier quelqu'une, sans méchanceté, et
il ne serait pas juste de me punir d'un manque de
mémoire, lorsque vous auriez vous-mêmes manqué de jugement.

« J'ai hâte d'arriver au programme que je me
traçais depuis longtemps, pour le jour où j'aurais
le loisir d'être roi. Il est d'une simplicité charmante, je le recommande à mes collègues les

souverains, qui se trouveraient embarrassés de leurs peuples. Le voici dans son innocence et sa naïveté : la guerre au dehors, la paix au dedans.

« La guerre au dehors est une excellente politique. Elle débarrasse le pays des gens querelleurs, en leur permettant d'aller se faire estropier hors des frontières. Je parle de ceux qui naissent les poings fermés, qui, par tempérament, sentiraient de temps à autre le besoin d'une petite révolution, s'ils n'avaient à rosser quelque peuple voisin. Dans chaque nation, il y a une certaine somme de coups à dépenser ; la prudence veut que ces coups se distribuent à cinq ou six cents lieues des capitales. Laissez-moi vous dire toute ma pensée. La formation d'une armée est simplement une mesure prévoyante prise pour séparer les hommes tapageurs des hommes raisonnables ; une campagne a pour but de faire disparaître le plus possible de ces hommes tapageurs, et de permettre au souverain de vivre en paix, n'ayant pour sujets que des hommes raisonnables. On parle, je le sais, de gloire, de conquêtes et autres balivernes. Ce sont là de grands mots dont se payent les imbéciles.

« Si les rois se jettent leurs troupes à la tête au
moindre mot, c'est qu'ils s'entendent et se trouvent bien du sang versé. Je compte donc les imiter
en appauvrissant le sang de mon peuple, qui pourrait, un beau jour, avoir la fièvre chaude. Seulement, un point m'embarrassait. Plus on va, plus
les sujets de guerre deviennent difficiles à inventer ; bientôt on en sera réduit à vivre en frères,
faute d'une raison pour se gourmer honnêtement.
J'ai dû faire appel à toute mon imagination. De
nous battre pour réparer une offense, il n'y fallait pas songer : nous n'avons rien à réparer, personne ne nous provoque, nos voisins sont gens
polis et de bon ton. De nous emparer des terri-
toires limitrophes, sous prétexte d'arrondir nos
terres, c'était là une vieille idée qui n'a jamais
réussi en pratique, et dont les conquérants se
sont toujours mal trouvés. De nous fâcher à propos de quelques balles de coton ou de quelques
kilogrammes de sucre, on nous aurait pris pour
de grossiers marchan ds, pour des voleurs qui
ne veulent pas être volés ; tandis que nous tenons, avant tout, à être une nation bien apprise,
ayant en horreur les soucis du commerce, vivant d'idéal et de bons mots. Aucun moyen d'un
usage commun en matière de bataille ne pou-

vait donc nous convenir. Enfin, après de longues
réflexions, il m'est venu une inspiration sublime. Nous nous battrons toujours pour les
autres, jamais pour nous, ce qui nous évitera
toute explication sur la cause de nos coups de
poing. Remarquez combien cette méthode sera
commode, et quel honneur nous tirerons de pareilles expéditions. Nous prendrons le titre de
bienfaiteurs des peuples, nous crierons bien haut
notre désintéressement, nous nous poserons modestement en soutiens des bonnes causes, en dé-
voués serviteurs des grandes idées. Ce n'est pas
tout. Comme ceux que nous ne servirons pas
pourront s'étonner de cette singulière politique,
nous répondrons hardiment que notre rage de prêter nos armées à qui les demande est un généreux
désir de pacifier le monde, de le pacifier bel et
bien à coups de piques. Nos soldats, dirons-nous,
se promènent en civilisateurs, coupant le cou à
ceux qui ne se civilisent pas assez vite, semant
les idées les plus fécondes dans les fosses creusées
sur les champs de bataille. Ils baptiseront la terre
d'un baptême de sang pour hâter l'ère prochaine de
liberté. Mais nous n'ajouterons pas qu'ils auront
ainsi une besogne éternelle, attendant vainement
une moisson qui ne saurait lever sur des tombes.

« Voilà, mes chers sujets, ce que j'ai imaginé.
L'idée a toute l'ampleur et l'absurdité nécessaires
pour réussir. Donc, ceux d'entre vous qui se sentiraient le besoin de proclamer une ou deux répu-
bliques sont priés de n'en rien faire chez moi. Je
leur ouvre charitablement les empires des autres
monarques. Qu'ils disposent librement des pro-
vinces, changent les formes des gouvernements,
consultent le bon plaisir des peuples ; qu'ils se
fassent tuer chez mes voisins, au nom de la liberté,
et me laissent gouverner chez moi aussi despoti-
quement que je l'entendrai.

« Mon règne sera un règne guerrier.

« Obtenir la paix au dedans est un problème
plus difficile à résoudre. On a beau se débar-
rasser des méchants garçons, il reste toujours
dans les masses un esprit de révolte contre le
maître de leur choix. Souvent j'ai réfléchi à cette
haine sourde que les nations ont portée de tous
temps à leurs princes ; mais j'avoue n'avoir jamais
pu en trouver la cause raisonnable et logique.
Nous mettrons cette question au concours dans
nos académies, pour que nos savants se hâtent
de nous indiquer d'où vient le mal et quel doit
être le remède. Mais, en attendant l'aide de la
science, nous emploierons, pour guérir notre

peuple de son inquiétude maladive, les faibles
moyens dont nos prédécesseurs nous ont légué
la recette. Certes, ils ne sont pas infaillibles;
si nous en faisons usage, c'est qu'on n'a pas
encore inventé de bonnes cordes assez longues
et assez fortes pour garrotter une nation. Le pro-
grés marche si lentement! Ainsi nous choisirons
nos ministres avec soin. Nous ne leur deman-
derons pas de grandes qualités morales ni intel-
lectuelles; il les suffira médiocres en toutes choses. Mais ce que nous exigerons absolument, c'est
qu'ils aient la voix forte, et se soient longtemps
exercés à crier : Vive le roi! sur le ton le plus
haut, le plus noble possible. Un beau : Vive le
roi! poussé dans les règles, enflé avec art, s'é-
teignant dans un murmure d'amour et d'admiration, est un mérite rare qu'on ne saurait trop
récompenser. A vrai dire, cependant, nous comp-
tons peu sur nos ministres ; souvent, ils gênent
plus qu'ils ne servent. Si notre avis prévalait,
nous jetterions ces messieurs à la porte, nous
vous servirions de roi et de ministres, le tout
ensemble. Nous fondons de plus grandes espérances sur certaines lois que nous nous proposons
de mettre en vigueur; elles vous empoigneront
un homme au collet, elles vous le lanceront à la

20.

rivière, sans plus amples explications, selon l'excellente méthode des muets du sérail. Vous voyez
d'ici combien sera commode une justice aussi ex-
péditive; il est tant de fâcheux tenant aux formes,
croyant candidement qu'un crime est nécessaire
pour être coupable! Nous aurons également à notre
service de bons petits journaux payés grassement,
chantant nos louanges, cachant nos fautes, nous
prêtant plus de vertus qu'à tous les saints du paradis. Nous en aurons d'autres, et ceux-là nous
les payerons plus cher, qui attaqueront nos actes,
discuteront notre politique, mais d'une façon si
plate, si maladroite, qu'ils ramèneront à nous
les gens d'esprit et de bon sens. Quant aux journaux que nous ne payerons pas, ils ne pourront ni blâmer ni approuver; de toutes manières, nous les supprimerons au plus tôt. Nous
devrons aussi protéger les arts, car il n'est pas de
grand règne sans grands artistes. Pour en faire
naître le plus possible, nous abolirons la liberté
de pensée. Il serait peut-être bon aussi de servir
une petite rente aux écrivains en retraite, j'entends à tous ceux qui ont su faire fortune, qui
sont patentés pour tenir boutique de prose ou de
vers. Quant aux jeunes gens, à ceux qui n'auront
que du talent, ils auront des lits réservés dans

nos hôpitaux. A cinquante ou soixante ans, s'ils
ne sont pas tout à fait morts, ils participeront
aux bienfaits dont nous comblerons le monde
des lettres. Mais les vrais soutiens de notre trône,
les gloires de notre règne, ce seront les tailleurs
de pierres et les maçons. Nous dépeuplerons les
campagnes, nous appellerons à nous tous les
hommes de bonne volonté, et leur ferons prendre
la truelle. Ce sera un touchant, un sublime spectacle ! Des rues larges, des rues droites trouant
une ville d'un bout à un autre ! de beaux murs
blancs, de beaux murs jaunes, s'élevant comme
par enchantement ! de splendides édifices, dé-
corant d'immenses places plantées d'arbres et de
réverbères ! Bâtir n'est rien encore, mais que dé-
molir a de charmes ! Nous démolirons plus que
nous ne bâtirons. La cité sera rasée, nivelée, dé-
barbouillée, badigeonnée. Nous changerons une
ville de vieux plâtre en une ville de plâtre neuf.
De pareils miracles, je le sais, coûteront beaucoup
d'argent ; comme ce n'est pas moi qui payerai, la
dépense m'inquiète peu. Tenant, avant tout, à laisser des traces glorieuses de mon règne, je trouve
que rien n'est plus propre à étonner les générations
futures, qu'une effroyable consommation de chaux
et de briques. D'ailleurs, j'ai remarqué ceci : plus

un roi fait bâtir, plus son peuple se montre satisfait ; il semble ne pas savoir quels sots payent ces
constructions, il croit naïvement que son aimable
souverain se ruine pour lui donner la joie de contempler une forêt d'échafaudages. Tout ira pour
le mieux. Nous vendrons très-cher les embellisse-
ments aux contribuables, et nous distribuerons les
gros sous aux ouvriers, afin qu'ils se tiennent tranquilles sur leurs échelles. Ainsi, du pain au menu
peuple et l'admiration de la postérité. N'est-ce pas
très-ingénieux ? Si quelque mécontent s'avisait de
crier, ce serait à coup sûr mauvais cœur et pure
jalousie.

« Mon règne sera un règne de maçons.

« Vous le voyez, mes bien-aimés sujets, je me
dispose à être un roi très-amusant. Je vous char-
gerai de belles guerres aux quatre coins du monde,
qui vous rapporteront des coups et de l'honneur.
Je vous égayerai, au dedans, par de grands tas
de décombres et une éternelle poussière de plâtre.
Je ne vous ménagerai pas non plus les discours,
je les prononcerai les plus vides possible, aigui-
sant ainsi les esprits curieux qui auront la bonne
volonté d'y chercher ce qui n'y sera pas. Aujour-
d'hui, c'en est assez ; je meurs de soif. Mais, en
finissant, je vous fais la promesse de traiter pro-

chainement la grave difficulté du budget ; c'est une matière qui a besoin d'être préparée longtemps à l'avance, pour être embrouillée à point et obscure suivant la convenance. Peut-être auriez-vous aussi le désir de m'entendre causer religion. Ne voulant pas vous tromper dans votre attente, je dois vous déclarer, dès à présent, que je compte ne jamais m'expliquer sur ce sujet. Épargnez-moi donc des demandes indiscrètes, ne me pressez jamais d'avoir un avis en cette matière, qui m'est particulièrement désagréable. Sur ce, mes bien-aimés sujets, que Dieu vous tienne en joie. »

Tel fut le discours de Médéric. Tu entends de reste que je t'en donne ici un résumé succinct, car il dura six heures d'horloge, et les limites de ce conte ne me permettent point de le transcrire en entier. L'orateur ne devait-il pas allonger ses phrases, cadencer ses périodes, noyer si bien ses pensées dans un déluge de mots, que le sens en puisse échapper au peuple qui l'écoutait ? En tous cas, mon résumé est conforme au véritable esprit du discours. Si l'armée entendit ce qu'il lui plut d'entendre, ce fut grâce aux précautions oratoires et à la longueur des tirades. N'en est-il pas toujours de même en pareille circonstance ?

Tant que son frère parla, Sidoine travailla
rudement des bras et des mâchoires. Il eut des
gestes fort applaudis, tantôt familiers sans trivia-
lité, tantôt d'une ampleur noble et d'un lyrisme
entraînant. S'il faut tout dire, il se permit par
instants d'étranges contorsions, des hauts-le-
corps qui n'étaient précisément pas de bon goût;
mais cette mimique risquée fut mise sur le compte
de l'inspiration. Ce qui enleva les suffrages, ce fut
la manière remarquable dont il ouvrait la bouche.
Il baissait le menton, puis le relevait, par petites
saccades régulières; il faisait prendre à ses lèvres
toutes les figures géométriques, depuis la ligne
droite jusqu'à la circonférence, en passant par le
triangle et le carré; même, au trait final de
chaque tirade, il montrait la langue, hardiesse
poétique qui eut un succès prodigieux.

Lorsque Médéric se tut, Sidoine comprit qu'il
lui restait à finir par un coup de maître. Il
saisit l'instant favorable; puis, se cachant de la
main, sans plus bouger, il cria d'une voix terrible :

— Vive Sidoine Ier, roi des Bleus!

Le seigneur géant savait placer son mot à
l'occasion. Aux éclats de cette voix, chaque bataillon pensa avoir entendu le bataillon voisin

pousser ce cri d'enthousiasme. Comme rien n'est plus contagieux qu'une bêtise, l'armée entière se mit à chanter en chœur :

— Vive Sidoine Ier, roi des Bleus !

Ce fut, dix minutes durant, un vacarme effroyable. Pendant ce temps, Sidoine, de plus en plus civilisé, prodiguait les révérences.

Les soldats parlèrent de le porter en triomphe. Mais le prince des orateurs, ayant rapidement calculé son poids à vue d'œil, leur démontra les difficultés de l'entreprise. Il se chargea de terminer avec lui. Il lui rendit hommage comme à son roi, au nom du peuple, tout en lui conférant les titres et les priviléges de sa nouvelle position. Il l'invita ensuite à marcher en tête de l'armée, pour faire son entrée dans son royaume, distant d'une dizaine de lieues.

Cependant Médéric se tenait les côtes et pensait mourir de rire. Son propre discours l'avait singulièrement égayé. Ce fut bien autre chose lorsque Sidoine s'acclama lui-même !

— Bravo, Majesté mignonne ! lui dit-il à voix basse. Je suis content de toi, je ne désespère plus de ton éducation. Laisse faire ces braves gens. Essayons du métier de roi, quittes à l'abandonner dans huit jours, s'il nous ennuie. Pour ma part, je ne suis pas fâché d'en tâter, avant d'épouser l'aimable Primevère. Or çà, continue à ne pas faire de sottises, marche royalement, contente-toi des gestes et laisse-moi le soin de la parole. Il est inutile d'apprendre à ce bon peuple que nous sommes deux, ce qui pourrait l'autoriser à se croire en état de république. Maintenant, mon mignon, entrons vite dans notre capitale.

Les annales des Bleus relatent ainsi l'avénement au trône du grand roi Sidoine Ier. On peut y lire tout au long les événements mentionnés ci-dessus, et y remarquer comme quoi l'historien officiel fait remarquer, en différents passages, que ces faits se passaient en Égypte, sur le coup de midi, par une température de quarante-cinq degrés.

VI

MÉDÉRIC MANGE DES MURES.

Je t'épargnerai la description de l'entrée triomphale de nos héros et des réjouissances publiques qui eurent lieu en cette occasion.

Sidoine joua noblement son rôle de majesté. Il accueillit avec bienveillance une cinquantaine de députations qui vinrent à la file lui prêter serment; il écouta même, sans trop bâiller, les harangues des différents corps de l'État. A vrai dire, il avait grand besoin de sommeil; il aurait volontiers envoyé ces bonnes gens se coucher, pour aller lui-même en faire autant, si Médéric ne lui eût dit tout bas qu'un roi, appartenant à son peuple, ne dormait que lorsque les portefaix de son royaume le voulaient bien.

Enfin les grands dignitaires le conduisirent à son palais, sorte de grange monumentale, haute d'une quinzaine de mètres, devant laquelle les écoliers tiraient leurs chapeaux. Les fourmis saluent ainsi les cailloux du chemin. Sidoine, qui se servait d'une pyramide en guise d'escabeau, témoigna par un geste expressif combien il trouvait le logis insuffisant. Médéric déclara de sa voix la plus douce avoir remarqué, aux portes de la ville, un vaste champ de blé, demeure plus digne d'un grand prince. Les épis lui feraient une belle couche dorée, d'une merveilleuse souplesse, et il aurait pour ciel de lit les larges rideaux célestes que les clous d'or du bon Dieu retiennent aux murs du paradis.

Comme le peuple était très-friand de spectacles et de mascarades, il déclara, désirant se rendre populaire, abandonner l'ancien palais aux montreurs d'ours, danseurs de corde et diseurs de bonne aventure. De plus, il y serait établi un théâtre de marionnettes, toutes d'une exécution parfaite, au point de les prendre pour des hommes. La foule accueillit cette offre avec reconnaissance.

Lorsque la question du logement fut vidée, Sidoine se retira, ayant hâte de se mettre au lit. Il ne tarda pas à remarquer, derrière lui, une troupe de gens armés qui le suivaient avec respect. En bon roi, il les prit pour des soldats enthousiastes et ne s'en soucia pas davantage. Cependant, quand il se fut voluptueusement étendu sur sa couche de paille fraîche, il vit les soldats se poster aux quatre coins du champ, se promenant de long en large, l'épée au poing. Cette manœuvre piqua sa curiosité. Il se dressa à demi, tandis que Médéric, comprenant son désir, appelait un des hommes, qui s'était avancé tout proche de l'oreiller royal.

— Hé ! l'ami, cria-t-il, pourrais-tu me dire ce qui vous force, tes compagnons et toi, à quitter vos lits à cette heure, pour venir rôder autour du mien ? Si vous avez de méchants projets sur les passants, il est peu convenable d'exposer votre roi à servir de témoin pour vous faire pendre. Si ce sont vos belles que vous attendez, certes je m'intéresse à l'accroissement du nombre de mes sujets, mais je ne veux en aucune façon me mêler de ces détails de famille. Çà, franchement, que faites-vous ici?

— Sire, nous vous gardons, répondit le soldat.

— Vous me gardez? contre qui, je vous prie? Les ennemis ne sont pas aux frontières, que je sache, et ce n'est point avec vos épées que vous me protégerez des moucherons. Voyons, parle. Contre qui me gardez-vous?

— Je ne sais pas, Sire. Je vais appeler mon capitaine.

Lorsque le capitaine fut arrivé et qu'il eut entendu la demande du roi :

— Bon Dieu! Sire, s'écria-t-il, comment Votre Majesté peut-elle me faire une question aussi simple? Ignore-t-elle ces menus détails? Tous les rois se font garder contre leurs peuples. Il y a ici cent braves qui n'ont d'autre charge que d'embrocher les curieux. Nous sommes vos gardes du corps, Sire. Sans nous, vos sujets, gens très-gourmands de monarques, en auraient déjà fait une effroyable consommation.

Cependant, Sidoine riait aux larmes. L'idée que ces pauvres diables le gardaient lui avait d'abord paru d'une joyeuseté rare ; mais quand il apprit qu'ils le gardaient contre son peuple, il eut un nouvel accès de gaieté dont il faillit étouffer. De son côté, Médéric pouffait à pleines joues, déchaînant une véritable tempête dans l'oreille de son mignon.

— Holà ! manants, cria-t-il, pliez bagages, décampez au plus vite. Me croyez-vous assez sot pour imiter vos rois trembleurs, qui ferment dix à douze portes sur eux, en plantant une sentinelle à chacune ? Je me garde moi-même, mes bons amis, et je n'aime pas à être regardé quand je dors ; car ma nourrice m'a toujours dit que je n'étais pas beau en ronflant. S'il vous faut absolument garder quelqu'un, au lieu de garder le roi contre le peuple, gardez, je vous prie, le peuple contre le roi ; ce sera mieux employer vos veilles et gagner plus honnêtement votre argent. Les soirs d'été, pour peu que vous désiriez m'être agréables, envoyez-moi vos femmes avec des éventails, ou, s'il pleut, votez-moi une armée de parapluies. Mais vos épées, à quoi diable voulez-vous qu'elles me servent ? Et, maintenant, bonne nuit, messieurs les gardes du corps

Sans plus de zèle, capitaine et soldats se retirèrent, enchantés d'un prince si facile à servir. Alors
nos amis, satisfaits d'être seuls, purent causer à
à l'aise des surprenantes aventures qui leur étaient
arrivées depuis le matin. Je veux dire, tu m'entends, que Médéric bavarda une petite demi-heure,
philosophant sur toute chose, priant son mignon
de suivre avec soin le fil de son raisonnement. Le
mignon, dès les premiers mots, ronflait, les poings
fermés. Notre bavard, ne s'entendant plus lui-
même, remit la suite de ses observations au lendemain. C'est ainsi que le roi Sidoine Ier dormit
sa première nuit à la belle étoile, dans un champ
désert situé aux portes de sa capitale.

Les événements qui se passèrent les jours sui-
vants ne méritent pas d'être rapportés tout au long,
bien qu'ils aient été prodigieux et bizarres, comme
tous ceux auxquels se trouvèrent mêlés les héros
que j'ai choisis. Notre roi en deux personnes, —
vois à quoi tient un mystère ! — ayant accepté la
couronne par simple complaisance, se garda de
tenter la moindre réforme. Il laissa le peuple agir
selon ses volontés ; ce qui se rencontra être la
meilleure façon de régner, la plus commode pour
le souverain, la plus profitable pour les sujets.

Au bout de huit jours, Sidoine avait déjà gagné

21.

cinq batailles rangées. Il crut devoir mener son
armée aux deux premières. Mais il s'aperçut bientôt
qu'au lieu de lui donner aide et secours, elle l'embarrassait, se mettant en travers de ses jambes,
risquant d'attraper quelque taloche. Il se décida
donc à licencier les troupes, déclarant entendre à
l'avenir se mettre seul en campagne. Ce fut là le
sujet d'une belle proclamation. Elle débutait par
cet exorde remarquable : « Il n'est rien de tel pour
« se gourmer d'importance, comme de savoir
« pourquoi on se gourme. Or, puisque le roi, lors-
« qu'il déclare la guerre, connaît seul les causes
« de son bon plaisir, la logique veut que le roi
« se batte seul. » Les soldats goûtèrent beaucoup
ces pensées ; à la vérité, faute d'une bonne raison
pour taper plus longtemps, ils avaient tourné le
dos dans maintes batailles. Souvent aussi ils s'é-
taient étonnés, causant le soir dans les ambulances
avec des blessés ennemis, de l'originale méthode
des princes, ayant des poings, comme tout le monde,
et faisant tuer plusieurs milliers d'hommes, pour
vider leurs querelles particulières.

Seulement, les Bleus, s'il te souvient de la charte,
avaient pris un maître dans l'unique but de s'é-
gayer à le voir et à l'entendre jouer des poings et
de la langue. L'armée obtint donc de suivre son

chef à deux kilomètres de distance. De cette façon, elle eut l'agréable spectacle des combats, sans en courir les dangers.

Médéric harangua plus encore que Sidoine ne se battit. Au bout d'une semaine, il avait déjà enrichi la littérature du pays de treize gros volumes. Le troisième jour, en s'éveillant, il se trouva savoir le grec et le latin, sans avoir appris ces langues dans aucun collége; il put de la sorte répondre par dix pages de Démosthène au prince des orateurs, qui pensait l'embarrasser en lui récitant cinq pages de Cicéron. Depuis ce moment, qui fut celui où le peuple cessa de comprendre, le roi orateur eut encore plus de popularité que le roi guerrier.

Somme toute, la nation Bleue était dans le ravissement. Elle possédait enfin le prince rêvé, un prince idéal, mettant tous ses soins aux menus plaisirs, ne se mêlant jamais des détails sérieux. Cependant, comme un peuple, même un peuple satisfait, murmure toujours un peu, on accusait l'excellent homme de certains goûts bizarres, par exemple de sa singulière obstination à vouloir dormir à la belle étoile. De plus, je crois te l'avoir dit, Sidoine péchait par une grande coquetterie ; dès qu'il eut un budget sous la main, il échangea vite

ses peaux de loup contre de splendides vêtements
de soie et de velours, trouvant à se regarder quelques dédommagements aux ennuis de sa nouvelle
profession. On le blâmait de cet innocent plaisir;
bien qu'il ne fît autre dépense, on lui reprochait
d'user trop de satin, de déchirer trop de dentelle.
La rosée, il est vrai, tache les étoffes fines, et
rien ne les coupe comme la paille. Or Sidoine
couchait tout habillé.

Pour en finir, on comptait à peine cinq à six
milliers de mécontents dans cet empire de trente
millions d'hommes : des courtisans sans emploi
dont l'échine se roidissait, des gens de nerfs irri-
tables auxquels les longs discours donnaient la
fièvre, surtout des pervers que fâchait la paix publique. Après une semaine de règne, Sidoine aurait pu sans crainte tenter de nouveau le suffrage
universel.

Le neuvième jour, Médéric fut pris au réveil
d'une irrésistible envie de courir les champs. Il
était las de vivre enfermé au logis, j'entends l'o-
reille de Sidoine; il s'ennuyait de son rôle de pur
esprit. Il descendit doucement. Son mignon dormant encore, il ne l'avertit pas de sa promenade,
se promettant de ne prendre l'air que pendant un
petit quart d'heure.

C'est une charmante chose qu'une fraîche matinée d'avril. Le ciel se creusait, pâle et profond.
Sur les montagnes, se levait un soleil clair, sans
chaleur, d'une lumière blanche. Les feuillages,
nés de la veille, luisaient par touffes vertes dans la
campagne ; les roches, les terrains se détachaient
en grandes masses jaunes et rouges. On eût dit, à
voir comme tout semblait propre, que la nature
était neuve.

Médéric, avant d'aller plus loin, s'arrêta sur un
coteau. Après quoi, ayant suffisamment applaudi
en grand la vaste plaine, il songea à profiter de la
gaieté des sentiers, sans plus s'inquiéter des horizons. Il prit le premier chemin venu ; puis, quand
il fut au bout, il en prit un autre. Il se perdit au
milieu des églantiers, courut dans l'herbe, s'éten-
dit sur la mousse, fatigua les échos de sa voix,
cherchant à faire beaucoup de bruit, parce qu'il se
trouvait dans beaucoup de silence. Il admira les
champs en détail et à sa façon, qui est la bonne,
regardant le ciel par petits coins à travers les feuilles, se faisant un univers d'un buisson creux,
découvrant de nouveaux mondes à chaque détour
des haies. Il se grisa pour trop boire de cet air pur
et un peu froid qu'il trouvait sous les allées, et
finit par s'arrêter, haletant, charmé des blancs

rayons du soleil et des bonnes couleurs de la campagne.

Or il s'arrêta au pied d'une grosse haie faite de ronces, de ces ronces aux feuilles rudes, aux longs bras épineux, qui produisent à coup sûr les meilleurs fruits que puisse manger un homme d'un goût recherché. Je veux parler de ces belles grappes de mûres sauvages, toutes parfumées du voisinage des lavandes et des romarins. Te souvient-il comme elles sont appétissantes, noires sous les feuilles vertes, et quelle fraîche saveur, moitié sucre, moitié vinaigre, elles ont pour les palais dignes de les apprécier?

Médéric, ainsi que tous les gens d'humeur libre et de vie vagabonde, était un grand mangeur de mûres. Il en tirait quelque vanité, ayant pour toutes rencontres, dans ses repas le long des haies, trouvé des simples d'esprit, des rêveurs et des amants; ce qui l'avait amené à conclure que les sots ne savaient faire cas de ces grappes savoureuses, que c'était là un festin donné par les anges du paradis aux bonnes âmes de ce monde. Les sots sont bien trop maladroits pour un tel régal; ils se trouvent seulement à l'aise devant une table, à couper de grosses bêtes de poires se fondant en eau claire. Belle besogne vraiment, qui

ne demande qu'un couteau. Tandis que, pour manger des mûres, il faut une douzaine de rares qualités : la justesse du coup d'œil qui découvre les
baies les plus exquises, celles que les rayons et la
rosée ont mûries à point ; la science des épines,
cette science merveilleuse de fouiller les broussailles sans se piquer ; l'esprit de savoir perdre
son temps, de mettre une matinée entière à déjeuner, tout en faisant deux ou trois lieues dans un
sentier long de cinquante pas. J'en passe et des
plus méritantes. Jamais certaines gens ne s'avi-
seront de vivre cette vie des poëtes : se nourrir
d'air pur, philosopher ou dormir entre deux bouchées. Seuls, les paresseux, fils bien-aimés du
ciel, savent les finesses de ce joli métier.

Voilà pourquoi Médéric se vantait d'aimer les
mûres.

Les ronces devant lesquelles il venait de s'arrêter, étaient chargées de grappes longues et nom-
breuses. Il fut émerveillé.

— Tudieu ! dit-il, les beaux fruits, le beau
prodige ! Des mûres en avril, et des mûres d'une
telle grosseur : voilà qui me paraît tout aussi
étonnant qu'un baquet d'eau changée en vin. On a
raison de le dire, rien ne fortifie la foi comme la
vue des faits surnaturels : désormais je veux

croire les contes de nourrice dont on m'a bercé.
Moi, c'est ainsi que j'entends les miracles, lorsqu'ils emplissent mon verre ou mon assiette. Ça,
déjeunons, puisqu'il plaît à Dieu de changer le
cours des saisons pour me servir selon mon goût.

Ce disant, Médéric allongea délicatement les
doigts et saisit une grosse mûre qui eût suffi au repas de deux moineaux. Il la savoura avec lenteur,
puis fit claquer la langue, hochant la tête d'un air
satisfait, comme un buveur émérite qui déguste
un vieux vin. Alors, le cru étant connu, le déjeuner commença. Le gourmand alla de buisson en
buisson, humant le soleil dans les intervalles,
établissant des différences de goût, ne pouvant
se fixer. Tout en marchant, il discourait à haute
voix, car il avait pris l'habitude du monologue en
compagnie du silencieux Sidoine ; quand il se
trouvait seul, il ne s'en adressait pas moins à son
mignon, estimant que sa présence importait peu à
la conversation.

— Mon mignon, disait-il, je ne connais pas
de besogne plus philosophique que celle de
manger des mûres, le long des sentiers. C'est
là tout un apprentissage de la vie. Vois quelle
adresse il faut déployer pour atteindre les hautes
branches, qui, remarque-le, portent toujours

les plus beaux fruits. Je les incline en attirant
à petits coups les tiges basses ; un sot les bri-
serait, moi je les laisse se redresser, en prévision
de la saison prochaine. Il y a encore les épines, où
les maladroits se blessent ; moi j'utilise les épines,
qui me servent de crochets dans cette délicate opé-
ration. Veux-tu jamais juger un homme, le connaître aussi bien que Dieu qui l'a fait : mets-le, le
ventre vide, devant une ronce chargée de baies, par
une claire matinée. Ah ! le pauvre homme ! Pour
ameuter les sept péchés capitaux dans une conscience, il suffit d'une mûre au bout d'une haute
branche.

Et Médéric, tout aise de vivre, mangeait, péro-
rait, clignait les yeux pour mieux embrasser son
petit horizon. D'ailleurs, il oubliait parfaitemnnt
S. M. Sidoine Ier, la nation Bleue, toute la royale
comédie. Le roi en deux personnes avait laissé son
corps chez son peuple ; son esprit battait la campagne, perdu dans les haies, se donnant du bon
temps. Ainsi, la nuit, l'âme, s'envolant sur l'aile
d'un songe, s'en va prendre ses ébats, dans quelque coin inconnu, insoucieuse de la prison dont
elle s'est échappée. Cette comparaison n'est-elle
pas très-ingénieuse ? bien que je me sois défendu
d'avoir caché quelque sens philosophique sous le

voile léger de cette fiction, ne te dit-elle pas
clairement ce qu'il te faut penser de mon géant et
de mon nain?

Cependant, comme Médéric faisait les yeux doux
à une mûre, il fut, de la façon la plus imprévue,
rappelé aux tristes réalités de cette vie. Un dogue,
non des plus minces, se précipita brusquement
dans le sentier, aboyant avec force, les dents blanches, les paupières sanglantes. As-tu remarqué,
Ninette, quel bon caractère hospitalier ont les
chiens dans la campagne? Ces fidèles animaux,
lorsqu'ils ont reçu de l'homme les bienfaits de
l'éducation, possèdent au plus haut point le sentiment de la propriété. Il y a vol pour eux à fouler
la terre d'autrui. Le nôtre, qui eût dévoré Médéric
pour le peu de boue qu'un passant emporte à ses
semelles, devint furieux, à le voir manger les mûres poussées librement au gré de la pluie et du
soleil. Il se précipita, la gueule ouverte.

Médéric ne l'attendit certes pas. Il avait une
haine raisonnée pour ces grosses bêtes, aux allures brutales, qui sont chez les animaux ce que sont
les gendarmes chez les hommes. Il se mit à fuir,
à toutes jambes, fort effrayé, très-inquiet des
suites de cette mauvaise rencontre. Ce n'est pas
qu'il raisonnât beaucoup en cette circonstance;

mais comme il avait, par usage, une grande habitude de la logique, tout en ayant la tête perdue,
il posa en principe : Ce chien a quatre pattes, moi
j'en ai deux plus faibles et moins exercées ; — en
tira comme conséquence : Il doit courir plus longtemps et plus vite que moi ; — fut naturellement
conduit à penser : Je vais être dévoré; — enfin
arriva victorieusement à conclure : Ce n'est plus
qu'une simple question de temps. La conclusion
lui donna froid dans les jambes. Il se tourna et vit
le dogue à une dizaine de pas ; il courut plus fort,
le dogue courut plus fort; il sauta un fossé, le
dogue sauta le fossé. Étouffant, les bras ouverts,
il allait sans volonté; il sentait des crocs aigus
s'enfoncer dans ses chairs, et, les yeux fermés,
voyait luire dans l'ombre deux paupières sanglantes. Les abois du chien l'entouraient, le serraient
à la gorge, comme font les vagues pour l'homme
qui se noie.

Encore deux sauts, c'en était fait de Médéric. Et
ici, permets-moi, Ninon, de me plaindre du peu
de secours prêté par notre esprit à notre corps,
quand ce dernier se trouve dans quelque embarras. Je le demande, où baguenaudait l'esprit de
Médéric, tandis que son corps n'avait que deux misérables jambes à son service ? La belle avance, de

fuir pour se sauver ! tout le monde en fait autant.
Si son esprit n'eût pas couru la pretantaine, l'ingénieux enfant, sans tant s'essouffler ni risquer
une pleurésie, aurait, dès les premiers pas, monté
tranquillement sur un arbre, comme il le fit, au
bout d'un quart d'heure de course folle. C'est là
ce que j'appelle un trait de génie ; l'inspiration lui
vint d'en haut. Quand il fut à califourchon sur une
maîtresse branche, il s'étonna d'avoir songé à une
chose aussi simple.

Le dogue, dans son élan furieux, vint se heurter
violemment contre l'arbre, puis se mit à tourner
autour du tronc, en poussant des abois féroces.
Médéric prit ses aises et retrouva la parole.

— Hélas ! hélas ! cria-t-il, mon pauvre mignon,
je me trouve vertement puni d'avoir voulu prendre l'air sans emmener tes poings avec moi. Voilà
qui me prouve une fois de plus combien nous nous
sommes indispensables l'un à l'autre ; notre amitié est œuvre de la Providence. Que fais-tu loin de
moi, ayant tes seuls bras pour te tirer d'affaire ?
que fais-je ici moi-même, logé sur une branche,
n'ayant pas la moindre taloche à appliquer sur le
museau de ce vilain animal. Hélas ! hélas ! c'en
est fait de nous !

Le dogue, las d'aboyer, s'était gravement assis

sur son derrière, le cou allongé, la lèvre retrous-
sée. Il regardait Médéric, sans bouger d'une ligne.
Celui-ci, voyant la bête prêter une attention sou-
tenue, crut comprendre qu'elle l'invitait à parler.
Il résolut de profiter d'un pareil auditeur, désireux de se faire écouter une fois dans sa vie. D'ailleurs, il n'avait que des phrases à sa disposition
pour sortir d'embarras.

— Mon ami, dit-il d'une voix mielleuse, je ne
veux pas vous retenir plus longtemps. Allez à vos
affaires. Je retrouverai parfaitement mon chemin.
Je vous l'avouerai même, il y a, à quelques lieues
d'ici, un bon peuple que mon absence doit plonger
dans la plus vive inquiétude. Je suis roi, s'il faut
tout dire. Vous ne l'ignorez pas, les rois sont des
bijoux précieux, que les nations n'aiment point à
perdre. Retirez-vous donc. Il serait peu convenable de forcer l'histoire à écrire un jour comme
quoi le sot entêtement d'un chien a suffi pour bou-
leverser un grand empire. Voulez-vous une place
à ma cour? être le gardien des viandes du palais?
Dites, quelle charge puis-je vous offrir pour que
Votre Excellence daigne s'éloigner?

Le dogue ne bougeait pas. Médéric pensa l'avoir
gagné par l'appât d'un titre officiel; il fit mine de
descendre. Sans doute le dogue n'était point ambi-

tieux, car il se mit à hurler de nouveau, se dressant contre l'arbre.

— Le diable t'emporte ! murmura Médéric.

A bout d'éloquence, il fouilla ses poches. C'est
là un moyen qui, chez les hommes, réussit géné-
ralement. Mais allez donc jeter une bourse à un
chien, si ce n'est pour lui faire une bosse à la tête.
Médéric n'était pas d'ailleurs un garçon à avoir une
bourse dans ses chausses ; il considérait l'argent
comme parfaitement inutile, ayant toujours vécu
de libres échanges. Il trouva mieux qu'une poignée de sous, je veux dire qu'il trouva un morceau
de sucre. Mon héros étant fort gourmand de sa
nature, cette trouvaille n'a rien qui doive t'étonner. Je tiens à te faire remarquer comme les détails de ce récit arrivent naturellement et portent
un haut caractère de véracité.

Médéric, tenant le morceau de sucre entre deux
doigts, le montra au chien, qui ouvrit la gueule
sans façons. Alors l'assiégé descendit doucement.
Quand il fut près de terre, il laissa tomber la
proie ; le chien la happa au passage, donna un
coup de gosier, ne se lécha même pas et se précipita sur Médéric.

— Ah ! brigand ! s'écria celui-ci en remontant
vivement sur sa branche, tu manges mon sucre

et tu veux me mordre ! Allons, ton éducation
a été soignée, je le vois ; tu es bien le fidèle
élève de l'égoïsme de tes maîtres : rampant devant eux, toujours affamé de la chair des passants.

VII

OU SIDOINE DEVIENT BAVARD.

Il allait continuer sur ce ton, lorsqu'il entendit
derrière lui s'élever un bruit sourd, semblable au
roulement lointain d'une cataracte. Pas un souffle
de vent n'agitait les feuilles ; la rivière voisine
coulait avec un murmure trop discret, pour se
permettre de pareilles plaintes. Étonné, Médéric
écarta les branches, interrogeant l'horizon. Au
premier abord, il ne vit rien ; la campagne, de ce
côté, s'étendait, grise et nue, sorte de plaine
s'élevant de coteaux en coteaux, jusqu'aux montagnes qui la bornaient. Mais le bruit augmentant
toujours, il regarda mieux. Alors il remarqua,
surgissant d'un pli de terrain, une roche d'une struc-

ture singulière. Cette roche, — car il était difficile
de la prendre pour autre chose qu'une roche, —
avait la forme exacte et la couleur d'un nez, mais
d'un nez colossal, dans lequel on eût aisément
taillé plusieurs centaines de nez ordinaires.
Tourné d'une façon désespérée vers le ciel, ce
nez avait toutes les allures d'un nez troublé dans
sa quiétude par quelque grande douleur. A coup
sûr, le bruit partait de ce nez.

Médéric, quand il eut examiné la roche avec
attention, hésita un instant, n'osant en croire ses
yeux. Enfin, se retrouvant en pays de connaissance, ne pouvant douter :

— Hé ! mon mignon ! cria-t-il émerveillé, pourquoi diable ton nez se promène-t-il tout seul dans
les champs? Que je meure, si ce n'est lui qui est
là, à se pâmer comme un veau qu'on égorge !

A ces mots, le nez, — contre toute croyance, la
roche n'était en effet autre chose qu'un nez, — le
nez s'agita d'une manière déplorable. Il y eut
comme un éboulement de terrain. Un long bloc
grisâtre, qui ressemblait assez à un énorme obé-
lisque couché sur le sol, s'agita, se replia sur lui-
même, se relevant d'un bout, se dédoublant de
l'autre. Une tête surgit, une poitrine se dessina, le
tout emmanché de deux jambes, qui, pour être

démesurées , n'en auraient pas moins été des jambes dans toutes les langues, tant anciennes que modernes.

Sidoine, quand il eut ramené ses membres, s'assit sur son séant, les poings dans les yeux, les genoux hauts et écartés. Il sanglotait à fendre l'âme.

— Oh! oh! dit Médéric, je le savais bien, il n'y a que mon mignon dans le monde pour avoir un nez d'une telle encolure. C'est là un nez que je connais comme le clocher de mon village. Hé! mon pauvre frère, nous avons donc aussi de gros chagrins. Je te le jure, je voulais m'absenter dix minutes au plus ; si tu me retrouves au bout de dix heures, la faute en est assurément au soleil et aux buissons chargés de mûres. Nous leur pardonnerons. Çà! jette-moi ce dogue à la porte : nous causerons plus à l'aise.

Sidoine, toujours pleurant, allongea le bras, prit le dogue par la peau du cou. Il le balança une seconde, et l'envoya, hurlant et se tordant, droit dans le ciel, avec une vitesse de plusieurs milliers de lieues à la seconde. Médéric prit le plus grand plaisir à cette ascension. Il suivit la bête de l'œil. Quand il la vit entrer dans la sphère d'attraction de la lune, il battit des mains, félicitant son

compagnon d'avoir enfin peuplé ce satellite, pour
le plus grand bonheur des astronomes futurs.

— Or çà, mon mignon, dit-il en sautant à terre,
et notre peuple?

Sidoine, à cette question, éclata de plus belle
en gémissements, dodelinant de la tête, se bar-
bouillant le visage de ses larmes.

— Bah! reprit Médéric, notre peuple serait-il
mort? L'aurais-tu massacré dans un moment
d'ennui, réfléchissant que les peuples rois sont
sujets aux abdications tout comme les autres monarques?

— Frère, frère, sanglota Sidoine, notre peuple
s'est mal conduit.

— Vraiment?

— Il s'est mis en colère à propos de rien...

— Le vilain!

— ... et m'a jeté à la porte...

— Le grossier!

— ... comme jamais grand seigneur n'a jeté un
laquais.

— Voyez-vous l'aristocrate!

A chaque virgule, Sidoine poussait un profond
soupir. Lorsqu'il rencontra un point dans sa
phrase, son émotion étant au comble, il fondit de
nouveau en larmes.

— Mon mignon, reprit Médéric, il est triste sans
doute pour un maître d'être congédié par ses
valets, mais je ne vois pas là matière à tant se
désoler. Si ta douleur ne me prouvait une fois de
plus l'excellence de ton âme et ton ignorance des
rapports sociaux, je te gronderais de t'affliger
ainsi d'une aventure très-fréquente. Nous lirons
l'histoire un de ces jours ; tu le verras, c'est une
vieille habitude des nations de malmener les
princes dont elles ne veulent plus. Malgré le dire
de certaines gens, Dieu n'a jamais eu la singulière fantaisie de créer une race particulière, dans
le but d'imposer à ses enfants des maîtres élus
par lui de père en fils. Ne t'étonne donc pas si
les gouvernés veulent devenir gouvernants à leur
tour, puisque tout homme a le droit d'avoir cette
ambition. Cela soulage de pouvoir raisonner logiquement son malheur. Allons, sèche tes larmes.
Elles seraient bonnes chez un efféminé, un glo-
rieux nourri de louanges, qui aurait oublié son
métier d'homme en exerçant trop longtemps celui
de roi ; mais nous, monarques d'hier, nous
savons encore marcher sans autre escorte que
notre ombre, et vivre au soleil, n'ayant pour
royaume que le peu de poussière où se posent nos
pieds.

— Eh! répondit Sidoine d'un ton dolent, tu en
parles à ton aise. La profession me plaisait. Je
me battais à poing que veux-tu, je mettais tous
les jours mes habits du dimanche, je dormais sur
de la paille fraîche. Raisonne, explique tant que
tu voudras. Moi, je veux pleurer.

Et il pleura ; puis, s'arrêtant brusquement au
milieu d'un sanglot :

— Voici, dit-il, comment les choses se sont
passées...

— Mon mignon, interrompit Médéric, tu deviens
bavard : le désespoir ne te vaut rien.

— Ce matin, vers six heures, comme je rêvais
innocemment, un grand bruit m'a éveillé. J'ai
ouvert un œil. Le peuple entourait mon lit,
paraissant fort ému, attendant mon réveil, en
quête de quelque jugement. Bon ! me suis-je dit,
voilà qui regarde Médéric : dormons encore. Et je
me suis rendormi. Au bout de je ne sais combien
de minutes, j'ai senti mes sujets me tirer respec-
tueusement par un coin de ma blouse royale.
Force m'a été d'ouvrir les deux yeux. Le peuple
s'impatientait. Qu'a donc mon frère Médéric?
ai-je pensé, de méchante humeur. Et, en pensant
cela, je me suis mis sur mon séant. Ce que voyant,
les braves gens qui m'entouraient ont poussé un

murmure de satisfaction. Me comprends-tu, frère,
et ne sais-je pas conter à l'occasion?

— Parfaitement, mais si tu contes de ce train-
là, tu conteras jusqu'à demain. Que voulait notre
peuple?

— Ah! voilà. Je crois n'avoir pas trop bien
compris. Un vieux s'est approché de moi, traînant
sur ses talons une vache au bout d'un cordeau. Il
l'a plantée à mes pieds, la tête dirigée de mon
côté. A droite et à gauche de la bête, en face de
chaque flanc, se sont formés deux groupes se
montrant le poing. Celui de droite criait : « Elle
est blanche! » Celui de gauche : « Elle est noire! »
Alors le vieux, avec force saluts, m'a dit d'un ton
humble : « Sire, est-elle noire, est-elle blanche? »

— Mais, interrompit Médéric, c'était de la haute
philosophie, cela. La vache était-elle noire, mon
mignon?

— Pas précisément.

— Alors elle était blanche?

— Oh! pour cela non. D'ailleurs, je m'inquié-
tais peu d'abord de la couleur de la bête. C'était à
toi de répondre, je n'avais que faire de regarder.
Tu ne répondais toujours pas. Moi, te pensant en
train de préparer ton discours, je m'apprêtais à me
rendormir sournoisement. Le vieux, qui s'était

23

courbé en deux pour recevoir ma réponse, se sentant des démangeaisons dans l'échine, me répétait : « Sire, est-elle blanche, est-elle noire? »

— Mon mignon, tu dramatises ton récit selon
toutes les règles de l'art. Pour peu que j'aie le
temps, je ferai de toi un auteur tragique. Mais
continue.

— Ah! le paresseux! me dis-je enfin, il dort
comme un roi. Cependant le peuple commençait à
s'impatienter de nouveau. Il s'agissait de t'éveiller, le plus doucement possible, sans qu'il s'aper-
çût du fait. Je glissai un doigt dans mon oreille
gauche; elle était vide. Je le glissai dans mon
oreille droite ; vide également. C'est à partir de
ces gestes que le peuple s'est fâché.

— Pardieu! mon mignon, ignores-tu la mimique
à ce point? Se gratter une oreille est signe d'embarras, et toi, lorsque tu as un jugement à rendre,
tu vas te gratter les deux !

— Frère, j'étais fort troublé. Je me levai, sans
plus faire attention au peuple, je fouillai éner-
giquement mes poches, celles de la blouse, celles
de la culotte, toutes enfin. Rien dans les poches de
gauche, rien dans les poches de droite. Mon frère
Médéric n'était plus sur moi. J'avais espéré un instant le rencontrer se promenant dans quelque

gousset écarté. Je visitai les coutures, j'inspectai
chaque pli. Personne. Pas plus de Médéric dans
mes vêtements que dans mes oreilles. Le peuple,
stupéfait de ce singulier exercice, me soupçonna
sans doute de chercher des raisons dans mes poches ; il attendit quelques minutes, puis se mit à
me huer, sans plus de respect, comme si j'eusse
été le dernier des manants. Avoue-le, frère, il eût
fallu une forte tête pour se sauver saine et sauve
d'une pareille situation.

— Je l'avoue volontiers, mon mignon. Et la
vache ?

— La vache ! c'est en effet la vache qui m'embarrassait. Lorsque j'eus acquis la triste certitude
qu'il allait me falloir parler en public, j'appelai à
moi le plus de bon sens possible pour regarder la
vache et la voir sans prévention aucune. Le vieux
venait de se relever, me criant d'une voix colère
cette éternelle phrase, reprise en chœur par le
peuple : « Est-elle blanche ? est-elle noire ? » En
mon âme et conscience, mon frère Médéric, elle
était noire et elle était blanche, le tout ensemble.
Je m'apercevais bien que les uns la voulaient
noire, les autres blanche ; c'était justement là ce
qui me troublait.

— Tu es un simple d'esprit, mon mignon. La

couleur des objets dépend de la position des gens.
Ceux de gauche et ceux de droite, ne voyant à la
fois qu'un des flancs de la vache, avaient également
raison, tout en se trompant de même. Toi,
la regardant en face, tu la jugeais d'une façon
autre. Était-ce la bonne? Je n'oserais le dire ; car,
remarque-le, quelqu'un placé à la queue aurait
pu émettre un quatrième jugement tout aussi logique que les trois premiers.

— Eh ! mon frère Médéric, pourquoi tant philosopher? Je ne prétends pas être le seul qui ait eu
raison. Seulement; je dis que la vache était blanche et noire, le tout ensemble ; et, certes, je puis
bien le dire, puisque c'est là ce que j'ai vu. Ma
première pensée a été de communiquer à la foule
cette vérité que mes yeux me révélaient, et je l'ai
fait avec complaisance, ayant la naïveté de croire
cette décision la meilleure possible, car elle devait
contenter tout le monde, en ne donnant tort à personne.

— Eh quoi ! mon pauvre mignon, tu as parlé?

— Pouvais-je me taire? Le peuple était là, les
oreilles grandes ouvertes, avides de phrases comme
la terre d'eau de pluie après deux mois de sécheresse. Les plaisants, à me voir l'air niais et embarrassé, criaient que ma voix de fauvette s'en

était allée, juste à la saison des nids. Je tournai
sept fois ma phrase dans la bouche; puis fermant
les paupières à demi, arrondissant les bras, je
prononçai ces mots du ton le plus flûté possible :
« Mes bien-aimés sujets, la vache est noire et
blanche, le tout ensemble. »

— Oh la la ! mon mignon, à quelle école as-tu
appris à faire des discours d'une phrase? T'ai-je
jamais donné de mauvais exemples? Il y avait là
matière à emplir deux volumes, et tu vas jeter
tout le fruit de tes observations en treize mots !
Je jurerais qu'on t'a compris : ton discours était
pitoyable !

— Je te crois, mon frère. J'avais parlé très-
doucement. Tous, hommes, femmes, enfants,
vieillards, se bouchèrent les oreilles, se regardant épouvantés, comme s'ils eussent entendu le
tonnerre gronder sur leur tête; puis ils poussèrent de grands cris : « Eh quoi! disaient-ils,
quel est le malotru qui se permet de pareils
beuglements? On nous a changé notre roi. Cet
homme n'est pas notre doux seigneur, dont la
voix suave faisait les délices de nos oreilles.
Sauve-toi vite, vilain géant, bon tout au plus à
effrayer nos filles, quand elles pleurent. Enten-
dez-vous l'imbécile déclarer cette vache blanche

et noire. Elle est blanche. Elle est noire. Voudrait-il se moquer de nous, en affirmant qu'elle est noire et blanche? Allons, vite, décampe! Oh! quelle sotte paire de poings! La laide parure, quand il les balance niaisement, comme s'il ne savait qu'en faire. Jette-les dans un coin pour courir plus vite. Tu nous guérirais des rois, si nous pouvions guérir de cette maladie. Hé! plus vite encore. Vide le royaume. Où avions-nous l'idée d'aimer les hommes hauts de plusieurs toises? Rien n'est plus artistement organisé que les moucherons. Nous voulons un moucheron! »

Sidoine, au souvenir de cette scène de tumulte, ne put maîtriser son émotion; ses larmes coulèrent de nouveau. Médéric ne souffla mot, car son mignon attendait sûrement ses consolations pour se désoler davantage.

— Le peuple, reprit-il après un silence, me poussait lentement hors du territoire. Je reculais pas à pas, sans songer à me défendre, n'osant plus desserrer les lèvres, cherchant à cacher mes poings qui excitaient de telles huées. Je suis fort timide de ma nature, tu le sais, et rien ne me fâche comme de voir une foule s'occuper de moi. Aussi, quand je me trouvai en pleins champs, mon parti fut-il bientôt pris : je tournai le dos à

mes révolutionnaires, je me mis à courir de toute
la longueur de mes jambes. Je les entendis se fâcher de ma fuite, plus fort qu'ils ne l'avaient fait,
deux minutes auparavant, de ma lenteur à recu-
ler. Ils m'appelèrent lâche, me montrèrent le
poing, oubliant qu'ils risquaient de me faire souvenir des miens, et finirent par me jeter des pierres lorsque je fus trop loin pour en être atteint.
Hélas! mon frère Médéric, voilà de bien tristes
aventures.

— Çà! courage! répondit sagement Médéric.
Tenons conseil. Que penses-tu d'une légère correction administrée à notre peuple, non pour le faire
rentrer dans le devoir, — car, après tout, il n'a-
vait pas le devoir de nous garder lorsque nous ne
lui plaisions plus, — mais pour lui montrer qu'on
ne jette pas impunément à la porte des gens comme
nous. Je vote une courte averse de soufflets.

— Oh! dit Sidoine, de pareilles corrections se
lisent-elles dans l'histoire?

— Mais oui. Parfois, les rois rasent une ville;
d'autrefois, les villes coupent le cou aux rois. C'est
une douce réciprocité. Si cela peut te distraire,
nous allons assommer ceux pour le compte desquels nous assommions hier.

— Non, mon frère, ce serait une triste besogne.

Je suis de ceux qui n'aiment pas à manger les
poulets de leur basse-cour.

— Bien dit, mon mignon. Léguons alors le soin
de nous faire regretter au roi notre successeur.
D'ailleurs, ce royaume était trop petit; tu ne pouvais te remuer sans passer les frontières. C'est assez nous amuser aux bagatelles de la porte. Il
nous faut chercher au plus vite le Royaume des
Heureux, qui est un grand royaume où nous ré-
gnerons à l'aise. Surtout, marchons de compagnie. Nous emploierons quelques matinées à parfaire notre éducation, à prendre une idée précise
de ce monde, dont nous allons gouverner un des
coins. Est-ce dit, mon mignon?

Sidoine ne pleurait plus, ne réfléchissait plus,
ne parlait plus. Les larmes, un instant, lui avaient
mis des pensées au cerveau et des paroles aux lèvres. Le tout s'en était allé ensemble.

— Écoute et ne réponds pas, ajouta Médéric;
nous allons enjamber notre royaume d'hier et
nous diriger vers l'Orient, en quête de notre
royaume de demain.

VIII

L'AIMABLE PRIMEVÈRE, REINE DU ROYAUME DES HEUREUX

Il est grand temps, Ninon, de te conter les merveilles du Royaume des Heureux. Voici les détails que Médéric tenait de son ami le bouvreuil.

Le Royaume des Heureux est situé dans un monde que les géographes n'ont encore pu découvrir, mais qu'ont bien connu les braves cœurs de tous les temps, pour l'avoir maintes fois visité en songe. Je ne saurais rien te dire sur la mesure de sa surface, la hauteur de ses montagnes, la longueur de ses fleuves ; les frontières n'en sont point parfaitement arrêtées, et, jusqu'à ce jour, la science du géomètre consiste, dans ce fortuné pays, à mesurer la terre par petits coins, selon les besoins de chaque famille. Le printemps n'y règne pas éternellement, comme tu pourrais le croire, la fleur a ses épines ; la plaine est semée de grands rocs ; les crépuscules sont suivis de nuits sombres, suivies à leur tour de blanches aurores. La fécon-

dité, le climat salubre, la beauté suprême de ce
royaume, proviennent de l'admirable harmonie,
du savant équilibre des éléments. Le soleil mûrit
les fruits que la pluie a fait croître ; la nuit repose
le sillon du travail fécondant du jour. Jamais le
ciel ne brûle les moissons, jamais les froids n'ar-
rêtent les rivières dans leur course. Rien n'est
vainqueur ; tout se contre-balance, se met pour sa
part dans l'ordre universel ; de sorte que ce monde,
où entrent en égale quantité toutes les influences
contraires, est un monde de paix, de justice et de
devoir.

Le Royaume des Heureux est très-peuplé ; depuis
quand ? on l'ignore ; mais, à coup sûr, on ne donnerait pas dix ans à cette nation. Elle ne paraît
pas encore se douter de la perfectibilité du genre
humain, elle vit paisiblement, sans avoir besoin
de voter chaque jour, pour maintenir une loi, vingt
lois qui chacune en demanderont à leur tour vingt
autres pour être également maintenues. L'édifice
d'iniquité et d'oppression n'en est qu'aux fon-
dements. Quelques grands sentiments, simples
comme des vérités, y tiennent lieu de règles : la
fraternité devant Dieu, le besoin de repos, la connaissance du néant de la créature, le vague espoir
d'une tranquillité éternelle. Il y a une enten te ta-

cite entre ces passants d'une heure, qui se demandent à quoi bon se coudoyer lorsque la route est large et mène petits et grands à la même porte. Une nature harmonieuse, toujours semblable à elle-même, a influé sur le caractère des habitants : ils ont, comme elle, une âme riche d'émotions, accessible à tous les sentiments. Cette âme, où la moindre passion en plus amènerait des tempêtes, jouit d'un calme inaltérable, par la juste répartition des facultés bonnes et mauvaises.

Tu le vois, Ninon, ce ne sont pas là des anges, et leur monde n'est pas un paradis. Un rêveur de nos pays fiévreux s'accommoderait mal de cette région tempérée où le cœur doit battre d'un mouvement régulier, aux carésses d'un air pur et tiède. Il dédaignerait ces horizons tranquilles, baignés d'une lumière blanche, sans orages, sans midis éblouissants. Mais quelle douce patrie pour ceux qui, sortis hier de la mort, se souviennent en soupirant du bon sommeil qu'ils ont dormi dans l'éternité passée, et qui attendent d'heure en heure le repos de l'éternité future. Ceux-là se refusent à souffrir la vie ; ils aspirent à cet équilibre, à cette sainte tranquillité, qui leur rappelle leur véritable essence, celle de n'être pas. Se sentant à la fois bons et mé

chants, ils ont pris pour loi d'effacer autant
que possible la créature sous le ciel, de lui rendre sa place dans la création, en réglant les harmonies de leur âme sur les harmonies de l'univers.

Chez un tel peuple, il ne peut exister grande
hiérarchie. Il se contente de vivre, sans se séparer
en castes ennemies, ce qui le dispense d'avoir
une histoire. Il refuse ces choix du hasard qui
appellent certains hommes à la domination de
leurs frères, en leur donnant une part d'intelligence plus grande que la commune part dont le
ciel peut disposer envers chacun de ses enfants.
Courageux et poltrons, idiots et hommes de génie,
bons et méchants, se résignent en ce pays à n'être
rien par eux-mêmes, à se reconnaître pour tout
mérite celui de faire partie de la famille humaine.
De cette pensée de justice est née une société
modeste, un peu monotone au premier regard,
n'ayant pas de fortes personnalités, mais d'un
ensemble admirable, ne nourrissant aucune
haine, constituant un véritable peuple, dans le
sens le plus exact de ce mot.

Donc, ni petits ni grands, ni riches ni pauvres,
pas de dignités, pas d'échelle sociale, les uns en
haut, les autres en bas, et ceux-ci poussant ceux-

là ; une nation insouciante, vivant de tranquillité, aimante et philosophe ; des hommes qui ne sont plus des hommes. Cependant, aux premiers jours du royaume, pour ne pas trop se faire montrer au doigt par leurs voisins, ils avaient sacrifié aux idées reçues en nommant un roi. Ils n'en sentaient pas le besoin ; ils ne virent dans cette mesure qu'une simple formalité, même un moyen ingénieux d'abriter leur liberté à l'ombre d'une monarchie. Ils choisirent le plus humble des citoyens, non point assez bête pour qu'il pût devenir méchant à la longue, mais d'une intelligence suffisante pour qu'il se sentît le frère de ses sujets. Ce choix fut une des causes de la paisible prospérité du royaume. La mesure prise, le roi oublia peu à peu qu'il avait un peuple, le peuple, qu'il avait un roi. Le gouvernant et les gouvernés s'en allèrent ainsi côte à côte dans les siècles, se protégeant mutuellement, sans en avoir conscience ; les lois régnaient par cela même qu'elles ne se faisaient pas sentir ; le pays jouissait d'un ordre parfait, résultant de sa position unique dans l'histoire : une monarchie libre dans un peuple libre.

Ce seraient de curieuses annales, celles qui conteraient l'histoire des rois du Royaume des Heureux. Certes, les grands exploits et les réformes

24

humanitaires y tiendraient peu de place, y offri-
raient un mince intérêt; mais les braves gens
prendraient plaisir à voir avec quelle naïve simplicité se succédait sur le trône cette race d'excellents hommes qui naissaient rois tout naturellement, qui portaient la couronne, comme on
porte au berceau des cheveux blonds ou noirs. La
nation, ayant au commencement pris la peine de
se donner un maître, entendait bien ne plus
s'occuper de ce soin, et comptait avoir voté
une fois pour toutes. Elle n'agissait pas précisément ainsi par respect pour l'hérédité, mot
dont elle ignorait le sens; mais cette façon
de procéder lui paraissait de beaucoup la plus
commode.

Aussi, lors du règne de l'aimable Primevère,
aucun généalogiste n'aurait-il pu, en remontant le
cours des temps, suivre, dans ses différents
membres, cette longue descendance de rois, tous
issus du même père. L'héritage royal les suivait dans les âges, sans qu'ils aient jamais à
s'inquiéter si quelque mendiant ne le leur volait
pas en route. Maints d'entre eux parurent même
ignorer toute leur vie la haute sinécure qu'ils
tenaient de leurs aïeux. Pères, mères, fils, filles,
frères, sœurs, oncles, tantes, neveux, nièces,

s'étaient passé le sceptre de main en main, comme un joyau de famille.

Le peuple aurait fini par ne plus reconnaître son roi du moment, dans une parenté devenue nombreuse à la longue et fort embrouillée, sans la bonhomie mise par les princes eux-mêmes à se faire reconnaître. Parfois il se présentait telle circonstance où un roi était d'une nécessité absolue. Comme, à tout prendre, le cours ordinaire des choses est préférable, les sujets sommaient leur maître légitime de se nommer. Alors celui qui possédait le bâton de bois doré dans un coin de sa maison, le prenait modestement, jouait son personnage, quitte à se retirer, la farce terminée. Ces courtes apparitions d'une majesté mettaient un peu d'ordre dans les souvenirs de la nation.

Il faut le faire remarquer, au grand honneur de la famille régnante, jamais, à l'appel du peuple, deux rois ne s'étaient présentés ; entre héritiers, le fait mérite d'être constaté : pas d'arrière-neveu envieux du gros lot échu à la branche aînée. Je ne puis affirmer cependant que l'aimable Primevère fût issue directement du roi fondateur de la dynastie. Tu le sais de reste, on n'est pas toujours la fille de son père. En toute certitude, la dignité de reine s'était transmise jusqu'à elle,

d'après les lois civiles de parenté. Elle avait dans
les veines un sang rose où peut-être pas une goutte
de sang royal ne se trouvait mêlée, mais qui certainement gardait encore quelques atomes du sang
du premier homme. Magnifique exemple, pour les
peuples et les princes de nos contrées, que cette
dynastie se développant sans secousse, descendant les âges, au gré des naissances et des morts

Le père de l'aimable Primevère, comme il vieil-
lissait, oubliant le grand art de ses ancêtres, eut la
singulière idée de vouloir apporter quelques réformes dans le gouvernement. Une république
faillit bel et bien être déclarée. Sur ces entrefaites,
le bonhomme mourut, ce qui évita à ses sujets la
peine de se fâcher. Ils n'eurent garde, dès lors, de
changer un système politique dont ils se trouvaient
au mieux depuis tant de siècles, ils laissèrent tranquillement monter sur le trône la fille unique du
défunt, l'aimable Primevère, âgée de douze ans.

L'enfant, qui avait un grand sens pour son âge,
se garda de suivre l'exemple de son père. Ayant
appris ce qu'il en coûtait de vouloir le bonheur
d'une nation qui déclarait jouir d'une parfaite félicité, elle chercha ailleurs des êtres à consoler,
des existences à rendre plus douces. Selon l'histoire, elle tenait du ciel une de ces âmes de fem-

mes, faites de pitié et d'amour, souffles d'un Dieu
meilleur, et d'une essence si pure que les hommes, pour expliquer cette bonté pénétrante, ont
été forcés d'inventer tout un peuple d'anges et de
chérubins. Eh ! oui, Ninon, nous peuplons le ciel
de nos amoureuses, de nos sœurs à la voix tendre,
de nos mères, ces saintes âmes, les anges gar-
diens de nos prières. Dieu ne perd rien à cette
croyance, qui est la mienne. S'il lui faut une
milice céleste, il a là-haut, autour de son trône,
les pensées miséricordieuses de tous les braves
cœurs de femmes aimant en ce monde.

Primevère donna, dès sa naissance, plusieurs
preuves de sa mission ; elle naissait pour protéger
les faibles et faire des œuvres de paix et de justice.
Je ne te dirai point, quand sa mère l'enfanta, qu'on
remarqua plus de soleil aux cieux, plus d'allé-
gresse dans les cœurs. Cependant, ce jour-là les
hirondelles du toit causèrent de l'événement plus
tard que de coutume. Si les loups ne s'atten-
drirent pas, les larmes de joie n'étant guère dans
leur nature, les brebis, passant devant la porte,
bêlèrent doucement, se regardant avec des yeux
humides. Il y eut, parmi les bêtes du pays,
j'entends les bonnes bêtes, une émotion qui
adoucit pour une heure leur triste condition de

24.

brute. Un Messie était né, attendu de ces pauvres
intelligences ; je te le demande, et cela sans raillerie sacrilége, dans leurs souffrances et leurs ténèbres, ne doivent-elles pas, comme nous, espérer
un Sauveur ?

Couchée dans son berceau, Primevère, en ou-
vrant les yeux, accorda son premier sourire au
chien et au chat de la maison, assis sur leur
derrière, aux deux bords du petit lit, gravement,
comme il sied à de hauts dignitaires. Elle versa sa
première larme, tendant les mains vers une cage
où chantait tristement un rossignol ; lorsque, pour
l'apaiser, on lui eut remis la frêle prison, elle l'ouvrit et reprit son sourire, à voir l'oiseau étendre
larges ses ailes.

Je ne puis te conter, jour par jour, sa jeunesse
passée à placer près des fourmilières des poignées
de blé, non tout à fait au bord, pour ne pas ôter
aux ouvrières le plaisir du travail, mais à une
courte distance, afin de ménager les pauvres membres de ces infiniment petits ; sa belle jeunesse
dont elle fit une longue fête, soulageant son besoin
de bonté, donnant à son cœur la continuelle
joie de faire le bien, d'aider les misérables :
pierrots et hannetons sauvés des mains de méchants garçons, chèvres consolées par une caresse

de la perte de leurs chevreaux, bêtes domestiques nourries grassement d'os et de soupes cuites, pain émietté sur les toits, fétu de paille tendu aux insectes naufragés, bienfaits, douces paroles de toutes sortes.

Je l'ai dit, elle eut de bonne heure l'âge de raison. Ce qui d'abord avait été chez elle instinct du cœur, devint bientôt jugement et règle de conduite. Ce ne fut plus seulement sa bonté naturelle qui lui fit aimer les bêtes ; ce bon sens dont nous nous servons pour dominer, eut en elle ce rare résultat, de lui donner plus d'amour, en l'aidant à comprendre combien les créatures ont besoin d'être aimées. Quand elle allait par les sentiers, avec les fillettes de son âge, elle prêchait parfois sa mission, et c'était un charmant spectacle que ce docteur aux lèvres roses, d'une naïveté grave, expliquant à ses disciples la nouvelle religion, celle qui apprend à tendre la main, dans la création, aux êtres les plus déshérités. Elle disait souvent qu'elle avait eu jadis de grandes pitiés, en songeant aux bêtes privées de la parole, ne pouvant ainsi nous témoigner leurs besoins ; elle craignait, dans ses premières années, de passer à leur côté, quand elles avaient faim ou soif, et de s'éloigner sans les soulager, leur laissant ainsi la haineuse

pensée du mauvais cœur d'une petite fille se refu-
sant à la charité. De là, disait-elle, vient toute la
mésintelligence entre les fils de Dieu, depuis
l'homme jusqu'au ver ; ils n'entendent point leurs
langages, ils se dédaignent, faute de se comprendre assez pour se secourir en frères.

Bien des fois, en face d'un grand bœuf qui arrêtait, des heures entières, ses yeux mornes sur elle,
elle avait cherché avec angoisse ce que pouvait
désirer la pauvre créature qui la regardait si tristement. Mais maintenant, pour sa part, elle ne craignait plus d'être jugée méchante. La langue de
chaque bête lui était connue ; elle devait cette
science à l'amitié de ses chers malheureux qui la lui
avaient enseignée dans une longue fréquentation.
Et quand on lui demandait la façon d'apprendre
ces milliers de langages, pour mettre fin à un ma-
lentendu qui rend la création mauvaise, elle ré-
pondait avec un doux sourire : « Aimez les bêtes,
vous les comprendrez. »

Ce n'étaient pas d'ailleurs des raisonnements
bien profonds que les siens ; elle jugeait avec le cœur,
ne s'embarrassant pas d'idées philosophiques
qu'elle ignorait. Sa façon de voir avait ceci d'é-
trange, en notre siècle d'orgueil, qu'elle ne considérait pas l'homme seul dans l'œuvre de Dieu.

Elle aimait la vie sous toutes les formes ; elle
voyait les êtres, du plus humble jusqu'au plus
grand, gémir sous une même loi de souffrance ;
dans cette fraternité des larmes, elle ne pouvait
distinguer ceux qui ont une âme de ceux auxquels
nous n'en accordons pas. La pierre seule la laissait insensible ; et encore, par les rudes gelées de
janvier, elle songeait à ces pauvres cailloux qui
devaient avoir si froid sur les grands chemins.
Elle s'était attachée aux bêtes, comme nous nous
attachons aux aveugles et aux muets, parce qu'ils
ne voient ni n'entendent. Elle allait chercher les
plus misérables des créatures, par besoin d'aimer
beaucoup.

Certes, elle n'avait pas la sotte idée de croire un
homme caché sous la peau d'un âne ou d'un loup ;
ce sont là d'absurdes inventions pouvant venir à
un philosophe, mais peu faites pour la tête blonde
d'une petite fille. Voilà encore un parfait égoïste, le
sage qui a déclaré aimer les bêtes parce que les
bêtes sont des hommes déguisés ! Pour elle, Dieu
merci ! elle croyait les bêtes des bêtes complètes.
Elle les aimait naïvement, songeant qu'elles vivent, qu'elles sentent la joie et la douleur comme
nous. Elle les traitait en sœurs, tout en comprenant la différence qui existe entre leur être et

le nôtre, mais en se disant aussi que Dieu, leur ayant donné la vie, les a faites pour être consolées.

Lorsque l'aimable Primevère monta sur le trône, voyant qu'elle ne pouvait faire œuvre de charité en travaillant au bonheur de son peuple, elle prit la résolution de travailler à celui des bêtes de son royaume. Puisque les hommes se déclaraient parfaitement heureux, elle se consacrait à la félicité des insectes et des lions. Ainsi elle apaisait son besoin d'aimer.

Il faut le dire, si la concorde régnait dans les villes, il n'en était pas de même dans les bois. De tous temps, Primevère avait éprouvé de douloureux étonnements à voir la guerre éternelle que se livrent entre elles les créatures. Elle ne pouvait s'expliquer l'araignée buvant le sang de la mouche, l'oiseau se nourrissant de l'araignée. Un de ses plus pesants cauchemars consistait à voir, par les mauvaises nuits d'hiver, une sorte de ronde effrayante, un cercle immense emplissant les cieux ; ce cercle était formé de tous les êtres placés à la file, se dévorant les uns les autres ; il tournait sans cesse, emporté dans la furie du terrible festin. L'épouvante mettait au front de l'enfant une sueur froide, lorsqu'elle comprenait que

ce festin ne pouvait finir, que les êtres tourne-
raient ainsi éternellement, au milieu de cris
d'agonie.

Mais c'était là un rêve pour elle ; la chère fillette n'avait pas conscience de la loi fatale de la vie,
qui ne peut être sans la mort. Elle croyait au pouvoir souverain de ses larmes.

Voici le beau projet qu'elle forma, dans son innocence et sa bonté, pour le plus grand bonheur
des bêtes de son royaume.

A peine maîtresse du pouvoir, elle fit publier à
son de trompe, aux carrefours de chaque forêt,
dans les basses-cours et sur les places des grandes
villes, que toute bête se sentant lasse du métier
de vagabond trouverait un asile sûr à la cour de
l'aimable Primevère. En outre, disait la proclamation, les pensionnaires, instruits dans l'art
difficile d'être heureux, selon les lois du cœur et
de la raison, jouiraient d'une nourriture abondante, exempte de larmes. Comme l'hiver approchait, les repas devenant rares, des loups
maigres, des insectes frileux, tous les animaux
domestiques de la contrée, les chats et les chiens
errants, enfin cinq à six douzaines de bêtes fauves curieuses se rendirent à l'appel de la jeune
reine.

Elle les logea commodément dans un grand
hangar, leur donnant mille douceurs les plus nouvelles pour eux. Son système d'éducation était
simple comme son âme; il consistait à beaucoup
aimer ses élèves, leur prêchant d'exemple un
amour mutuel. Elle fit construire pour chacun
d'eux une cellule semblable, sans se soucier
de leurs différences de nature, les pourvut de
bonnes couches de paille et de bruyère, d'auges
propres et à hauteur convenable, de couvertures
en hiver, de branches de feuillage en été. Le
plus possible, elle voulait les amener à oublier
leur vie vagabonde, aux joies cuisantes; aussi
avait-elle, bien à regret, fait entourer le hangar
de fortes grilles, pour aider à la conversion, en
mettant une barrière entre l'esprit de révolte des
bêtes du dehors et les excellentes dispositions de
ses disciples. Matin et soir, elle les visitait, les
réunissait dans une salle commune, où elle les
caressait, chacune selon le mérite. Elle ne leur
tenait pas elle-même de longs discours, mais les
excitait à des discussions amicales, sur des cas
délicats de fraternité et d'abnégation, encoura-
geant les orateurs bien pensants, réprimandant
avec bonté ceux qui élevaient un peu trop la voix.
Son but était de les confondre peu à peu en un

même peuple; elle espérait faire perdre à chaque
espèce sa langue et ses habitudes, les conduire
toutes insensiblement à une unité universelle, en
brouillant pour elles, par un continuel contact,
leurs diverses façons de voir et d'entendre. Ainsi
elle posait les faibles sous les pattes des forts, elle
amenait à converser entre eux la cigale, au cri
aigre, et le taureau, ronflant à pleins naseaux;
elle logeait à côté des lévriers les lièvres, et les
renards, au beau milieu des poules. Mais la mesure qu'elle pensa la plus habile fut de servir
dans les écuelles de tous une même nourriture.
Cette nourriture ne pouvant être ni chair ni poisson, l'ordinaire se composa pour chacun d'une
écuelle de lait par jour, plus ou moins profonde,
selon l'appétit du pensionnaire.

Tout se trouvant réglé de la sorte, l'aimable
Primevère attendit les résultats. Ils ne pouvaient
manquer d'être bons, pensait-elle, puisque les
moyens employés étaient excellents en eux-mêmes.
Les hommes de son royaume se déclaraient de plus
en plus heureux, se fâchant dès qu'un philanthrope cherchait à leur démontrer leur misère.
Les bêtes, au contraire, avouaient leur malheur
et travaillaient à se donner une félicité parfaite.
L'aimable Primevère, à cette époque, se trouvait

être sans aucun doute la meilleure, la plus satisfaite des reines.

Médéric n'en savait pas plus long sur le Royaume des Heureux. Son ami le bouvreuil lui avait fait entendre qu'il s'était envolé, un beau matin, du hangar hospitalier, sans lui confier la raison de cette fuite inexplicable. Franchement, ce bouvreuil devait être un méchant garnement, n'aimant pas le lait, préférant le soleil et les ronces.

IX

OU MÉDÉRIC VULGARISE LA GÉOGRAPHIE, L'ASTRONOMIE, L'HISTOIRE, LA THÉOLOGIE, LA PHILOSOPHIE, LES SCIENCES EXACTES, LES SCIENCES NATURELLES ET AUTRES MENUES SCIENCES.

Cependant, le géant et le nain s'en allaient par les champs, baguenaudant au soleil, désireux d'arriver et s'oubliant à chaque coude des sentiers. Médéric s'était de nouveau logé dans l'oreille de Sidoine; le logis lui convenait de tous points ; il y découvrait sans cesse de nouvelles commodités.

Les deux frères marchaient au hasard. Médéric se laissait conduire au gré des jambes de Sidoine, insoucieux de la route ; et, comme ces jambes mesuraient sans peine dans un de leurs pas vingt degrés d'un méridien terrestre, il s'ensuivit qu'au bout de la première matinée les voyageurs avaient déjà fait le tour du monde un nombre incalculable de fois. Vers midi, Médéric, las de se taire, ne put laisser de nouveau passer les mers et les continents sans donner une leçon de géographie à son compagnon.

— Hé ! mon mignon, dit-il, il y a, en ce moment, des millions de pauvres enfants, enfermés dans des salles froides, qui se tuent les yeux et l'esprit à épeler le monde sur de sales bouts de papier, peints de bleu, de vert, de rouge, couverts de lignes, de noms bizarres, tout comme un grimoire cabalistique. L'homme est à plaindre de ne voir les grands spectacles que rapetissés à sa mesure. Jadis, j'ai par hasard regardé un de ces livres renfermant les contrées connues en vingt ou trente feuilles ; c'est une collection peu récréative, bonne tout au plus à meubler la mémoire des enfants. Que ne peut-on leur ouvrir le livre sublime qui s'étend devant nous, le leur faire lire d'un regard, dans son immensité ! Mais les marmots, fils de nos mères, n'ont pas la taille pour embrasser la page entière. Les anges seuls peuvent faire de la vraie science, si quelque vieux saint d'esprit morose donne là-haut des leçons de géographie. Or, puisqu'il plaît à Dieu de mettre sous nos yeux cette belle carte naturelle, je désire profiter de cette rare faveur pour attirer ton attention sur les diverses façons d'être de la terre.

— Mon frère Médéric, interrompit Sidoine, je suis un ignorant et je crains fort de ne pas te comprendre. Si peu que parler te fatigue, il est plus profitable pour nous deux que tu gardes le silence.

— Comme toujours, mon mignon, tu dis une sottise. J'ai en ce moment un intérêt considérable à t'entretenir sur les connaissances humaines ; car, sache-le, je ne me propose rien moins que de vulgariser ces connaissances. Avant tout, sais-tu ce que c'est que vulgariser ?

— Non. Quitte à dire une nouvelle sottise, l'expression me paraît barbare.

— Vulgariser une science, mon mignon, c'est la délayer, l'affadir autant que possible, pour la rendre d'une digestion facile aux cerveaux des enfants et des pauvres d'esprit. Voilà ce qui arrive : les savants dédaignent ces vérités cachées sous de lourdes draperies, et leur préfèrent les vérités nues ; les enfants, jugeant avec raison les études sérieuses venir en leur temps, toujours assez tôt, continuent à jouer jusqu'à l'âge où ils peuvent monter le rude chemin du savoir sans se bander les yeux ; les pauvres d'esprit, je parle de ceux qui n'ont pas la sagesse de se boucher les oreilles, écoutent tant bien que mal les plus belles vulgarisations, s'en bourrent immodérément le cerveau, ce qui les rend des sots complets. Ainsi, personne ne profite de cette idée éminemment philanthropique qui consiste à mettre la science à la portée de tout le monde, personne, si ce n'est le vulgarisateur. Il a fait un tour de force. Tu ne peux décemment m'empêcher de faire un tour de force, mon mignon, si j'ai la moindre vanité d'en vouloir faire un.

— Parle, mon frère Médéric, tes discours ne m'empêchent pas de marcher.

— Voilà de sages paroles. Mon mignon, je te prie de regarder un peu attentivement aux quatre points de l'horizon. De cette hauteur, nous ne distinguons pas les hommes nos frères, nous pouvons prendre aisément leurs villes pour des tas de pavés grisâtres, jetés au fond des plaines ou sur la pente des coteaux. La terre, ainsi considérée, offre un [spectacle d'une grandeur singulière : ici des rochers par longues arêtes, là des flaques d'eau dans les trous ; puis, de loin en loin, quelques forêts faisant des taches sombres sur la blancheur du sol. Cette vue a la beauté des horizons immenses; mais l'homme trouvera toujours plus de charme à contempler une chaumière adossée à une rampe de roches, ayant deux églantiers et un filet d'eau à sa porte.

Sidoine fit une grimace en entendant ce détail poétique. Médéric continua :

— A de longs intervalles, assure-t-on, d'effrayantes secousses brisent les continents, soulèvent les mers, changent les horizons. Un nouvel acte commence dans la grande tragédie de l'Éternité. En ce moment, je me figure regarder un de ces mondes antérieurs, alors que les géographes n'étaient pas. Bienheureuses montagnes, fleuves fortunés, calmes océans, vous vivez en paix vos milliers de siècles, sans noms devant Dieu, formes passagères d'une terre qui changera peut-être demain. Mon mignon et moi, nous vous voyons de bien haut, comme doit vous voir votre Créateur, et nous n'avons point souci de la profondeur des

flots, de la hauteur des monts ni des diverses
températures des contrées. Ouvre l'oreille, Sidoine,
je vulgarise plus que jamais ; je suis en plein dans
la géographie physique du globe. Pour l'Éternel,
il devra exister autant de différents mondes qu'il y
aura eu de bouleversements. Tu dois comprendre
cela. Mais l'homme, créature d'une époque, ne
peut envisager la terre que sous une seule façon
d'être. Depuis la naissance d'Adam, les paysages
n'ont pas changé ; ils sont tels que les eaux du
dernier déluge les ont laissés à nos pères. Voilà
ma besogne singulièrement simplifiée. Nous avons
seulement à étudier des lignes immobiles, une
certaine configuration nettement arrêtée. La mémoire du regard va suffire. Regarde, tu seras savant. La carte est belle, je pense, et tu as assez
d'intelligence pour ouvrir les yeux.

— Je les ouvre, mon frère, je vois des océans,
des montagnes, des rivières, des îles, et mille
autres choses. Même, lorsque je ferme les paupières, je revois encore ces choses dans la nuit ;
c'est là sans doute ce que tu as appelé la mémoire du regard. Mais il serait bon, je crois,
de me dire le nom de ces merveilles, de me parler
un peu des habitants, après m'avoir décrit la
maison.

— Eh! mon pauvre mignon, j'ai pu te faire en quatre mots un cours de géographie à l'usage des anges ; s'il me fallait t'enseigner maintenant les sornettes débitées aux écoliers dont je te parlais tantôt, je n'aurais pas fini ton éducation dans dix ans d'ici. L'homme s'est plu à tout brouiller sur la terre ; il a donné vingt noms différents à la même pointe de rocher ; il a inventé des continents et en a nié plus encore ; il a tant fondé de royaumes, en a tant anéanti, que chaque caillou, dans les champs, a sûrement servi de frontière à quelque nation morte. Cette rigueur des lignes, cette éternité des mêmes divisions, existent pour Dieu seul. En introduisant l'humanité sur ce vaste théâtre, il se produit un effrayant pêle-mêle. Il est si aisé, chaque cent ans, de prendre une feuille de papier et de dessiner une nouvelle terre, celle du moment! Si la terre du Créateur avait subi tous les changements de la terre de l'homme, nous aurions devant nous, au lieu de cette carte naturelle si nette au regard, le plus étrange mélange de couleurs et de lignes. Je ne puis m'amuser aux caprices de nos frères. Je te répète de regarder attentivement. Tu en sauras plus dans un regard que tous les géographes du monde ; car tu auras vu de tes yeux les grandes arêtes de la croûte terrestre, que ces messieurs cherchent encore avec leurs niveaux et leurs compas. Voilà, si je ne me trompe, une leçon de géographie physique et politique un peu bien vulgarisée.

Comme le maître cessa de parler, l'élève, qui voyageait pour l'instant au milieu des glaces, enjamba le pôle, sans plus de façons, et posa le pied dans l'autre hémisphère. Il était midi d'un côté, minuit de l'autre. Nos compagnons, qui quittaient un blanc soleil d'avril, continuèrent leur voyage par le plus beau clair de lune qu'on puisse voir. Sidoine, naïf de son naturel, pensa tomber à la renverse du manque de logique que lui parurent avoir en ce moment la lune et le soleil. Il leva le nez, considérant les étoiles.

— Mon mignon, lui cria Médéric dans l'oreille, voici l'instant ou jamais de te vulgariser l'astronomie. L'astronomie est la géographie des astres. Elle enseigne que la terre est un grain de poussière jeté dans l'immensité. C'est une science saine entre toutes, quand elle est prise à dose raisonnable. D'ailleurs, je ne m'appesantirai pas sur cette branche des connaissances humaines ; je te sais modeste, peu curieux de formules mathématiques. Mais, si tu avais le moindre orgueil, il me faudrait bien, pour te guérir de cette vilaine maladie, te faire entrevoir, chiffres en mains, les effrayantes vérités de l'espace. Un homme, si fou qu'il puisse être, quand il considère les étoiles par une nuit claire, ne saurait conserver une seconde la sotte pensée d'un Dieu créant l'univers, pour le plus grand agrément de l'humanité. Il y a là, au front du ciel, un démenti éternel à ces théories mensongères qui, considérant l'homme seul dans la création, disposent des volontés de Dieu à son égard, comme si Dieu avait à s'occuper uniquement de la terre. Les autres mondes, qu'en fait-on? Si l'œuvre a un but, toute l'œuvre ne sera-t-elle pas employée à atteindre ce but? Nous, les infiniment petits, apprenons l'astronomie pour savoir quelle place nous tenons dans l'infini. Regarde le ciel, mon mignon, regarde-le bien. Tout géant que tu es, tu as au-dessus de ta tête l'immensité avec ses mystères. Si jamais il te prenait la malencontreuse idée de philosopher sur ton principe et sur ta fin, cette immensité t'empêcherait de conclure.

— Mon frère Médéric, vulgariser est un joli jeu. J'aimerais à apprendre la raison du jour et de la nuit. Voilà d'étranges phénomènes auxquels je n'avais jamais songé.

— Mon mignon, il en est de même de toutes

choses. Nous les voyons sans cesse sans en savoir le premier mot. Tu me demandes ce que c'est que le jour; je n'ose te vulgariser cette grave question de physique. Sache seulement que les savants ignorent, comme toi, la cause de la lumière; chacun d'eux s'est fait une petite théorie à l'appui de son raisonnement, et le monde n'en est ni plus ni moins éclairé. Mais je puis tenter, pour mon plus grand honneur, une vulgarisation du phénomène de la nuit. Avant tout, apprends que la nuit n'existe pas.

— La nuit n'existe pas, mon frère Médéric? cependant je la vois.

— Eh ! mon mignon, ferme les yeux et écoute-moi. Ne le sais-tu pas? seule, l'intelligence de l'homme voit distinctement; les yeux sont un cadeau de l'esprit du mal, induisant la créature en erreur. La nuit n'existe pas, cela est certain, si le jour existe. Tu vas me comprendre. L'été, au temps des moissons, lorsque le ciel brûle et que les voyageurs ne peuvent supporter l'éclat des routes blanches, ils cherchent un mur, à l'ombre duquel ils marchent, dans une nuit relative. Nous, en ce moment, nous nous promenons à l'ombre de la terre, dans ce que le vulgaire appelle une nuit absolue. Mais, parce que les voyageurs

marchent à l'ombre, les champs voisins n'ont-ils
plus les chaudes caresses du soleil? parce que
nous ne voyons goutte et ne savons où poser nos
pieds, l'infini a-t-il perdu un seul rayon de lumière? Donc, la nuit n'existe pas, si le jour
existe.

— Pourquoi cette dernière restriction, mon
frère? Le jour peut-il ne pas exister?

— Certes, mon mignon, le jour n'existe pas, si
la nuit existe. Oh! la belle vulgarisation, et que je
voudrais avoir quelques douzaines d'enfants pour
leur faire oublier leurs jouets! Écoute : la lumière
n'est pas une des conditions essentielles de l'espace ; elle est sans doute un phénomène tout arti-
ficiel. Notre soleil pâlit, assure-t-on ; les astres
s'éteindront forcément. Alors l'immense nuit
régnera de nouveau dans son empire, cet empire du néant dont nous sommes sortis. Tout
bien considéré, la nuit existe, si le jour n'existe
pas.

— Moi, frère, je suis tenté de croire qu'ils
n'existent ni l'un ni l'autre.

— Peut-être bien, mon mignon. Si nous avions
le temps nécessaire pour prendre une idée som-
maire de toutes les connaissances, je veux dire
plusieurs existences d'homme, je te prouverais,

par un troisième raisonnement, que la nuit et le jour existent l'un et l'autre. Mais c'est assez nous occuper des sciences physiques; passons aux sciences naturelles.

Médéric et Sidoine ne s'arrêtaient pas pour causer. Comme, après tout, le seul but de leur promenade était de découvrir le Royaume des Heureux, ils descendaient le globe du nord au midi, le traversaient de l'est à l'ouest, sans se permettre la moindre halte. Cette façon de chercher un empire avait certainement de grands avantages, mais on ne saurait dire qu'elle fût exempte de désagréments. Sidoine risquait depuis la veille des rhumes et des engelures, à passer sans transition des chaleurs accablantes des tropiques aux vents glacés des pôles. Ce qui le contrariait le plus était la brusque disparition du soleil, quand il entrait d'un hémisphère dans l'autre. Toutes les vulgarisations du monde n'auraient pu lui expliquer ce phénomène, qui produisait à ses yeux le va-et-vient de lumière irritant que fait, dans une chambre, un volet ouvert et fermé avec rapidité. Tu peux juger par là le bon pas dont marchaient nos deux compagnons. Quant à Médéric, voituré à l'aise dans l'oreille de son mignon, plus mollement que sur les coussins de la calèche

26

la mieux suspendue, il s'inquiétait peu des inci-
dents de la route, se garait du froid et du chaud.
D'ailleurs, il se souciait médiocrement du miroi-
tement du jour et de la nuit.

Les voyageurs venaient de rentrer dans l'hémisphère éclairé. Médéric mit le nez dehors.

— Mon mignon, dit-il, dans les sciences naturelles, l'étude la plus intéressante est celle des diverses races d'une même espèce animale. D'autre
part, l'étude de l'espèce humaine offre un attrait
tout particulier aux savants, car elle affirme avoir
coûté au Créateur toute une journée de travail et
n'être pas de la même création que les autres créatures. Nous allons donc examiner les différentes
races de la grande famille des hommes. Reste au
soleil, afin de voir nos frères et de lire sur leurs
faces la vérité de mes paroles. Dès le premier regard, tu peux t'en convaincre, leurs visages, pour
l'observateur désintéressé, est aussi laid en tous
pays. Dans chaque contrée, je le sais, ils trouvent,
chez certains d'entre eux, une rare beauté de lignes ; mais c'est là une pure imagination, puisque
les peuples ne s'accordent pas sur l'idée de beauté
absolue, chacun adorant ce que dédaigne le voisin ; une vérité est vraie, à la condition d'être
vraie toujours et pour tous. Je n'appuierai pas da-

vantage sur la laideur universelle. Les races humaines, — tu les vois à tes pieds, — sont au nombre de quatre : la noire, la rouge, la jaune et la
blanche. Il y a certainement des teintes intermé-
diaires; en cherchant, on arriverait à établir la
gamme entière, du noir au blanc, en passant par
toutes les couleurs. Une question, la seule que je
veuille approfondir aujourd'hui, se pose d'abord
pour l'homme qui veut vulgariser avec honneur.
Voici cette question : Adam était-il blanc, jaune,
rouge ou noir? Si j'affirme qu'il était blanc, étant
blanc moi-même, je ne sais comment expliquer
les singuliers changements de couleurs survenus
chez mes frères. Eux-mêmes faisant sans doute
le premier père à leur image, les voilà tout aussi
embarrassés que moi, lorsqu'ils me considèrent.
Avouons-le, la question est épineuse. Ceux qui font
métier de la haute science t'expliqueraient peut-
être le fait par les influences diverses des climats
et des aliments, par cent belles raisons difficiles
à prévoir et à comprendre. Moi, je vulgarise,
tu m'entendras sans peine. Mon mignon, si l'on
trouve aujourd'hui des hommes de quatre couleurs,
des noirs, des rouges, des jaunes et des blancs,
c'est que Dieu, au premier jour, a créé quatre
Adams, un blanc, un jaune, un rouge et un noir.

— Mon frère Médéric, ton explication me satisfait pleinement. Mais, dis-moi, n'est-elle pas un
peu impie? Où serait la fraternité universelle des
hommes? En outre, n'existe-t-il pas un saint
livre, dicté par Dieu lui-même, qui parle d'un seul
Adam? Je suis un simple d'esprit, il serait mal à
toi de me mettre en tentation de mal penser.

— Mon mignon, tu es trop exigeant. Je ne puis
avoir raison et ne pas donner tort aux autres. Sans
doute, ma façon de voir en cette matière, qui
m'est d'ailleurs personnelle, attaque une vieille
croyance, très-respectable pour son grand âge.
Mais quel mal cela peut-il faire à Dieu, d'étudier
son œuvre en toute liberté, puisqu'il nous a laissé
cette liberté? Ce n'est pas le nier, que de discuter
son ouvrage. Quand même je nierais le Créateur
sous une certaine forme, ce serait pour te le
présenter sous une autre. Eh! mon mignon, je
vulgarise la théologie à cette heure! La théologie
est la science de Dieu.

— Bon! interrompit Sidoine, je la sais, celle-là.
Il suffit pour y être passé maître d'avoir l'esprit
droit. Enfin je trouve une science simple, qui ne
doit pas demander deux mots de raisonnement.

— Que dis-tu là, mon mignon! La théologie,
une science simple! Pas deux mots de raisonne-

ment ! Certes, il est simple, pour les cœurs naïfs, de reconnaître un Dieu et de borner là leur science, ce qui leur permet d'être savants à peu de frais. Mais les esprits inquiets, une fois Dieu trouvé, en font leur Dieu. Chacun a le sien, qu'il a abaissé à son niveau, afin de le comprendre ; chacun défend son idole, attaque l'idole d'autrui. De là un effroyable entassement de volumes, une éternelle matière à querelle : les façons d'être de Celui qui est, la meilleure méthode de l'adorer, ses manifestations sur la terre, le but final qu'il se propose. Le ciel me garde de vulgariser une telle science ; je tiens trop à mon bon sens !

Médéric se tut, ayant l'âme attristée de ces mille vérités qu'il remuait à la pelle. Sidoine, ne l'entendant plus, hasarda une enjambée et arriva droit en Chine. Les habitants, leurs villes, leur civilisation, l'étonnèrent profondément. Il se décida à poser une question.

— Mon frère Médéric, demanda-t-il, voici un peuple qui me fait désirer de t'entendre vulgariser l'histoire. Certainement cet empire doit tenir une large place dans les annales des hommes ?

— Mon mignon, répondit Médéric, puisque tu ne peux te lasser de t'instruire, je veux bien te faire en peu de mots un cours d'histoire univer-

selle. Ma méthode est fort simple; je compte
l'appliquer tout au long, un de ces jours. Elle repose sur le néant de l'homme. Lorsque l'historien
interroge les siècles, il voit les sociétés, parties de
la naïveté première, s'élever jusqu'à la plus haute
civilisation, puis retomber de nouveau dans l'an-
tique barbarie. Ainsi, les empires se succèdent,
en s'écroulant tour à tour ; chaque fois qu'un peuple se croit parvenu à la suprême science, cette
science elle-même cause sa ruine, et le monde est
ramené à son ignorance native. Au commencement
des temps, l'Égypte bâtit ses pyramides, borde
le Nil de ses cités; dans l'ombre de ses temples,
elle résout les grands problèmes dont l'humanité
cherche encore aujourd'hui les solutions; la première, elle a l'idée de l'unité de Dieu et de l'im-
mortalité de l'âme ; puis, elle meurt, au soir des
fêtes de Cléopâtre, en emportant avec elle les secrets de dix-huit siècles. La Grèce sourit alors, parfumée et mélodieuse; son nom nous parvient mêlé
à des cris de liberté et à des chants sublimes; elle
peuple le ciel de ses rêves, elle divinise le marbre
de son ciseau; bientôt lasse de gloire, lasse d'a-
mour, elle s'efface, ne laissant que des ruines pour
témoigner de sa grandeur passée. Enfin Rome s'é-
lève, grandie des dépouilles du monde; la guer-

rière soumet les peuples, règne par le droit écrit, et perd la liberté en acquérant la puissance ; elle hérite des richesses de l'Égypte, du courage et de la poésie de la Grèce ; elle est toute volupté, toute splendeur ; mais, lorsque la guerrière s'est changée en courtisane, un ouragan venu du nord passe sur la ville éternelle, en dissipe aux quatre vents les arts et la civilisation.

Si jamais discours fit bâiller Sidoine, ce fut celui que Médéric déclamait de la sorte.

— Et la Chine ? demanda-t-il d'un ton modeste.

— La Chine ! s'écria Médéric, le diable t'emporte ! Voilà mon histoire universelle inachevée, j'ai perdu l'élan nécessaire pour une pareille tâche. Est-ce que la Chine existe ? Tu crois la voir, et les apparences te donnent raison, je l'avoue ; mais ouvre le premier traité d'histoire venu, tu ne trouveras pas dix pages sur cet empire prétendu si grand par ces mauvais plaisants de géographes. Une moitié du monde a toujours parfaitement ignoré l'histoire de l'autre moitié.

— Le monde n'est pourtant pas si grand, remarqua Sidoine.

— D'ailleurs, mon mignon, sans plus vulgariser, j'estime singulièrement la Chine, je la crains même un peu, comme tout ce qui est inconnu. Je crois voir en elle la grande nation de l'avenir. Demain, quand notre civilisation tombera, ainsi qu'ont tombé toutes les civilisations passées, l'extrême Orient héritera sans doute des sciences de l'Occident, et deviendra à son tour la contrée polie, savante par excellence. C'est là une déduction mathématique de ma méthode historique.

— Mathématique! dit Sidoine, qui venait de quitter la Chine à regret. C'est cela. Je veux apprendre les mathématiques.

— Les mathématiques, mon mignon, ont fait bien des ingrats. Je consens cependant à te faire goûter à ces sources de toutes vérités. La saveur en est âpre; il faut de longs jours pour que l'homme s'habitue à la divine volupté d'une éternelle certitude. Car sache-le, les sciences exactes donnent seules cette certitude vainement cherchée par la philosophie.

— La philosophie! Tu ne pouvais mieux parler, mon frère Médéric. La philosophie me paraît devoir être une étude très-agréable.

— Sûrement, mon mignon, elle a certains charmes. Les gens du peuple aiment à visiter les maisons d'aliénés, attirés par leur goût du bizarre, par le plaisir qu'ils prennent au spectacle des misères humaines. Je m'étonne de ne pas leur voir lire avec passion l'histoire de la philosophie; car les fous, pour être philosophes, n'en sont pas moins des fous très-récréatifs. La médecine...

— La médecine! que ne le disais-tu plus tôt? Je veux être médecin pour me guérir, lorsque j'aurai la fièvre.

— Soit. La médecine est une belle science; quand elle guérira, elle deviendra une science útile. Jusque-là, il est permis de l'étudier en artiste, sans l'exercer, ce qui est plus humain. Elle a quelque parenté avec le droit, qu'on étudie par simple curiosité d'amateur, pour ne plus s'en préoccuper ensuite.

— Alors, mon frère Médéric, je ne vois aucun inconvénient à commencer par l'étude du droit.

— Quelques mots d'abord sur la rhétorique, mon mignon.

— Oui, la rhétorique me convient assez.

— En grec...

— Le grec, je ne demande pas mieux.

— En latin...

— Le latin d'abord, le grec ensuite, comme tu voudras, mon frère Médéric. Mais ne serait-il pas bon de connaître auparavant l'anglais, l'alle-

mand, l'italien, l'espagnol et les autres langues
modernes?

— Oh! la la! mon mignon! cria Médéric essoufflé,
vulgarisons avec mesure, je te prie. J'ai la langue
sèche. Je reconnais humblement ne pouvoir
dire qu'un nombre limité de mots par minute.
Chaque science, s'il plaît à Dieu, viendra à son
heure. Par grâce, un peu de méthode. Ma première leçon n'est pas précisément remarquable
par la clarté de l'exposition ni l'enchaînement
logique des sujets. Causons toujours, si cela
te plaît, mais causons à l'avenir avec l'ordre et le
calme qui distinguent la conversation des honnêtes
gens.

— Mon frère Médéric, tes sages paroles me
donnent à réfléchir. J'aime peu à parler, encore
moins à écouter, parce que, dans le second cas, il
me faut penser pour comprendre, besogne inutile
dans le premier. Certes, il me plairait d'approfondir toutes les connaissances humaines; mais,
vraiment, je préfère les ignorer ma vie entière,
si tu ne peux me les communiquer toutes ensemble
en trois mots.

— Eh! mon mignon, que ne me confiais-tu ton
horreur des détails? Je t'aurais, dès le début et
sans ouvrir la bouche, donné la pure essence des

mille et une vérités de ce monde, cela dans un simple geste. N'écoute plus, regarde. Voici la suprême science.

Ce disant, Médéric grimpa sur le nez de Sidoine, ce nez qu'il avait si heureusement comparé au clocher de son village. Il s'assit à califourchon sur l'extrémité, les jambes dans l'abîme; puis, il se renversa un peu en arrière, regardant son mignon d'une façon sournoise et railleuse. Il leva ensuite la main droite grande ouverte, appuya délicatement le pouce au bout de son propre nez; et, se tournant aux quatre points de l'horizon, il salua la terre en agitant les doigts de l'air le plus galant qu'on puisse voir.

— Oh! alors, dit Sidoine, les ignorants ne sont pas ceux qu'on pense. Grand merci de la vulgarisation.

X

DE DIVERSES RENCONTRES, ÉTRANGES ET IMPRÉVUES, QUE FIRENT SIDOINE ET MÉDÉRIC

Le soir venu, Sidoine s'arrêta court. Je dis le soir, et je m'exprime mal. Les moments que nous nommons soir et matin n'existaient pas pour des gens suivant le soleil dans sa course, faisant le jour et la nuit à leur volonté. En toute vérité, nos voyageurs couraient le monde depuis environ douze heures.

— Les poings me démangent, dit Sidoine.

— Gratte-les, mon mignon, répondit Médéric. Je ne puis t'offrir d'autre soulagement. Mais, dis-moi, l'éducation n'a-t-elle pas un peu adouci ton naturel batailleur?

— Non, frère. A vrai dire, mon métier de roi m'a dégoûté des taloches. Les hommes sont vraiment trop faciles à tuer.

— Voilà, mon mignon, de l'humanité bien entendue. Hé! marche donc! Tu le sais, nous cherchons le Royaume des Heureux.

— Si je le sais! Cherchons-nous réellement le Royaume des Heureux?

— Comment! mais nous ne faisons autre chose. Jamais homme n'est allé aussi droit au but. Ce Royaume des Heureux doit être singulièrement situé, je l'avoue, pour toujours échapper à nos regards. Il serait peut-être bon de demander notre chemin.

— Oui, frère, occupons-nous des sentiers, si nous voulons qu'ils nous conduisent quelque part.

En ce moment, Sidoine et Médéric se trouvaient sur une grande route, non loin d'une ville. Des deux côtés s'étendaient de vastes parcs, enclos de murs peu élevés, au-dessus desquels passaient des branches d'arbres fruitiers, chargées de pommes, de poires, de pêches, appétissantes à voir, et qui auraient suffi au dessert d'une armée.

Comme ils avançaient, ils avisèrent, assis contre un de ces murs, un bonhomme d'aspect misérable. A leur approche, la pauvre créature se leva, traînant les pieds, grelottant de faim.

—La charité, mes bons messieurs! demanda-t-il.

— La charité! lui cria Médéric; mon ami, je ne sais où elle est. Seriez-vous égaré comme nous?

27

Vous nous obligeriez, si vous pouviez nous indiquer
le Royaume des Heureux.

— La charité, mes bons messieurs ! répéta le
mendiant. Je n'ai pas mangé depuis trois jours.

— Pas mangé depuis trois jours ! dit Sidoine
émerveillé. Je ne pourrais en faire autant.

— Pas mangé depuis trois jours ! reprit Médéric.
Eh ! mon ami, pourquoi tenter une pareille expérience ? il est universellement reconnu qu'il faut
manger pour vivre.

Le bonhomme s'était de nouveau assis au pied
du mur. Il se frottait les mains l'une contre l'autre, fermant les yeux de faiblesse.

— J'ai bien faim, dit-il à voix basse.

— Vous n'aimez donc ni les pêches, ni les poires,
ni les pommes ? demanda Médéric.

— J'aime tout, mais je n'ai rien.

— Eh ! mon ami, êtes-vous aveugle ? Allongez
la main. Il y a là, sur votre nez, une pêche magnifique qui vous donnera à boire et à manger, le tout
ensemble.

— Cette pêche n'est pas à moi, répondit le
pauvre.

Les deux compagnons se regardèrent, stupéfaits
de cette réponse, ne sachant s'ils devaient rire ou
se fâcher.

— Écoutez, bonhomme, reprit Médéric, nous n'aimons pas qu'on se moque de nous. Si vous avez fait gageure de vous laisser mourir de faim, gagnez tout à votre aise votre pari. Si, au contraire, vous désirez vivre le plus longtemps possible, mangez et digérez au soleil.

— Monsieur, répondit le mendiant, je le vois, vous n'êtes pas de ce pays. Vous sauriez qu'on y meurt parfaitement de faim, sans en faire la gageure. Ici, les uns mangent, les autres ne mangent pas. On se trouve dans l'une ou l'autre classe, selon le hasard de la naissance. D'ailleurs, c'est là un état de choses accepté ; il faut que vous veniez de loin pour vous en étonner.

— Voilà de singulières histoires. Et combien êtes-vous qui ne mangez pas ?

— Mais plusieurs centaines de mille.

— Ah ! mon frère Médéric, interrompit Sidoine, la rencontre me paraît des plus étranges et des plus imprévues. Je n'aurais jamais cru qu'on pût trouver sur la terre des gens qui eussent le singulier don de vivre sans manger. Tu ne m'as donc pas tout vulgarisé ?

— Mon mignon, j'ignorais cette particularité. Je la recommande aux naturalistes, comme un nouveau caractère bien tranché séparant l'espèce humaine des autres espèces animales. Je comprends maintenant que, dans ce pays, les pêches ne soient pas à tout le monde. Les petitesses de l'homme ont leurs grandeurs. Du moment où tous n'ont pas une commune richesse, il naît de cette injustice une belle et suprême justice, celle de conserver à chacun son bien.

Le mendiant avait repris son sourire doux et navrant. Il s'affaissait sur lui-même, comme ne pensant plus, comme s'abandonnant au bon plaisir du ciel. Il balbutia de nouveau, de sa voix traînante :

— La charité, mes bons messieurs!

— La charité, bonhomme, dit Médéric, je sais où elle est. Cette pêche n'est pas à toi, et tu n'oses la prendre, obéissant en cela aux lois de ton pays, te conformant à cette idée du respect de la propriété que tu as sucée avec le lait de ta mère. Ce sont là de bonnes croyances qui doivent être fortement enseignées chez les hommes, s'ils veulent que le tremblant échafaudage de leur société ne croule pas aux premières attaques de l'esprit d'examen. Moi, qui ne suis pas de cette société, qui refuse toute fraternité avec mes frères, je puis enfreindre leurs lois, sans porter le moindre tort à leur législation ni à leurs croyances morales. Prends donc ce fruit, mange-le, pauvre misérable. Si je me damne, je le fais de gaieté de cœur.

Médéric, en parlant ainsï, cueillait la pêche et l'offrait au mendiant. Celui-ci s'empara du fruit, qu'il considéra avidement. Puis, au lieu de le porter à la bouche, il le rejeta dans le parc, par-dessus le mur. Médéric le regarda faire sans s'étonner.

— Mon mignon, dit-il à Sidoine, je te prie de regarder cet homme. Il est le type le plus pur de l'humanité. Il souffre, il obéit ; il est fier de souffrir et d'obéir. Je le crois un grand sage.

Sidoine fit quelques enjambées, le cœur triste d'abandonner ainsi un pauvre diable mourant de faim. D'ailleurs, il ne cherchait pas à s'expliquer la conduite du misérable ; il fallait être un peu plus homme qu'il ne l'était pour résoudre un pareil problème. Au départ, il avait ramassé la pêche ; il regardait maintenant devant lui, cherchant du regard quelque pauvre moins scrupuleux à qui la donner.

Comme il approchait de la ville, il vit sortir d'une des portes un cortége de riches seigneurs, accompagnant une litière où se trouvait couché un vieillard. A dix pas, il reconnut que le vieillard n'avait guère plus de quarante ans ; l'âge ne pou-

27.

vait avoir flétri ses traits ni blanchi ses cheveux.
Assurément, le malheureux mourait de faim, à
voir sa face pâle et la faiblesse qui alanguissait ses
membres.

— Mon frère Médéric, dit Sidoine, offre donc ma
pêche à cet indigent. Je ne puis comprendre comment il manque de tout, couché dans le velours et
la soie. Mais il a si mauvaise mine que ce ne peut
être qu'un pauvre.

Médéric pensait comme son mignon.

— Monsieur, dit-il poliment à l'homme de la litière, vous n'avez sans doute pas mangé ce matin.
La vie a ses hasards.

L'homme ouvrit les yeux à demi.

— Depuis dix ans je ne mange plus, répondit-il.

— Que disais-je ! s'écria Sidoine. L'infortuné !

— Hélas ! reprit Médéric, ce doit être une double souffrance, de manquer de pain au milieu de
ce luxe qui vous entoure. Tenez, mon ami, prenez
cette pêche, apaisez votre faim.

L'homme n'ouvrit pas même les yeux. Il haussa
les épaules.

— Une pêche, dit-il, voyez si mes porteurs ont
soif. Ce matin, mes servantes, de belles filles aux
bras nus, se sont agenouillées devant moi, m'of-

frant leurs corbeilles, pleines de fruits qu'elles
venaient de cueillir dans mes vergers. L'odeur de
toute cette nourriture m'a fait mal.

— Vous n'êtes donc pas un mendiant? interrompit Sidoine désappointé.

— Les mendiants mangent quelquefois. Je vous
ai dit que je ne mangeais jamais.

— Et le nom de cette laide maladie?

Médéric, ayant compris quelle était la misère
de cet indigent paré de bijoux et de dentelle, se
chargea de répondre à Sidoine.

—Cette maladie est celle des pauvres million-
naires, dit-il. Elle n'a pas de nom savant, parce
que les drogues n'ont aucun effet sur elle ; elle se
guérit par une forte dose d'indigence. Mon mi
gnon, si ce seigneur ne mange plus, c'est qu'il
a trop à manger.

— Bon! s'écria Sidoine, voici un monde bien
étrange! Que l'on ne mange pas, quand on manque
de pêches, je le comprends jusqu'à un certain
point ; mais que l'on ne mange pas davantage,
quand on possède des forêts d'arbres à fruits, je
me refuse à accepter cela comme logique. Dans
quel absurde pays sommes-nous donc ?

L'homme à la litière se souleva à demi, soulagé
dans son ennui par la naïveté de Sidoine.

— Monsieur, répondit-il, vous êtes en plein pays
de civilisation. Les faisans coûtent fort cher ; mes
chiens n'en veulent plus. Dieu vous garde des festins de ce monde. Je me rends chez une brave
femme de ma connaissance, pour essayer de manger une tranche de bon pain noir. Votre gaillarde
mine m'a mis en appétit.

L'homme se recoucha, et le cortége se remit
lentement en marche. Sidoine, en le suivant des
yeux, haussa les épaules, hocha la tête, fit claquer les doigts, donnant ainsi des signes fort
clairs de dédain et d'étonnement. Puis il enjamba
la ville, tenant toujours à la main la pêche dont
il avait tant de peine à faire l'aumône. Médéric
songeait.

Au bout d'une dizaine de pas, Sidoine sentit une
légère résistance à la jambe gauche. Il crut que sa
culotte venait de rencontrer quelque ronce. Mais
s'étant baissé, il demeura fort surpris : c'était un
homme, d'air avide et cruel, qui gênait ainsi sa
marche. Cet homme demandait tout simplement
la bourse aux voyageurs.

Sidoine ne voyait plus que mendiants affamés
sur les routes ; sa charité de fraîche date avait
hâte de s'exercer. Il n'entendit pas bien la demande de l'homme, il le prit par la peau du cou,

l'élevant à la hauteur de son visage, pour converser plus librement.

— Hé! pauvre hère, lui dit-il, n'as-tu pas faim?
Je te donne volontiers cette pêche, si elle peut te
soulager dans tes souffrances.

— Je n'ai pas faim, répondit le brigand mal à
l'aise. Je sors d'une excellente taverne où j'ai bu et
mangé pour trois jours.

— Alors que me veux-tu?

— Je ferais un joli métier, si je ne détroussais
les passants que pour leur prendre des pêches. Je
veux ta bourse.

— Ma bourse! et pourquoi faire, puisque tu
n'auras pas faim de trois jours?

— Pour être riche.

Sidoine, stupéfait, prit Médéric dans son autre
main. Il le regarda gravement.

— Mon frère, dit-il, les gens de ce pays s'entendent pour se moquer de nous. Dieu ne peut
avoir créé des créatures aussi peu sensées. Voici
maintenant un imbécile n'ayant pas faim et arrêtant les passants pour leur demander leur bourse,
un fou qui a un bon appétit et qui cherche à le
perdre en devenant riche.

— Tu as raison, répondit Médéric, tout ceci est
parfaitement ridicule. Seulement tu ne me parais

pas avoir bien compris quelle sorte de mendiant
tu tiens là entre tes doigts. Les voleurs font métier
d'accepter uniquement les aumônes qu'ils prennent.

— Écoute, dit alors Sidoine au brigand : d'a-
bord tu n'auras pas ma bourse, et cela pour une
excellente raison. Ensuite je crois juste de t'infliger
une légère correction. Tout bien examiné, ce qui
est doit être ; je ne puis te laisser manger en paix,
lorsque je viens de quitter un pauvre diable mourant de faim. Mon frère Médéric me lira un jour le
code, pour que je revienne te pendre dans les formes. Aujourd'hui, je me contenterai de laver ta
laide mine dans la mare qui est là, à mes pieds.
Bois pour trois jours, mon ami.

Sidoine ouvrit les doigts, et le voleur tomba dans
la mare. Un honnête homme se serait noyé ; le coquin se sauva à la nage.

Les voyageurs, sans regarder derrière eux, continuèrent à marcher, Sidoine tenant toujours sa
pêche, Médéric songeant aux trois dernières rencontres.

— Mon mignon, dit soudain ce dernier, tu ali-
gnes assez proprement les phrases, maintenant.
Jamais tu n'as si bien parlé.

— Oh ! répondit Sidoine, c'est une simple habitude à prendre. Je ne me bats plus, je parle.

— Tais-toi, je te prie, j'ai à te faire part de graves réflexions. Je reconstruis en pensée la triste société qui a pu nous offrir au regard, en moins d'une heure, un honnête homme mourant de faim, un gueux le ventre plein pour trois jours, un puissant frappé d'impuissance. Il y a là un grand enseignement.

— Plus d'enseignement, par pitié, mon frère ! Je veux croire simplement que nous avons rencontré aujourd'hui des hommes de race particulière, qui n'ont encore été décrits par aucun voyageur.

— Je t'entends, mon mignon. J'ai lu de bien curieux détails dans de vieux livres. Il est des pays dont les habitants n'ont qu'un œil au milieu du front, d'autres où leurs corps sont mi-partis homme et cheval, d'autres encore où leurs têtes et leurs poitrines ne font qu'un. Sans doute nous traversons, en ce moment, une contrée dont les habitants ont l'âme dans les talons, ce qui les empêche de juger sainement les choses et leur donne une remarquable absurdité d'actes et de paroles. Ce sont des monstres. L'homme, fait à l'image de son Dieu, est une créature bien autrement supérieure.

— C'est cela, mon frère Médéric, nous sommes dans un pays de monstres. Hé! regarde. Vois-tu venir à nous ce quatrième mendiant que j'attendais? Est-il assez déguenillé, assez maigre, assez affamé, assez effarouché? Certes, celui-là marche sur son âme, comme tu le disais tantôt.

L'homme qui s'avançait suivait le bord du fossé, faisant avec amour des miracles d'équilibre. Il venait, les mains derrière le dos, le nez au vent; son pauvre corps flottait dans ses minces vêtements, sa face exprimait je ne sais quel singulier mélange de béatitude et de souffrance. Il paraissait rêver, le ventre vide, d'un large et plantureux festin.

— Je ne comprends plus rien à la terre, reprit Sidoine, si ce vagabond n'accepte pas ma pêche. Il meurt de faim, et ne me paraît ni un coquin ni un honnête homme. Le tout est de la lui offrir poliment. Mon frère Médéric, charge-toi de cette délicate expédition.

Médéric descendit à terre. Comme il était sur le bout du soulier de Sidoine, l'homme vint à l'apercevoir.

— Oh! dit-il, le joli petit insecte! Mon bel ami, buvez-vous la rosée, vous nourrissez-vous de fleurs?

— Monsieur, répondit Médéric, l'eau pure m'indispose, et je ne puis, sans maux de tête, endurer les parfums.

— Eh ! l'insecte parle ! L'excellente rencontre ! Vous me sauvez d'une grande disette, mon aimable scarabée.

— Ainsi, vous avouez que vous avez faim ?

— Faim ! ai-je dit cela ? Certes, j'ai toujours faim.

— Et vous mangerez volontiers une pêche ?

— La pêche est un fruit que j'estime pour le velouté de sa peau. Merci, je ne puis manger. J'ai bien autre chose en tête. Enfin je viens de trouver ce que je cherchais depuis une heure.

— Çà, dit Sidoine impatienté, que cherchiez-vous donc, monsieur l'affamé, si ce n'est un morceau de pain ?

— Bon ! s'écria le pauvre diable, seconde trouvaille ! Un géant en chair et en os. Monsieur le géant, je cherchais une idée.

A cette réponse, Sidoine s'assit sur le bord de la route, prévoyant de longues explications.

— Une idée ! reprit-il, quel est ce mets ?

— Monsieur le géant, continua l'homme sans répondre, je suis poëte de naissance. Vous ne l'ignorez pas, la misère est mère du génie. J'ai donc

28

jeté ma bourse à la rivière. Depuis cet heureux
jour, je laisse aux sots le triste soin de chercher
leur repas. Moi, qui n'ai plus à m'occuper de ce
détail, je cherche des idées le long des routes. Je
mange le moins possible pour avoir le plus possible de génie. Ne perdez pas votre pitié à me plaindre ; je n'ai vraiment faim que lorsque je ne trouve
pas mes chères idées. Les beaux festins parfois !
Tantôt, en voyant votre petit ami d'une tournure
si galante, il m'est venu à la pensée deux ou trois
strophes exquises : un mètre harmonieux, des ri-
mes riches, un trait final du meilleur esprit. Jugez
si je me suis rassasié. Puis, quand je vous ai aperçu,
franchement, j'ai craint les suites d'un pareil régal. Je tenais une antithèse; une belle et bonne antithèse, le plus fin morceau qui puisse être servi
à un poëte. Vous le voyez, je ne saurais accepter
votre pêche.

— Bon Dieu! s'écria Sidoine après un moment
de silence, le pays est décidément plus absurde
que je ne croyais. Voilà un fou d'une étrange
sorte.

— Mon mignon, répondit Médéric, celui-ci est
un fou, mais un fou innocent, un mendiant d'âme
généreuse, donnant aux hommes plus qu'il ne re-
çoit. Je me sens aimer comme lui les grandes rou-

tes et la jolie chasse aux idées. Pleurons ou rions,
si tu veux, à le voir grand et ridicule ; mais, je
t'en prie, ne le rangeons pas parmi les trois monstres de tantôt.

— Range-le comme tu voudras, mon frère, reprit Sidoine de méchante humeur. La pêche me
reste, et ces quatre imbéciles ont tellement troublé mes idées sur les biens de la terre, que je n'ose
y porter la dent.

Cependant, le poëte s'était assis au bord de la
route, écrivant du doigt sur la poussière. Un bon
sourire éclairait sa figure maigre, donnant à ses
pauvres traits fatigués une expression enfantine.
Dans son rêve, il entendit les dernières paroles de
Sidoine. Et, comme s'éveillant :

— Monsieur, dit-il, êtes-vous véritablement embarrassé de cette pêche ? Donnez-la-moi. Je sais,
près d'ici, un buisson aimé des moineaux d'alentour. J'irai y déposer votre offrande, et je vous assure qu'elle ne sera pas refusée. Demain, je repren-
drai le noyau, je le planterai dans quelque coin,
pour les moineaux des printemps à venir.

Il prit la pêche, il se remit à écrire.

— Mon mignon, dit Médéric, voilà notre aumône donnée. Pour te tranquilliser l'esprit, je
veux bien te faire remarquer que nous rendons aux

moineaux ce qui appartenait aux moineaux. Quant
à nous, puisque l'homme ne jouit pas d'une nourriture providentielle, nous tâcherons de ne plus
manger ce que le ciel nous enverra. Notre passage
en ce pays a fait naître dans nos esprits de nouvelles et tristes questions. Nous les étudierons pro-
chainement. Pour l'instant, contentons-nous de
chercher le Royaume des Heureux.

Le poëte écrivait toujours, couché dans la poussière, la tête nue au soleil.

— Hé! monsieur, lui cria Médéric, pourriez-
vous nous indiquer le Royaume des Heureux?

— Le Royaume des Heureux? répondit le fou en
levant la tête, vous ne sauriez mieux vous adresser. Je me rends souvent dans cette contrée.

— Eh quoi! serait-elle près d'ici? Nous venons
de battre le monde, sans pouvoir la trouver.

— Le Royaume des Heureux, monsieur, est partout et nulle part. Ceux qui suivent les sentiers,
les yeux grands ouverts, ceux qui le cherchent,
comme un royaume de la terre, étalant au soleil
ses villes et ses campagnes, passeront à son côté
toute leur vie, sans jamais le découvrir. Si vaste
qu'il soit, il tient bien peu de place en ce monde.

— Et le chemin, je vous prie?

— Oh! le chemin est simple et direct. Quel que

soit le pays où vous vous trouviez, au nord ou au midi, la distance reste la même, et vous pouvez d'une enjambée passer la frontière.

— Bon! interrompit Sidoine, voici qui me regarde. Dans quel sens dois-je faire cette enjambée?

— Dans n'importe quel sens, vous dis-je. Voyons, laissez-moi vous introduire. Avant tout, fermez les yeux. Bien. Maintenant, levez la jambe.

Sidoine, les yeux fermés, la jambe en l'air, attendit une seconde.

— Posez le pied, commanda de nouveau le poëte. La, vous y êtes, messieurs.

Il n'avait pas bougé de son lit de poussière, il acheva tranquillement une strophe.

Sidoine et Médéric se trouvaient déjà au beau milieu du Royaume des Heureux.

XI

UNE ÉCOLE MODÈLE.

— Sommes-nous au port, mon frère? demanda
Sidoine. Je suis las, j'ai grand besoin d'un trône
pour m'asseoir.

— Marchons toujours, mon mignon, répondit
Médéric. Il nous faut connaître notre royaume. Le
pays me paraît paisible. Nous y dormirons, je
crois, nos grasses matinées. Ce soir, nous nous re-
poserons.

Les deux voyageurs traversaient les villes et les
campagnes, regardant autour d'eux. La terre les
ayant attristés, ils trouvaient un délassement
dans les purs horizons, dans les foules silencieuses
de ce coin perdu de l'univers. Je l'ai dit, le
Royaume des Heureux n'était pas un paradis aux
ruisseaux de lait et de miel, mais une contrée de
clarté douce, de sainte tranquillité.

Médéric comprit l'admirable équilibre de ce
royaume. Un rayon de moins, et la nuit eût été
faite; un rayon de plus, et la lumière aurait blessé

les yeux. Il se dit que là devait être la sagesoùse,
l'homme consentait à se mesurer le bien comme
le mal, à accepter sa condition sous le ciel,
sans se révolter par ses dévouements ou par ses
crimes.

Comme ils avançaient, lui et son compagnon,
ils trouvèrent, au milieu d'un champ, un hangar
fermé de grilles. Médéric reconnut l'école modèle
fondée par l'aimable Primevère, pour ses chers
animaux. Depuis longtemps il désirait connaître
les suites de cet essai de perfectibilité. Il fit coucher Sidoine au pied du mur; puis, tous deux, appuyant leurs fronts aux barreaux, ils purent contempler et suivre dans ses détails une scène
étrange qui acheva leur éducation.

Au premier regard, ils ne surent quelles créatures bizarres ils avaient devant eux. Trois mois
de caresses, d'enseignement mutuel, de régime
frugal, avaient mis les pauvres bêtes sur les dents.
Les lions, pelés et galeux, semblaient d'énormes
chats de gouttière; les loups portaient la tête basse,
plus maigres, plus honteux que des chiens errants; quant aux autres bêtes de complexion plus
délicate, elles gisaient pêle-mêle sur le sol, n'offrant à la vue que des côtes saillantes, des mu-
seaux allongés. Les oiseaux et les insectes étaient

encore moins reconnaissables, ayant perdu les
belles couleurs de leurs ajustements. Tous ces
êtres misérables tremblaient de faim et de froid,
n'étant plus ce que Dieu les avait créés, mais se
trouvant d'ailleurs parfaitement civilisés.

Médéric et Sidoine, peu à peu, finirent par
reconnaître les différents animaux. Malgré leur
respect du progrès et des bienfaits de l'instruction, ils ne purent s'empêcher de plaindre ces
victimes du bien. Il y a tristesse à voir la création
s'amoindrir.

Cependant, les bêtes de l'école modèle se traî-
nèrent en gémissant au centre du hangar ; là, elles
se rangèrent en cercle. Elles allaient tenir conseil.

Un lion, comme ayant gardé le plus de souffle,
porta le premier la parole.

— Mes amis, dit-il, notre plus cher désir, à
nous tous qui avons le bonheur d'être enfermés
ici, est de persévérer dans l'excellente voie de
fraternité et de perfection que nous suivons avec
des résultats si remarquables.

Un grognement d'approbation l'interrompit.

— Je n'ai que faire, reprit-il, de vous présenter
le délicieux tableau des récompenses qui attendent
nos efforts. Nous formerons un seul peuple dans
l'avenir, nous aurons une seule langue, tandis

qu'une suprême joie naîtra pour chacun de n'être
plus soi et d'ignorer qui on est. Vous dites-vous
bien le charme de cette heure où il n'existera plus
de races, où toutes les bêtes auront une pensée
unique, un même goût, un même intérêt? O mes
amis, le beau jour, et combien il sera gai !

Un nouveau grognement témoigna de l'unanime
satisfaction de l'assemblée.

— Puisque nous hâtons de nos vœux la venue
de ce jour, continua le lion, il serait urgent de
prendre des mesures pour que nous puissions le
voir se lever. Le régime suivi jusqu'ici est certainement excellent, mais je le crois peu substantiel.
Avant tout, il nous faut vivre, et nous maigrissons
avec constance ; la mort ne saurait être loin si,
dans le but louable de nourrir nos âmes, nous
continuons à négliger de nourrir nos corps. Il
serait absurde, songez-y, de tenter un paradis
dont nous ne saurions jouir, par la nature même
des moyens employés. Une réforme radicale est
nécessaire. Le lait est une nourriture très-mora-
lisante, d'une digestion facile, ce qui adoucit
singulièrement les mœurs ; mais je pense résumer
toutes les opinions en disant que nous ne pouvons supporter le lait plus longtemps, que rien
n'est plus fade, qu'en fin de compte il nous

faut un ordinaire plus varié et moins écœurant.

Une véritable ovation de hurlements et de bruits de mâchoires accueillit ces dernières paroles de l'orateur. La haine du lait était populaire parmi ces honnêtes animaux vivant depuis trois mois de cette boisson sucrée. L'écuelle quotidienne leur donnait des nausées. Ah ! qu'un peu de fiel leur eût semblé doux !

Lorsque le silence se fut rétabli :

— Mes amis, reprit le lion, le sujet de notre délibération se trouve donc fixé. Nous tenons conseil pour proscrire le lait, pour le remplacer par un aliment nous engraissant, nous aidant tout à la fois aux bonnes pensées. Ainsi, nous allons proposer chacun notre mets ; puis, nous nous déciderons en faveur de celui qui réunira le plus de suffrages. Ce mets constituera dès lors notre commun ordinaire. Je crois inutile de vous faire observer quel esprit doit vous guider dans votre choix : cet esprit est l'entière abnégation de vos goûts personnels, la recherche d'une nourriture convenant également à chacun, offrant surtout des garanties de morale et de santé.

A ce point de l'allocution, l'enthousiasme fut au comble. Rien n'est plus doux que de faire cas de la morale, quand le ventre est préa-

lablement rempli. Une même pensée, une touchante unanimité de sentiments animait l'assemblée.

Le lion, pour sa part, discourait d'un ton
humble et affable. Le regard baissé, il eût con-
verti ses frères du désert, tant il offrait un spectacle édifiant. Du geste il réclama l'attention. Il
termina en ces termes :

— Je me crois autorisé par ma longue expérience à vous donner le premier mon avis en
cette matière délicate. Je le ferai avec toute
la modestie qui convient à un simple membre
de cette assemblée, mais aussi avec toute l'au-
torité d'une bête convaincue. C'est dire que je
désespère de notre unité future, si mon plat n'est
pas accepté à l'unanimité. En mon âme et conscience, ayant longtemps réfléchi au mets nous
convenant le mieux, prenant en considération
l'intérêt commun, je déclare, j'affirme hautement
que rien ne contentera l'estomac et le cœur de
chacun, comme une large tranche de chair saignante mangée le matin, une seconde tranche à
midi, et une troisième le soir.

Le lion s'arrêta sur cette parole pour recueillir
les justes applaudissements que lui semblait
mériter sa proposition. Il était de bonne foi, il

demeura tout étonné du manque d'ensemble des grognements. Adieu l'unanimité ! L'assemblée n'approuvait plus avec un complet abandon. Les loups et autres bêtes fauves, les oiseaux et les insectes d'appétits sanguinaires, s'extasièrent sur l'excellence du choix. Mais les animaux de nature différente, ceux qui vivent dans les prairies ou sur le bord des étangs, témoignèrent, par leur silence, par leurs mines contristées, du peu de vertu civilisatrice qu'ils accordaient à la chair.

Quelques minutes s'écoulèrent, pleines de froideur et de malaise. On risque gros à combattre l'avis des puissants, surtout lorsqu'ils parlent au nom de la fraternité. Enfin une brebis, plus osée que ses sœurs, se décida à prendre la parole.

— Puisque nous sommes ici, dit-elle, pour émettre franchement nos opinions, laissez-moi vous donner la mienne avec la naïveté qui sied à ma nature. J'avoue n'avoir aucune expérience du mets proposé par mon frère le lion ; il peut être excellent pour l'estomac et d'une rare délicatesse de goût ; je me récuse sur ce point de la discussion. Mais je crois ce mets d'une influence nuisible, quant à la morale. Une des

plus fermes bases de notre progrès doit être le
respect de la vie ; ce n'est point la respecter que
de nous nourrir de corps morts. Mon frère le
lion ne craint-il pas de s'égarer en son zèle,
de créer une guerre sans fin, en choisissant
un tel ordinaire, au lieu d'arriver à cette belle
unité dont il a parlé en termes si chaleureux ?
Je le sais, nous sommes d'honnêtes bêtes ; il
n'est pas question de nous dévorer entre nous.
Loin de moi cette vilaine pensée ! Puisque les
hommes déclarent pouvoir nous manger, sans
cesser d'être de bonnes âmes, des créatures
selon l'esprit de Dieu, nous pouvons assurément
manger les hommes et rester de sages, de fra-
ternels animaux, tendant à une perfection absolue. Toutefois, je crains les mauvaises tenta-
tions, les forces de l'habitude, si un jour les
hommes venaient à manquer. Aussi ne puis-je
voter une nourriture aussi imprudente. Croyez-
moi, un seul mets nous convient, un mets que la
terre produit en abondance, sain, rafraîchissant,
d'une quête amusante et facile, varié à l'infini. O
les plantureux festins, mes bons frères ! Luzerne,
légumes, toutes les herbes des plaines, toutes les
herbes des montagnes ! J'en parle savamment, sans
arrière-pensée, n'ayant que l'innocent désir de

vivre sans tuer. Je vous le dis en vérité : hors de l'herbe, pas d'unité.

La brebis se tut, constatant à la dérobée l'effet produit par son discours. Quelques maigres adhésions s'élevèrent du côté de l'assemblée occupé par les chevaux, les bœufs et autres mangeurs de grains et de verdure. Quant aux bêtes qui avaient approuvé le choix du lion, elles parurent accueillir la nouvelle proposition avec un singulier mépris, une grimace de mauvais présage pour l'orateur.

Un ver à soie, de vue basse et privé de tact, prit alors la parole. C'était un philosophe austère, s'inquiétant peu du jugement d'autrui, prêchant le bien pour le bien.

— Vivre sans tuer, dit-il, est une belle maxime. Je ne puis qu'applaudir aux conclusions de ma sœur la brebis. Seulement, ma sœur me paraît très-gourmande. Pour un mets que nous cherchons, elle nous en offre cinquante ; elle paraît même se complaire dans la pensée d'un menu de prince, aux plats nombreux et de goûts divers. Oublie-t-elle que la sobriété, le dédain des fins morceaux, sont des vertus nécessaires à des bêtes se piquant de progrès ? L'avenir d'une société dépend de la table : manger peu et d'un seul plat, là est l'u-

nique moyen de hâter la venue d'une haute
civilisation, forte et durable. Je propose donc,
pour ma part, de veiller sur notre appétit,
surtout de nous contenter d'une seule sorte de
feuilles. Le choix n'étant plus qu'une affaire
de goût, je pense satisfaire celui de chacun en
choisissant la feuille du mûrier.

— Çà, vieux radoteur, cria un pélican, ne
sommes-nous pas assez maigres, sans risquer
des coliques, à nous nourrir d'herbe humide?
Fraternise avec la brebis. Moi, je pense comme
mon frère le lion, si ce n'est qu'il me paraît
faire un choix regrettable en proposant de la
chair saignante. La chair seule donne au corps la
force de faire le bien, mais j'entends la chair de
poisson, blanche, délicate; c'est là une nourriture
d'un manger savoureux, aimée de tout le monde.
Enfin, et ce dernier argument doit vous convaincre, les mers occupant sur le globe deux fois
plus de place que les continents, nous ne saurions avoir un plus vaste garde-manger. Mes frères
comprendront ces raisons.

Les frères se gardèrent de comprendre. Ils ju-
gèrent à propos, pour clore les débats, de crier
tous à la fois. Autant d'animaux, autant d'opinions; pas deux pauvres esprits pensant de com-

pagnic, pas deux natures semblables. Chaque
bête se mit à gesticuler, à pérorer, offrant son
mets, le défendant au nom de la morale et de
la gourmandise. A les en croire, si tous les plats
proposés avaient été acceptés, le monde entier
aurait passé en ragoût; il n'est matière qui ne
fut déclarée excellente nourriture, depuis la
feuille jusqu'au bois, depuis la chair jusqu'au
caillou. Profond enseignement, comme disait
Médéric, montrant ce qu'est la terre, un fœtus
ne vivant encore qu'à demi, où la vie et la mort
luttent dans nos temps à forces égales.

Au milieu du vacarme, un jeune chat s'éver-
tuait pour faire comprendre à l'assemblée qu'il
désirait lui communiquer une vérité décisive. Il
joua ferme des pattes et du gosier, si bien qu'il
finit par obtenir un peu de silence.

— Hé! dit-il, mes bons frères, par pitié, cessez
cette discussion qui afflige ici les âmes tendres.
Mon cœur saigne à voir cette scène pénible. Hélas!
nous sommes loin de ces mœurs douces, de cette
sagesse de paroles que, pour ma part, je cherche
depuis mes jeunes ans. Voilà bien un grand sujet
de querelle, une méchante nourriture, soutien d'un
corps périssable! Rappelez vos esprits; vous rirez
de votre colère, vous laisserez là cette misérable

question. Le choix plus ou moins heureux d'un vil aliment n'est pas digne de nous occuper une seconde. Vivons comme nous avons vécu, n'ayant souci que de réformes morales. Philosophons, mes bons frères, et buvons notre écuelle de lait. Après tout, le lait est d'un goût fort agréable ; je l'estime supérieur aux plats par lesquels vous voulez le remplacer.

Des hurlements épouvantables accueillirent ces derniers mots. La malencontreuse idée du jeune chat acheva de rendre les bêtes furieuses, en leur rappelant le fade breuvage dont elles s'étaient lavé les entrailles pendant trois longs mois. Il leur vint une faim terrible, aiguisée de toute leur colère. La nature l'emporta. Elles oublièrent, en une seconde, les bons procédés que se doivent entre eux des animaux civilisés, elles se sautèrent simplement à la gorge les uns des autres. Celles qui avaient choisi la chair, à bout d'arguments, trouvèrent plus commode de prêcher d'exemple. Les autres, n'ayant ni grain, ni herbe, ni poisson, ni aucun plat pour se venger, se contentèrent de servir à la vengeance de leurs frères.

Ce fut, pendant quelques minutes, une mêlée effrayante. Le nombre des affamés diminuait rapidement, sans qu'il restât un seul blessé à terre.

Singulière lutte, dans laquelle les morts tombaient
on ne savait où. A peine rassasié, le mangeur était
mangé. Tous s'engraissaient mutuellement ; la
fête commençait au plus faible pour finir au plus
fort. Au bout d'un quart d'heure, le plancher se
trouva net. Seules, dix ou douze bêtes fauves, assises sur leurs derrières, se léchaient complaisam-
ment, les yeux demi-clos, les membres alanguis,
ivres de nourriture.

L'école modèle avait donc eu pour résultat la
plus grande unité possible, celle qui consiste à
s'assimiler autrui corps et âme. Peut-être est-ce là
l'unité dont l'homme a vaguement conscience, le
but final, le travail mystérieux des mondes tendant à confondre tous les êtres en un seul. Mais
quelle rude raillerie aux idées de notre âge qui
promettent perfection et fraternité à des créatures
différentes d'instincts et d'habitudes, parcelles de
boue où un même souffle de vie produit des effets
contraires ! Sans philosopher davantage, les lions
sont les lions.

— Mon frère Médéric, dit Sidoine, voici devant
nous dix ou douze scélérats qui ont sur la conscience un poids énorme de péchés. Ils ont parlé le
mieux du monde, mais ils ont agi comme des sacri-
pants. Voyons si mes poings ne sont pas rouillés.

Ce disant, il assena sur le hangar un renfoncement formidable qui pulvérisa les poutres et fit voler les pierres de taille en éclats. Les animaux restants, seul espoir de la régénération des bêtes, ne poussèrent pas un cri. Médéric parut chagrin de cette exécution.

— Hé! mon mignon, cria-t-il, que ne m'as-tu consulté! Voilà un coup de poing dont tu auras tristesse et remords. Écoute-moi.

— Quoi! mon frère, n'ai-je pas frappé justement?

— Oui, selon l'idée que nous nous faisons du bien. Mais, entre nous, et ceci je le dis tout bas pour ne pas troubler une croyance nécessaire, le bien et le mal ne sont-ils pas de création humaine? Un loup commet-il vraiment une mauvaise action lorsqu'il mange un agneau? L'homme, ami des agneaux, qui lui porterait un plat de légumes, ne serait-il pas plus ridicule que le loup ne serait coupable?

— Voudrais-tu, frère, induire logiquement de là que le bien et le mal n'existent pas?

— Peut-être, mon mignon. Vois-tu, nous voulons trop souvent devancer l'heure fixée par Dieu. Il est certaines lois, sans doute d'une essence divine, qui échappent à notre intelligence et auxquelles

nous avons donné le vilain nom de fatalités. Nous
désirons sottement réagir contre la nature. Nous
admettons, par un rare blasphème, que le mal
a pu être créé, et nous voilà nous érigeant en
juges, récompensant et punissant, parce que nos
sens sont trop faibles pour pénétrer chaque
chose, pour nous montrer que tout est bien devant Dieu. Remarque l'absurde justice de ton coup
de poing. Tu as puni ces bêtes d'agir selon les
lois d'après lesquelles elles doivent vivre. Tu les as
jugées en égoïste, au point de vue purement humain, surtout poussé par cet effroi de la mort qui
a donné à l'homme le respect de la vie. Enfin, tu
t'es scandalisé de voir une race en dévorer une autre, lorsque toi-même tu ne te fais aucun scrupule
de te nourrir de la chair des deux.

— Mon frère Médéric, parle plus clairement, ou
je n'aurai aucun remords de mon coup de poing.

— Je t'entends, mon mignon. Somme toute, je
le veux bien : le mal existe ; ce qui me dispense
de te prouver que le bien absolu est impossible.
D'ailleurs, les décombres sur lesquels nous sommes assis en sont la preuve. Mais, dis-moi, voulais-
tu manger ces bêtes fauves ?

— Certes non. Je n'aime pas le gros gibier.

— Alors, mon mignon, pourquoi les tuer ?

A cette question, Sidoine demeura fort sot. Il cherca une réponse, qu'il ne trouva pas. Le plus vif étonnement se peignit dans ses gros yeux bleus. Puis, comme un homme qui découvre enfin une vérité :

— Eh! mais, cria-t-il, tu l'as dit, mon coup de poing est absurde. On ne doit tuer que pour manger. Voilà un précepte éminemment pratique, ayant au plus haut point cette justice relative et humaine dont tu m'as parlé. Les hommes devraient le faire écrire en lettres d'or sur les murs de leurs tribunaux et sur les drapeaux de leurs armées. Hélas! mes pauvres poings! On ne doit tuer que pour manger.

XII

MORALE.

Le soleil venait de disparaître derrière les collines du couchant. La terre, voilée d'une ombre douce, sommeillait déjà à demi, rêveuse et mélancolique. Au-dessus des horizons s'étendait un ciel blanc, sans transparence. Il est une heure, chaque

soir, d'une profonde tristesse : la nuit n'est pas
encore, la lumière s'éteint lentement, comme à
regret ; et l'homme, dans cet adieu, se sent au
cœur une vague inquiétude, un besoin immense
d'espérance et de foi. Les premiers rayons du matin mettent des chansons sur les lèvres ; les derniers rayons du soir mettent des larmes dans les
yeux. Est-ce la pensée désolante du labeur sans
cesse repris, sans cesse abandonné, l'âpre désir
mêlé d'effroi d'un repos éternel? Est-ce la ressemblance de toutes choses humaines avec cette
lente agonie de la lumière et du bruit?

Sidoine et Médéric s'étaient assis sur les décombres du hangar. Dans l'effacement de la terre et
du ciel, une étoile brillait au-dessus des branches
noires d'un chêne. Et tous deux regardaient cette
lueur consolatrice trouant d'un rayon d'espoir le
voile morne du crépuscule.

Une voix qui sanglotait ramena leurs regards
sur le sentier. Entre les haies, ils virent venir à
eux Primevère, blanche dans les ténèbres. Elle s'a-
vançait à petits pas, les cheveux dénoués.

Elle s'assit au côté de Médéric. Puis, appuyant
la tête à son épaule :

— O mon ami, dit-elle, que les bêtes sont méchantes !

Et elle pleurait toutes ses larmes, les laissant couler sur ses joues, les mains jointes, sans les essuyer.

— Les pauvres dédaignées, reprit-elle, je les aimais comme des sœurs. Je croyais par mes caresses leur avoir fait oublier leurs dents et leurs griffes. Est-ce donc si difficile de n'être pas cruel?

Médéric se garda de répondre. La science du bien et du mal n'était pas faite pour cette enfant.

— Dites-moi, demanda-t-il, n'êtes-vous pas l'aimable Primevère, reine du Royaume des Heureux?

— Oui, répondit-elle, je suis Primevère.

— Alors, ma mie, essuyez vos larmes. Je viens pour vous épouser.

Primevère essuya ses larmes. Et mettant les mains dans les mains de Médéric, elle le regarda en face.

— Je ne suis qu'une ignorante, dit-elle doucement. Voilà des yeux mauvais, qui pourtant ne me font pas peur. Il y a de la bonté, sous je ne sais quelle triste raillerie, dans ces yeux-là. Avez-vous besoin de mes caresses pour devenir meilleur?

— J'en ai besoin, répondit Médéric. J'ai couru le monde et je suis las.

— Le ciel est bon, reprit l'enfant. Il ne laisse pas

chômer ma tendresse. Je vous épouserai, cher
seigneur.

Ce disant, elle s'assit de nouveau. Elle songeait
à cette pitié inconnue qui naissait en elle; jamais
elle n'avait senti pareil désir de consoler. Dans sa
naïveté, elle se demandait si elle ne venait pas de
trouver enfin la mission confiée par Dieu en ce
monde aux jeunes reines d'âme tendre et charitable. Les hommes jouissent d'une félicité si parfaite,
qu'ils se fâchent au moindre bienfait; les bêtes
ont de méchants caractères, malaisés à comprendre. Sûrement, puisque le ciel lui donnait des
pleurs et des caresses, elle ne pouvait les donner
à son tour à aucune créature, si ce n'était à son
cher seigneur, qui lui disait en avoir grand besoin.
Pour ne rien cacher, elle se sentait tout autre; elle
ne pensait plus à son peuple, elle oubliait même
complétement ses pauvres élèves sur le tombeau
desquels elle se trouvait. Son amour, offert à la
création entière et que la création refusait, venait
de grandir encore, en se fixant sur un seul être.
Elle s'abîmait dans cet infini, insoucieuse de la
terre, ignorante du mal, comprenant qu'elle obéis-
sait à Dieu, et qu'une heure de pareille extase est
préférable à mille ans de progrès et de civilisation.

Tous trois, Primevère, Sidoine et Médéric, se taisaient. Autour d'eux, un immense silence, de grandes ombres vagues changeant la campagne en un lac de ténèbres, aux flots lourds et immobiles; au-dessus de leurs têtes, un ciel sans lune, semé d'étoiles, voûte noire criblée de trous d'or. Là, suivant chacun leurs pensées, ayant le monde à leurs pieds, ils songeaient dans la nuit, assis sur les ruines de l'école modèle. Primevère, mince et souple, avait passé les bras au cou de Médéric; elle se laissait aller sur sa poitrine, les yeux grands ouverts, regardant les ténèbres. Sidoine, renversé à demi, honteux et désespéré, cachait ses poings, pensait en dépit de lui-même.

Soudain il parla, et sa voix rude eut un accent d'indicible tristesse.

— Hélas! dit-il, mon frère Médéric, que ma pauvre tête est vide, depuis le jour où tu l'as emplie de pensées! Où sont mes loups galeux que j'assommais de si bon cœur, mes beaux champs de pommes de terre qu'ensemençaient les voisins, ma brave stupidité qui me garait des vilains songes?

— Mon mignon, demanda doucement Médéric, regrettes-tu nos courses et la science acquise?

— Oui, frère. J'ai vu le monde et ne l'ai pas

compris. Tu as cherché à me le faire épeler, mais tes leçons ont eu je ne sais quoi d'amer qui a troublé ma sainte quiétude de pauvre d'esprit. Au départ, j'avais des croyances d'instinct, une foi entière en mes volontés naturelles; à l'arrivée, je ne vois plus nettement ma vie, je ne sais où aller ni que faire.

— J'avoue, mon mignon, t'avoir instruit un peu à l'aventure. Mais, dis-moi, dans ce tas de sciences imprudemment remuées, ne te rappelles-tu pas quelques vérités vraies et pratiques?

— Eh! mon frère Médéric, ce sont justement ces belles vérités qui me chagrinent. Je sais à présent que la terre, ses fruits, ses moissons, ne m'appartiennent pas; je vais jusqu'à mettre en doute mon droit de me distraire en écrasant des mouches le long des murs. Ne pouvais-tu m'épargner le terrible supplice de la pensée? Va, je te dispense maintenant de tenir tes promesses.

— Que t'avais-je donc promis, mon mignon?

— De me donner un trône à occuper et des hommes à tuer. Mes pauvres poings, qu'en faire à cette heure? Sont-ils assez inutiles, assez embarrassants! Je n'aurais pas le courage de les lever sur un moucheron. Nous nous trouvons dans un royaume sagement indifférent aux grandeurs et

aux misères humaines ; point de guerre, point de
cour, presque point de roi. Hélas! et nous voici
cette ombre de monarque. C'est là sans doute le
châtiment de notre ambition ridicule. Je t'en prie,
mon frère Médéric, calme le trouble de mon esprit.

— Ne t'inquiète ni ne t'afflige, mon mignon,
nous sommes au port. Il était écrit que nous serions rois, mais c'est là une fatalité dont nous
saurons nous consoler. Nos voyages ont eu cet excellent résultat de changer nos idées premières de
domination et de conquêtes. En ce sens, notre règne chez les Bleus a été un apprentissage aussi rude
que salutaire. Le destin a sa logique. Il nous faut
remercier la fortune de ce que, ne pouvant épargner
la royauté, elle nous a donné un beau royaume,
vaste et fertile à souhait, où nous vivrons en honnêtes gens. Nous gagnerons tout au moins la liberté, à ce métier de roi honoraire, n'ayant pas les
soucis de la charge ; nous vieillirons dans notre
dignité, jouissant de notre couronne en avares,
je veux dire ne la montrant à personne ; ainsi,
notre existence aura un noble but, celui de laisser nos sujets tranquilles, et notre récompense
sera la tranquillité qu'ils nous donneront eux-
mêmes. Va, mon mignon, ne te désespère. Nous
allons reprendre notre vie d'insouciance, oubliant

tous les vilains spectacles, toutes les vilaines pensées du monde que nous venons de traverser ; nous allons être parfaitement ignorants et n'avoir cure que de nous aimer. Dans nos domaines royaux, au soleil en hiver, en été sous les chênes, moi j'aurai la mission de caresser Primevère, tandis que Primevère aura celle de me rendre deux caresses pour une ; toi, comme tu ne saurais, sans mourir d'ennui, garder tes poings en repos, pendant ce temps, tu laboureras nos champs, les sèmeras de grains, couperas nos moissons, vendangeras nos vignes ; de la sorte, nous mangerons du pain, boirons du vin, qui nous appartiendront. Nous ne tuerons jamais plus, même pour manger. En ces questions seules je consens à rester savant. Je te le disais bien au départ : « Je te taillerai une si belle besogne que dans mille ans le monde parlera encore de tes poings. » Car les laboureurs des temps à venir s'émerveilleront, en passant au milieu de ces campagnes. A voir leur éternelle fécondité, ils se diront entre eux : « Là travaillait jadis le roi Sidoine. » Je l'avais prédit, mon mignon, tes poings devaient être des poings de roi ; seulement ce seront des poings de roi travailleur, les plus beaux, les plus rares qui existent.

A ces mots, Sidoine ne se sentit pas d'aise. Sa

mission, dans la vie commune, lui parut de beaucoup la plus agréable, comme étant celle qui demandait le plus de force.

— Parbleu ! frère, cria-t-il, raisonner est une belle chose, quand on conclut sagement. Me voici tout consolé. Je suis roi et je règne sur mon champ. On ne saurait mieux trouver. Tu verras mes légumes superbes, mon blé haut comme des roseaux, mes vendanges à saouler une province. Va, je suis né pour me battre avec la terre. Dès demain, je travaille et dors au soleil. Je ne pense plus.

Sidoine, en terminant, croisa les bras, se laissant aller à un demi-sommeil. Primevère regardait toujours les ténèbres, souriante, les bras au cou de Médéric, n'entendant que les battements du cœur de son ami.

Après un silence :

— Mon mignon, reprit celui-ci, il me reste à faire un discours. Ce sera le dernier, je le jure. Toute histoire, assure-t-on, demande une morale. Si jamais quelque pauvre hère, malade de silence, se met un jour en tête de conter l'étonnant récit de nos aventures, il fera bien auprès de ses lecteurs la plus sotte mine du monde, en ce sens qu'il leur paraîtra parfaitement absurde, s'il

reste véridique. Je crains même qu'on ne le
lapide, pour la liberté de paroles et d'allures de
ses héros. Comme ce pauvre hère naîtra sans
doute sur le tard, au milieu d'une société parfaite
en tous points, son indifférence et ses négations
blesseront à juste titre le légitime orgueil de ses
concitoyens. Il serait donc charitable de chercher,
avant de quitter la scène, la moralité de nos
aven'ures, afin d'éviter à notre historiographe le
chagrin de passer pour un malhonnête homme.
Toutefois, s'il a quelque probité, voici ce qu'il
écrira sur le dernier feuillet : « Bonnes gens
« qui m'avez lu, nous sommes, vous et moi, de
« parfaits ignorants. Pour nous, rien n'est plus
« près de la raison que la folie. Je me suis, il est
« vrai, moqué de vous ; mais, auparavant, je me
« suis moqué de moi-même. Je crois que l'homme
« n'est rien. Je doute de tout le reste. La plaisan-
« terie de notre apothéose a trop duré. Nous
« mentons effrontément, en nous déclarant le
« dernier mot de Dieu, la créature par excellence,
« celle pour laquelle il a créé le ciel et la terre.
« Sans doute, on ne saurait imaginer une fable plus
« consolante ; car si demain mes frères venaient
« à s'avouer ce qu'ils sont, ils iraient probable-
« ment se suicider chacun dans leur coin. Je ne

« crains pas d'amener leur raison à ce point ex-
« trême de logique ; ils ont une inépuisable charité,
« une copieuse provision de respect et d'admira-
« tion pour leur être. Donc, je n'ai pas même l'es-
« poir de les faire convenir de leur néant, ce qui
« eût été une moralité comme une autre. D'ail-
« leurs, pour une croyance que je leur ôterais, je
« ne pourrais leur en donner une meilleure ; peut-
« être essayerai-je plus tard. Aujourd'hui, j'ai
« grande tristesse ; j'ai conté mes mauvais songes
« de la nuit dernière. J'en dédie le récit à l'huma-
« nité. Mon cadeau est digne d'elle ; et, de toutes
« manières, peu importe une gaminerie de plus
« parmi les gamineries de ce monde. On m'accu-
« sera de n'être pas de mon temps, de nier le pro-
« grès, aux jours les plus féconds en conquêtes.
« Eh ! bonnes gens, vos nouvelles clartés ne sont
« encore que des ténèbres. Comme hier, le grand
« mystère nous échappe. Je me désole à chaque
« prétendue vérité que l'on découvre, car ce n'est
« pas là celle que je cherche, la Vérité une et en-
« tière, qui seule guérirait mon esprit malade. En
« six mille ans, nous n'avons pu faire un pas. Que
« si, à cette heure, pour vous éviter le souci de me
« juger fou à lier, il vous faut absolument une
« morale aux aventures de mon géant et de mon

« nain, peut-être vous contenterai-je en vous don-
« nant celle-ci : Six mille ans et six mille ans en-
« core s'écouleront, sans que nous achevions ja-
« mais notre première enjambée. » Voilà, mon
mignon, ce qu'un historien consciencieux con-
clurait de notre histoire. Mais, tu penses, les beaux
cris qui accueilleraient une pareille conclusion !
Je me refuse nettement à être une cause de scandale pour nos frères. Dès ce moment, désireux
de voir notre légende courir le monde dûment au-
torisée et approuvée, j'en rédige la morale comme
suit : « Bonnes gens qui m'avez lu, écrira le pau-
« vre hère, je ne puis vous détailler ici les quinze
« ou vingt morales de ce récit. Il y en a pour tous
« les âges, pour toutes les conditions. Il suffit de
« vous recueillir et de bien interpréter mes paroles.
« Mais la vraie morale, la plus moralisante, celle
« dont je compte moi-même faire profit à ma pro-
« chaine histoire, est celle-ci : Lorsqu'on se met
« en route pour le Royaume des Heureux, il faut
« en connaître le chemin. Êtes-vous édifiés ? J'en
« suis fort aise. » Hé ! mon mignon Sidoine, tu
n'applaudis pas ?

Sidoine dormait. Au ciel, la lune venait de se
lever; une clarté douce emplissait l'horizon, bleuis-
sant l'espace, tombant en nappes d'argent des

hauteurs dans la campagne. Les ténèbres s'étaient dissipées; le silence régnait, plus profond. A l'effroi de l'heure précédente avait succédé une sereine tristesse. Dans le premier rayon, Médéric et Primevère apparurent au sommet des décombres, enlacés, immobiles; tandis que, à leurs pieds, gisait Sidoine, éclairé par de larges pans de lumière.

Il ouvrit un œil, et, moitié endormi :

— J'entends, dit-il. Mon frère Médéric, où est la sagesse ?

— Mon mignon, répondit Médéric, prends une bêche.

— J'entends, dit Sidoine. Où est le bonheur ?

Alors Primevère, lente, repliant les bras, se souleva. Elle allongea les lèvres et baisa les lèvres de Médéric.

Sidoine, satisfait, se rendormit, dodelinant de la tête, tournant les pouces, plus bête que jamais.

FIN DES CONTES A NINON.

TABLE DES MATIÈRES

FIN DE LA TABLE DES MATIÈRES.

PARIS. — IMPRIMERIE DE E. MARTINET, RUE MIGNON, 2

BIBLIOTHÈQUE CHARPENTIER
13, RUE DE GRENELLE-SAINT-GERMAIN, PARIS

ŒUVRES
DE
ÉMILE ZOLA

LES ROUGON-MACQUART
Histoire naturelle et sociale d'une famille sous le second Empire

LA FORTUNE DES ROUGON

LA CURÉE

LE VENTRE DE PARIS

LA CONQUÊTE DE PLASSANS

LA FAUTE DE L'ABBÉ MOURET

SON EXCELLENCE EUGÈNE ROUGON

L'ASSOMMOIR

CONTES A NINON — NOUVEAUX CONTES A NINON

Chacun de ces ouvrages forme un volume et se vend séparément

PRIX : 3 fr. 50

ENVOI FRANCO CONTRE LA VALEUR EN MANDAT-POSTE

Paris. — Imp. E. Capiomont et V. Renault, rue des Poitevins, 6.